I0624837

LO SPIRITO DELLA STREGA

LE STREGHE DI KEATING HOLLOW, VOLUME 3

DEANNA CHASE

Traduzione di
ERNESTO PAVAN

Copyright © 2018 by Deanna Chase

Titolo originale: *Spirit of the Witch*

Editing originale: Angie Ramey

Immagine di copertina: © Ravven

Traduzione dall'inglese di Ernesto Pavan

ISBN 978-1-953422-20-0

Tutti i diritti riservati. Questa pubblicazione non può essere riprodotta, in tutto o in parte, conservata o introdotta in un sistema di archiviazione, né trasmessa in qualunque forma o tramite qualunque mezzo (elettronico, meccanico, fotocopia, registrazione o altro) senza il preventivo consenso scritto del detentore dei diritti e dell'editore di questo libro.

Questo libro è un'opera di fantasia. Nomi, personaggi, luoghi ed eventi sono il prodotto dell'immaginazione dell'autore o sono utilizzati in maniera fantasiosa. Qualunque riferimento a eventi, luoghi, imprese o persone – vive o defunte – reali è puramente casuale.

Bayou Moon Press, LLC

www.deannachase.com

TRAMA

Trama

Benvenuti a Keating Hollow, il paese incantato dove l'amore guarisce, l'amicizia dura per sempre e la famiglia è tutto.

La vita di Yvette Townsend era perfetta... prima che suo marito si innamorasse di un'altra persona. Appena divorziata e ancora scombussolata dall'infrangersi dei suoi sogni, Yvette ha giurato di lasciar perdere gli uomini. Ora è decisa a immergersi nella sua magia e nella sua amata libreria. C'è solo un problema: ha un nuovo, inaspettato socio in affari, che la sta facendo impazzire sul lavoro e al di fuori di esso.

Jacob Burton è sempre stato un ottimo affarista, ma le sue esperienze in fatto di relazioni sono state disastrose. Dopo aver trovato la sua fidanzata fra le braccia del suo migliore amico, decide di trasferirsi temporaneamente a Keating Hollow per salvare la pittoresca libreria del paese dalla rovina.

Ma col passare del tempo, diventa sempre più palese che Yvette e il paese potrebbero essere la sua, di salvezza. E, se sarà fortunato, Jacob scoprirà cosa significa amare lo spirito della strega.

CAPITOLO 1

*Y*vette Townsend fissò l'uomo dietro la sua scrivania e rimpianse immensamente di non essere nata strega della terra. In tal caso, avrebbe potuto lanciare un incantesimo per far sì che il pavimento si aprisse e la ingoiasse. Invece, essendo lei una strega del fuoco, l'unico modo in cui avrebbe potuto liberarsi magicamente da quella situazione sarebbe stato dar fuoco alla sua amata libreria, il che non era accettabile.

Era appena entrata in ufficio e aveva trovato Jacob, l'uomo con cui aveva avuto un'avventura di una notte due sere prima, che parlava al telefono dei grandi cambiamenti che voleva apportare alla sua libreria – correzione: a quanto pareva, la *loro* libreria.

L'uomo lanciò sulla scrivania il fascicolo che aveva in mano e si schiarì la voce. "Potremmo ricominciare daccapo? Dimenticarci di sabato sera?"

Yvette si scaldò in viso al punto che dovette farsi aria. Jacob era impazzito? Lei non sarebbe mai riuscita a dimenticare le cose che le aveva fatto.

"Non c'è bisogno di sentirsi in imbarazzo," disse ridacchiando l'uomo, scivolando fuori da dietro la scrivania e incamminandosi verso di lei.

Yvette lo guardò ed emise uno sbuffo sconcertato. Non era semplicemente in imbarazzo; era mortificata. Come aveva potuto permettere che ciò accadesse? Tre mesi prima, era felicemente sposata, nonché orgogliosa proprietaria dell'unica libreria di Keating Hollow. Ora stava aspettando la fine delle pratiche per il divorzio. E siccome aveva avuto la necessità di rilevare la quota di quello che sarebbe diventato presto il suo ex-marito, aveva raggiunto un accordo con Michael J Burton, il nipote della signorina Maple, perché egli diventasse il suo nuovo socio in affari. Solo che i due non si erano mai incontrati di persona durante le trattative. Tutto era stato fatto al telefono e tramite e-mail. In caso contrario, lei non avrebbe mai invitato Jacob, l'attraente e presunto barista, a casa sua la sera del matrimonio di sua sorella.

Yvette lo guardò con gli occhi stretti mentre un'esplosione di rabbia alimentava la sua collera. "Non potevo certo sapere che Jacob il barista era in realtà Michael Burton, ex-responsabile regionale di Bayside Books a Los Angeles. Come facevi *tu* a non sapere chi ero io? Ero vestita da damigella. E so per certo che tu sapevi che ero sorella di Abby quando mi hai portata a casa."

"Sapevo solo che eri una delle sorelle Townsend," disse Jacob, stringendosi nelle spalle. "Come facevo a sapere che eri la proprietaria della libreria?"

Yvette fece schioccare la lingua e si mise le mani sui fianchi. "Beh, noi sorelle Townsend siamo solo in quattro. Abby era quella che si stava sposando. Il che significava che tu avevi un trentatré per cento di probabilità di andare a letto con me."

Jacob corrugò le sopracciglia mentre infilava una mano

nella borsa, tirava fuori una grossa busta e ne estraeva alcuni documenti. Dopo una rapida lettura, girò i fogli e indicò il nome di Yvette. "Qui c'è scritto che la proprietaria di Hollow Books è Yvette Santini, non Yvette Townsend."

Porca pupazza. Jacob aveva decisamente ragione. "Ehm, ecco, Santini è il mio cognome da sposata, ma da quando mio marito se n'è andato, ho ricominciato a usare Townsend."

L'uomo, che le stava fin troppo vicino, le rivolse un sorriso di scuse. "Mi dispiace che questo abbia creato una situazione imbarazzante fra di noi. Se avessi saputo che stavo accompagnando a casa il mio futuro socio, credo che avrei mantenuto un atteggiamento professionale."

"*Credi* che avresti mantenuto un atteggiamento professionale?" disse di getto Yvette, facendo un passo indietro. "Hai l'abitudine di andare a letto con le colleghe?" Non appena le parole le uscirono di bocca, le tornò in mente che l'ultima volta che l'uomo aveva gestito un'attività, lo aveva fatto con la sua ex-fidanzata. La rottura aveva avuto una gran risonanza in città, dato che Jacob era il nipote della signorina Maple.

Jacob si appoggiò alla grande scrivania di mogano e incrociò le braccia. "Non direi che è un'abitudine, ma non puoi biasimarmi se sono attratto da una donna bellissima. E quel vestito..."

Yvette sollevò gli occhi al cielo. "Era un vestito da damigella. Quella roba è sempre spaventosa."

"Non addosso a te." Quel sorriso sexy che aveva attirato Yvette la prima volta era tornato. "Non è un segreto che io non vedessi l'ora di togliertelo."

Lo sguardo di Yvette passò dagli splendidi occhi scuri dell'uomo alle sue labbra e lei praticamente ondeggiò verso di lui mentre i ricordi di sabato sera tornavano alla ribalta. L'orologio ticchettò nell'ufficio silenzioso mentre nessuno dei due diceva nulla per un momento. Poi, il sorriso di Jacob si trasformò in un ghigno soddisfatto.

Yvette sollevò una mano e scosse la testa. "Non succederà di nuovo e tu devi smetterla. Se dobbiamo lavorare insieme, non ci possono essere ammiccamenti. Dovremmo fingere che non sia successo nulla."

"Non stavo ammiccando," disse l'uomo, cercando senza successo di fare una faccia innocente mentre passava lo sguardo lungo il corpo di Yvette.

"Dai." Yvette levò gli occhi al cielo. "Non sono una ragazzina che si lascia traviare dal tuo adorabile sorriso e da quella fastidiosa luce nei tuoi occhi."

Jacob rise. "Se lo dici tu."

Poi assunse un atteggiamento professionale, raddrizzando la schiena e tendendo la mano. "Piacere di conoscerla, signorina Townsend. Sono Jacob Burton, il suo nuovo socio in affari. E sono molto entusiasta di vedere cosa potremo fare di Hollow Books nei prossimi mesi."

Yvette esitò. Diceva sul serio? Era passato da bulletto a finissimo uomo d'affari in meno di due secondi.

"Guarda che puoi stringermela, la mano," disse Jacob con l'ombra di un sorriso. "Non mordo mica."

Invece sì, pensò Yvette, sentendosi arrossire ancora una volta mentre afferrava la mano dell'uomo.

"Molto," aggiunse lui, ammiccando e stringendole le dita.

"Ehi, quello era un ammiccamento," disse lei, ritraendo la mano e mettendo i pugni sui fianchi.

"Hai cominciato tu," disse Jacob, stringendosi nelle spalle. "Quelle guance rosse mi hanno detto tutto quello che avevo bisogno di sapere."

Yvette distolse lo sguardo e borbottò qualcosa riguardo all'infondatezza delle sue supposizioni. *Bugiarda, bugiarda, fortissimamente bugiarda,* risuonò una voce nella sua testa. Jacob aveva capito tutto, ma lei avrebbe preferito morire piuttosto che ammetterlo. Yvette si fece forza, lo fissò dritto negli occhi e disse: "Da questo momento in poi, il nostro sarà strettamente un rapporto d'affari."

I dannati occhi di Jacob brillarono quando lui annuì e disse: "Come vuole lei, signorina Townsend."

"Beh, va bene," disse lei, che moriva dalla voglia di asciugarsi i palmi sudati sui jeans. "Piacere di conoscerla, signor Burton." Si mosse rapidamente e prese posto alla sua scrivania. Dopo essersi seduta sulla poltrona di cuoio che il suo ex aveva ordinato apposta per lei, prese il fascicolo che Jacob aveva lasciato nel bel mezzo della scrivania e glielo agitò contro. "Ora parliamo di quei cambiamenti che volevi apportare."

"Yvette!" udì esclamare a sua sorella Noel mentre la porta dell'ufficio cominciava ad aprirsi. "Ehi. Insomma. Vuota il sacco. Cos'è successo con quel bel figo che ti sei portata a casa dopo il matrimonio di Abby?" Noel entrò e si fermò di colpo alla vista di Jacob. "Oops. Ehm, salve." Si scostò i lunghi capelli biondi dal viso mentre sorrideva a Jacob e tendeva la mano. "Sono Noel Townsend. L'altra sorella di Abby."

L'uomo fece due passi avanti e le strinse la mano. "Jacob Burton, il nuovo socio in affari di Yvette."

"*Socio in affari?*" Noel spostò lo sguardo su Yvette, per poi riportarlo su Jacob. "Beh, questo sì che è imbarazzante."

"Assolutamente no," disse con grazia l'uomo, per poi rivolgersi a Yvette. "Vado in negozio e comincio a orientarmi. Vieni a cercarmi quando sarai pronta a parlare di strategie."

Yvette non fece altro che annuire. La mortificazione aveva ripreso il sopravvento e lei non si fidava a parlare.

"È stato un piacere conoscerti, Noel," disse l'uomo prima di uscire dall'ufficio.

Nel momento in cui la porta si chiuse, Noel si voltò verso Yvette con gli occhi spalancati. "Sei andata a letto con il tuo nuovo socio?"

Yvette si appoggiò allo schienale della poltrona, continuando a tenere in mano il fascicolo che Jacob aveva lasciato sulla sua scrivania. Si schiarì la voce. "Cosa ti fa pensare che sia andata a letto con lui?"

Noel rivolse a sua sorella un'occhiata incredula mentre si legava i capelli in uno chignon decisamente precario. "Dai, Vette. Vi ho visti andarvene insieme."

"E allora?" Yvette sollevò una spalla. "Può darsi che mi stesse solo accompagnando a casa."

"Abbiamo visto quella Mercedes argentata parcheggiata davanti a casa tua mentre tornavamo a casa, sabato sera. E aveva le luci spente. Per favore, non hai bisogno di fingere con me. Lui è un figo della madonna. E dopo tutto quello che è successo con Isaac... beh, ti meritavi un po' di divertimento."

"Già," disse Yvette, aprendo il fascicolo.

"Certo..." Noel lanciò un'occhiata alla porta chiusa. "Io pensavo che fosse un amico di Clay, un barista del sud della California. Credi davvero che sia una buona idea fare cose con il tuo socio?"

Yvette scoppiò in una risata sarcastica. "No. Assolutamente no. Pensavo la stessa cosa: che fosse solo un amico di Clay. Ho scoperto che è il mio nuovo comproprietario solo questa mattina."

Noel sbatté le palpebre due volte e si sedette sulla sedia di fronte a lei. "Cosa? Come facevi a non saperlo? Non avete parlato?"

Yvette arrossì violentemente mentre scuoteva la testa. "Non

proprio. C'è stato qualche ammiccamento e poi... beh, puoi immaginare quello che è successo dopo."

Noel si sporse in avanti, appoggiò le braccia sulla scrivania e le rivolse un sorriso malizioso. "Potrei, ma sarebbe più divertente conoscere i dettagli."

"Ma anche no! Io ti chiedo cosa fai con Drew, per caso?" chiese Yvette, riferendosi al vicesceriffo che era il ragazzo di sua sorella.

Noel rise. "No, ma ieri notte abbiamo fatto il bagno nudi al fiume incantato. E ti dico che non hai mai vissuto se non sei venu–"

"Basta così." Yvette sollevò una mano e rise. "Ho capito."

Noel sospirò. "Quel fiume è davvero magico."

"Depravata," disse Yvette, passando in rassegna le note del file di Jacob. Si accigliò e voltò pagina.

"Cosa c'è?" chiese Noel.

Yvette strinse i denti. "Quando sono entrata, Jacob era al telefono e stava parlando dei cambiamenti che voleva apportare al mio negozio. L'ho sentito parlare di aggiungere un bar e di volerlo trasformare nella libreria paranormale più importante della Costa ovest."

"Non mi sembra male," disse Noel, le sopracciglia inarcate. "Qual è il problema?"

Yvette lasciò cadere i documenti e fissò sua sorella. "Te lo dico io qual è il problema: a me, il negozio piace così com'è. È tranquillo e pittoresco e i clienti lo adorano. Per non parlare del fatto che il signor Cambiamo Tutto non ha chiesto il mio parere."

"Parlatene, allora," disse Noel, scrollando una spalla. "C'è sempre qualcosa da migliorare, giusto?"

"Sarebbe stato meglio parlarne prima." Yvette si alzò, stringendo nella mano l'ordine di fornitura. Tutto l'imbarazzo provocato quando aveva scoperto di essere andata a letto con il suo socio era svanito, rimpiazzato dal puro e semplice fastidio. Come osava Jacob entrare e assumere il comando come se la sua attività fosse nei guai? Ciò non poteva essere più lontano dal vero. Andava tutto benissimo. Se non fosse stato per il divorzio imminente e la necessità di rilevare la quota di Isaac, Yvette non avrebbe avuto bisogno del minimo investimento. "Sembrerebbe che *socio* sia una parola sconosciuta al signor Burton. Perché, a quanto pare, ha già ordinato una macchina da caffè di lusso, un'insegna nuova e tutto il necessario per servire caffè e dolci."

"Oh-oh," disse Noel, alzandosi in piedi. "Cosa hai intenzione di fare?"

Yvette si incamminò a grandi passi verso la porta, quindi si voltò per guardare sua sorella negli occhi. "Dirò al signor Finto Barista Sexy di prendersi i suoi dannatissimi soldi e tornarsene nel sud della California a gambe levate. Questo non è quello che volevo."

CAPITOLO 2

*J*acob vagò per la sezione saggistica di Hollow Books e trasse un respiro profondo per ritrovare l'equilibrio. Quella mattina, quando era entrato in negozio, l'ultima persona che si sarebbe aspettato di vedere era la bruna sexy che aveva accompagnato a casa sabato sera. Come si supponeva che lui sapesse che Yvette Santini era una delle sorelle di Abby?

Lui non aveva certo trascorso molto tempo a Keating Hollow: solo qualche estate, da ragazzino. Era stato allora che aveva conosciuto Clay Garrison. Si erano ritrovati quando Clay si era trasferito a Los Angeles con la prima moglie e Jacob lo aveva chiamato quando si era reso conto di essere sul punto di trasferirsi a Keating Hollow. Per puro caso, Clay stava per risposarsi e aveva chiesto a Jacob di sostituire il barista all'ultimo minuto. Dato che Jacob aveva lavorato in un bar ai tempi del college, era stato lieto di accettare.

Non si era aspettato di portare a casa una delle damigelle, ma Yvette aveva subito fatto colpo su di lui. Era di una bellezza tormentosa, un po' triste e un po' ribelle. Quello che era

9

cominciato come un civettare innocuo si era presto trasformato in qualcosa di più.

Jacob si passò una mano fra i capelli e si insultò per la mancanza di giudizio. Avrebbe dovuto mantenere un atteggiamento professionale subito dopo essersi reso conto dell'errore. Invece, aveva civettato senza ritegno e si era reso ridicolo. C'erano volute solo quarantott'ore per mettere i bastoni fra le ruote alla sua nuova attività. Sentiva ancora il brusco giudizio di suo padre dopo il fallimento della sua ultima storia d'amore sul posto di lavoro e l'inevitabile disastro che ne era seguito. Questa volta avrebbe dovuto essere diversa. Questa volta *sarebbe stata* diversa, se lui aveva voce in capitolo. Doveva solo assicurarsi di evitare di finire a letto con Yvette Townsend.

Peccato che avesse la sensazione che ciò fosse più facile a dirsi che a farsi.

Doveva rimanere lucido e ricordarsi che era venuto a Keating Hollow per ricominciare da zero, per perdersi nel lavoro. Fondare attività era il suo talento e il suo curriculum lo dimostrava. Si voltò, cercando automaticamente il suo nome fra le coste dei libri sugli scaffali. Il suo sguardo si fissò quasi subito sul libro che il suo editore aveva pubblicato l'anno prima: *Fidelizzazione: Fare impresa con il cuore*. Se c'era una cosa in cui Jacob Burton era bravo, si trattava di generare lealtà nei clienti. Ed era esattamente quello che aveva intenzione di fare a Hollow Books.

"Seriamente?" disse Yvette alle sue spalle, il tono incredulo.

Jacob si voltò verso di lei, il libro ancora in mano. "Scusa?"

"Cosa volevi fare con quello?" La donna indicò il tomo che lui aveva in mano. "Se credi di far colpo su di me solo perché il tuo libro è entrato nella lista del *New York Times*, beh…" La donna scosse la testa. "Come non detto. Se avevi intenzione di usarlo per convincermi ad aprire un caffè, scordatelo. Non succederà. E questa roba," aggiunse, sollevando l'ordine e agitandogliele in faccia, "devi rimandarla indietro."

Jacob abbassò lo sguardo sulla donna, al tempo stesso divertito e leggermente infastidito. "Cosa c'è di male nell'aprire un bar? Ai lettori piace mangiare qualcosa di dolce e bere un caffè mentre guardano cosa c'è di nuovo in libreria."

Yvette sospirò. "So che tu vieni da una grande città, Jacob, per cui lascia che ti spieghi. Keating Hollow è un paesino. Qui, ci prendiamo cura gli uni degli altri. Se pensi che io abbia intenzione di fare concorrenza all'Incantation Café, ripensaci. Non c'è spazio per due bar in paese."

"È giusto," disse annuendo Jacob. "Ma io non volevo aprire un vero e proprio bar, solo un banchetto dove si potranno prendere comodamente caffè e cappuccini senza doversi fare un chilometro e mezzo fino al bar. La Nespresso non è in grado di produrre bevande speciali per una folla di clienti."

"Il bar dei Pelsh è più vicino di così," disse esasperata Yvette. "E comunque, chi credi di essere per entrare qui il primo giorno e prendere decisioni unilaterali sulla direzione della libreria? Nel caso tu non te ne fossi accorto, signor Burton, Hollow Books va benissimo. Non abbiamo bisogno di macchinette del caffè di lusso per far contenti i clienti."

Benissimo? pensò fra sé Jacob. Quand'era stata l'ultima volta che Yvette aveva controllato i conti? Accentuò la presa sul libro che aveva fra le mani e si schiarì la voce. "Pensavo che tu volessi metterti in affari con una persona in grado di aiutare il tuo negozio a crescere."

"Sì!" La donna si mise le mani sui fianchi e lo trafisse con un'occhiata determinata. "Quello che non mi aspettavo era che qualcuno venisse qui e mi scavalcasse solo perché si è fatto un nome trasformando le librerie del paparino in un franchising multimilionario." Indicò il libro che Jacob aveva fra le mani. "Ti ho già detto che non mi interessa trasformare il mio negozio in un'altra Bayside Books."

"Non è–" cercò di inserirsi Jacob, ma Yvette era scatenata.

"Mi hai detto di volere una quota del mio negozio perché ti interessava un ritmo più lento, qualcosa di importante, e una comunità da aiutare a crescere. Beh, tutto questo c'è già, signor Burton. Non abbiamo bisogno di macchinette del caffè di lusso o, come dici tu, di un 'sorriso premiato in grado di conquistare qualunque rappresentante.' Abbiamo solo bisogno di attenzioni personalizzate e di scaffali ben forniti, proprio come il tuo libercolo dice nel capitolo due."

Le labbra di Jacob ebbero un guizzo mentre lui cercava di trattenere un sorriso. Non solo Yvette aveva letto il suo libro, ma aveva anche imparato a memoria una citazione che si trovava verso la fine di uno degli ultimi capitoli. Adorava il fatto che lei aveva indagato su di lui. Significava che associarsi con lei non era stato del tutto un errore, anche se la donna era troppo cocciuta per ascoltare le sue idee.

"Nulla da dire, signor Ci Penso Io?" provocò la donna.

"Parecchio, ma volevo aspettare che tu avessi finito," disse lui, scrollando le spalle.

"Ho finito," sbuffò la donna.

Jacob rimise il libro sullo scaffale e si infilò le mani in tasca. "Hai ragione. Avrei dovuto parlare con te prima di ordinare la macchina da caffè."

"Direi," rispose Yvette, mantenendo un'espressione neutra.

Jacob ignorò la provocazione e proseguì come se lei non avesse parlato. "Il motivo per cui mi sono messo subito all'opera è perché, quando ho guardato i conti dell'anno scorso, ho capito subito che il negozio non ha dei problemi, ma ne avrà, se qualcosa non cambia. Forse sono stato un po' troppo zelante–"

"Che stai dicendo? Il mio negozio non ha problemi," disse Yvette.

"Non ancora," disse Jacob, ondeggiando sui talloni. Il divertimento lo abbandonò, lasciando spazio al fastidio. Stavano parlando di affari e se la donna non riusciva a essere razionale, il loro sodalizio non avrebbe funzionato. "Ascolta, Yvette–"

"*Tu* ascolta, Jacob. Credo di aver già sentito tutto quello che avevo bisogno di sentire, questa mattina. Grazie per aver preso in considerazione di investire nel mio negozio, ma credo che sia palese che abbiamo due idee diverse. Probabilmente, è meglio annullare tutto e che tu te ne torni a Bayside Books o a qualunque cosa stessi facendo prima di venire qui."

Jacob rimase di stucco. Yvette diceva sul serio? Non avevano ancora avuto una conversazione completa riguardo al negozio. E lui non aveva la minima intenzione di tornare a Los Angeles. Non dopo tutto quello che era accaduto laggiù. Che le piacesse o meno, Yvette avrebbe dovuto tenerselo in casa… per il momento. "Non puoi semplicemente decidere che il nostro accordo non funziona e sbattermi fuori. Abbiamo firmato un contratto. C'è stata una transazione. Sono il comproprietario del negozio, ora." Al cinquanta per cento. Jacob aveva insistito al riguardo: non era mai un socio silenzioso. "Dovremo semplicemente trovare un modo per far funzionare la cosa."

Yvette si accigliò, aggrottando la fronte. "I contratti si possono cancellare e io troverò un nuovo investitore. Uno che abbia la mia stessa visione per il negozio. Grazie per l'interessamento, signor Burton, ma è palese che abbiamo commesso entrambi un errore."

Poi, senza aggiungere altro, la donna si voltò e uscì a grandi passi dalla libreria.

Jacob rimase in mezzo alla corsia, guardando la porta che si chiudeva sbattendo.

Si udì un rumore di passi alle sue spalle e lui vide Noel incamminarsi verso di lui. I biondi capelli ondulati della donna si stavano riversando fuori da uno chignon disordinato e sebbene ella indossasse soltanto dei jeans strappati e una maglietta, sembrava appena uscita dalle pagine di una rivista di moda. *Il clan Townsend non ha scarsità di bellezza*, pensò Jacob. Anche se, mentre Noel era attraente in una maniera più tradizionale, il fascino di Yvette era più sottile. I suoi lineamenti erano più scuri, più angolati, e lei era piena di fuoco.

"Vedo che è andata bene," disse Noel mentre lo raggiungeva, con un sorriso di solidarietà sul suo bel viso da ragazza della porta accanto.

Jacob scoppiò a ridere. "Mi sa che hai ascoltato un'altra conversazione." Scuotendo la testa, aggiunse: "In cosa sono andato a ficcarmi?" La donna con cui aveva parlato al telefono gli era sembrata brillante, intelligente e aperta nei confronti delle sue prime idee di crescita per Hollow Books. Quella che aveva conosciuto… beh, le parole che gli venivano in mente erano "irrazionale" e "chiusa".

"Ascolta," disse Noel, appoggiandogli una mano sul braccio. "Yvette ne ha passate tante negli ultimi mesi. Questa libreria è sempre stata l'unica costante della sua vita, l'unica cosa che è rimasta sua."

Ma non lo era più. Non del tutto, perlomeno. Jacob aveva investito un'importante somma di denaro in quell'azienda e non aveva intenzione di vederla sprecata solo perché il suo nuovo socio in affari aveva problemi di adattamento.

"Dalle solo un po' di tempo," disse Noel. "Fidati di me. Scenderà a più miti consigli, prima o poi."

Jacob incrociò lo sguardo di Noel e annuì. "Grazie."

"Certo. E benvenuto a Keating Hollow." La donna si incamminò verso la porta, ma nell'afferrare la maniglia, si guardò alle spalle. "Jacob?"

"Sì?"

"Stai attento con lei. Fa la dura, ma se guardi bene, ha sempre il cuore in mano."

Jacob non rispose mentre guardava Noel uscire del negozio e svanire in mezzo alle strade di Keating Hollow.

CAPITOLO 3

*Y*vette fumava dalle orecchie mentre entrava nel birrificio di suo padre e saltava su uno degli sgabelli al bancone del bar. "Rhys, versami il bicchiere più grande possibile della birra dell'anno nuovo di Clay."

L'attraente vicedirettore dalle spalle larghe sollevò lo sguardo dal portablocco e lanciò un'occhiata all'orologio. "Sono le nove e mezza di mattina. Non siamo nemmeno aperti."

Yvette lo fulminò con lo sguardo. "La spina è rotta?"

"No." Ridacchiando, l'uomo prese un bicchiere da un litro e cominciò a riempirlo dalla spina. "È solo che mi stupisce di vederti. Lunedì difficile?"

"Puoi dirlo forte." Yvette si alzò e svanì in cucina. Un attimo dopo, tornò con una fetta di crostata ai frutti di bosco coperta da una montagna di panna montata.

Rhys le mise la birra di fronte. "Vuoi parlarne?"

Yvette si ficcò una forchettata di torta in bocca e scosse la testa.

"Capito. Fammi sapere se hai bisogno di qualcos'altro." L'uomo tornò all'altra estremità del bancone e riprese a concentrarsi sulle scartoffie.

Una macchina del tempo? In tal modo, Yvette sarebbe potuta tornare indietro e disfare il disastro che aveva combinato. In primo luogo, *non* si sarebbe messa in affari con il signor Franchising. In secondo luogo, *non* se lo sarebbe portato a casa dopo il matrimonio di Abby. L'unico problema era che non c'era esattamente una fila di investitori interessati alla libreria. Anzi, Jacob era stato il miracolo per cui lei aveva pregato. Se non fosse riuscita a rilevare la quota di Isaac, sarebbe stata costretta a chiudere e a liquidare tutto. In quel modo, avrebbe perso il suo matrimonio e la sua amata attività.

La minaccia di restituire l'investimento di Jacob era stata appunto quello: una minaccia. Lei non aveva il denaro. Non poteva ipotecare due volte la casa e aveva già provato a ottenere un prestito. Nessuna delle banche si era detta disposta a prestarle una cifra simile. Era quello il motivo per cui era finita con l'avere Jacob come socio.

Prese la birra e chiuse gli occhi mentre beveva un lungo sorso rinvigorente.

"Yvette?" La voce di suo padre la colse alla sprovvista e lei sputacchiò, spruzzando parte della birra sul bancone.

"Papà? Cosa ci fai qui?" chiese lei mentre correva dietro al bancone alla ricerca di uno straccio per pulire il disastro che aveva combinato.

Suo padre era in piedi sulla soglia dell'ufficio, quello stesso ufficio che negli ultimi tempi era solitamente occupato da Clay. "Volevo chiederti la stessa cosa. Sostituisco Clay mentre lui ed Abby sono in luna di miele." Lanciò un'occhiata al piatto di Yvette e inarcò un sopracciglio. "È un po' presto per birra e crostata, non credi?"

"Non è mai troppo presto per la crostata." Yvette spostò il piatto e il bicchiere di birra, spruzzò del detergente sul bancone e asciugò la birra sputacchiata. "Me lo hai insegnato tu, ricordi?"

Lin ridacchiò. "Può darsi, ma non ricordo di averla mai accompagnata con la birra."

"A volte, è necessario. Fidati." Yvette mise via lo straccio e riprese posto al bancone.

Suo padre la raggiunse e si appoggiò al bancone. "Vuoi parlarne?"

Parlarne? Dannazione, no. Come avrebbe potuto dire a suo padre che era andata a letto con Jacob? C'erano cose che un genitore non aveva mai voglia di sapere. Lo osservò, prendendo nota del fatto che i cerchi scuri sotto gli occhi di suo padre erano quasi del tutto spariti e il suo colorito era tornato normale, non più grigiastro a causa della chemioterapia. Lin era ancora troppo magro, ma tutto sommato aveva un bell'aspetto. Yvette aveva sempre cercato di conservare la certezza che suo padre avrebbe sconfitto il cancro, ma ora, vedendolo sulla via della guarigione, qualcosa dentro di lei cominciava a concedersi di crederci.

Parte della tensione si allentò dalle sue spalle e lei decise che forse suo padre era proprio la persona con cui aveva bisogno di parlare... bastava evitare di menzionare sabato sera. "Credo di aver commesso l'errore più grave della mia vita."

Lin Townsend contrasse le labbra mentre la guardava. "Non c'è da stupirsi che tu ti sia messa a bere prima delle dieci di mattina."

Yvette emise una risata triste, a metà fra il divertimento e il singhiozzo. "Non ne hai idea. Credo che questa discussione necessiti di un'altra fetta di torta."

Yvette fece per alzarsi, ma suo padre si raddrizzò e sollevò una mano. "Faccio io. Doppia panna?"

"Sì, per favore," disse Yvette, spingendo il piatto vuoto verso di lui.

"Certo, Rugginella," disse suo padre, usando il soprannome che le aveva dato quando Yvette era bambina. Delle quattro ragazze Townsend, Yvette era l'unica castana. Le altre tre erano bionde.

Mentre suo padre era in cucina, Yvette approfittò dell'occasione per riempirsi il bicchiere di birra. Quindi, preparò una tazza di caffè per suo padre, sapendo che lui preferiva quella bevanda.

Al suo ritorno, Lin Townsend posò con attenzione i piatti sul bancone; fu allora che Yvette notò il suo leggero tremito. Il piatto di Yvette tremolò proprio mentre lui mollava la presa e cadde sferragliando sul bancone. Lin sussultò e chiuse gli occhi.

Una lama di paura penetrò nel cuore di Yvette, che tuttavia tacque mentre Lin prendeva posto sullo sgabello accanto a lei.

Lin prese una tazza di caffè; questa volta la sua presa era salda. Dopo aver bevuto un sorso, posò la tazza e si rivolse a Yvette. "Forza. Dillo."

"Non volevo dire niente." Yvette infilzò un pezzo di torta e se lo ficcò in bocca.

Suo padre scosse la testa. "Non sei mai stata molto brava a mentire."

Yvette ingoiò la torta e si voltò a guardare suo padre. "Quando hai cominciato a tremare?"

"Non tremo." Suo padre sollevò una mano per dimostrare la sua affermazione. "È solo che lavoro più del solito da quando Clay è andato in luna di miele e può darsi che stia esagerando."

"Oh. Credevo che la tua forza fosse migliorata," mormorò

Yvette. "Sei molto più simile a come eri una volta." Fece del suo meglio per evitare di mostrare l'emozione che le aveva afferrato le viscere.

Ma evidentemente non ci riuscì, perché suo padre le coprì le mani con le proprie e strinse. "È solo questione di tempo. Non preoccuparti, Rugginella. Il tuo vecchio papà non va da nessuna parte. Ho ancora parecchio da vivere."

Le lacrime le fecero bruciare gli occhi e Yvette si maledisse in silenzio perché era troppo emotiva. Non poteva farci nulla. Le lacrime cominciarono a scorrerle silenziosamente lungo le guance.

"Vieni qui." Suo padre le passò un braccio attorno alle spalle e la attirò in un abbraccio di lato.

Yvette fu lieta di circondarlo con le braccia e di appoggiare la testa sulla sua spalla. Pur essendo più magro, Lin era comunque una presenza solida e il suo abbraccio la fece sentire al sicuro, proprio come aveva fatto quando lei era una bambina. Yvette tirò su col naso e disse: "So che Clay è fuori città e che tu ami il birrificio, ma–"

"So cosa stai per dire," disse suo padre, continuando a stringerla contro la spalla. "Ma mi sto prendendo cura di me stesso. Lavoro solo mezza giornata, per controllare la produzione della birra e occuparmi delle scartoffie. Rhys si sta dando da fare e sta facendo un ottimo lavoro. La verità è che potremmo lasciare che faccia tutto lui, non fosse che non resisto più a stare fermo a casa."

Yvette lo guardò. "Immagino che il tuo medico ti abbia dato il permesso."

Suo padre rise. "Sì, Yvette. Posso farlo. Vuoi vedere il certificato medico?"

"Sì." Yvette gli sorrise e si tamponò gli occhi con il tovagliolo.

"Ti pareva." Suo padre la baciò sulla testa e la lasciò andare. "Peccato che il cane lo abbia mangiato."

"Quale cane? Buffy o Xena?" Yvette scommetteva su Xena, il cagnolino di sua sorella Faith, che la padrona aveva descritto come il diavolo travestito da shih tzu.

"Non faccio la spia." Piccole rughe di perplessità apparvero agli angoli degli occhi di suo padre mentre mangiava un boccone di crostata. Dopo averlo accompagnato con un sorso di caffè, disse: "Basta parlare di me. Vuoi dirmi cosa ti ha spinto a bere così presto?"

Lei sospirò.

"Credo di aver commesso un grosso errore."

"Quanto grosso?" chiese suo padre mentre posava la forchetta e le dedicava la sua completa attenzione.

"Da cambiare la vita." Il suo stomaco precipitò al pensiero di Jacob Burton e del fatto che, ora, le toccava condividere il suo negozio con un perfetto sconosciuto. *Beh, non più tanto sconosciuto,* pensò. Trattenne un gemito e maledisse silenziosamente Isaac. Nulla di tutto ciò che era accaduto negli ultimi mesi era giusto. Isaac era già andato a convivere con il suo commercialista in una bella casa dall'altra parte del paese, e ora aveva anche ricevuto una bella somma di denaro. Cosa aveva lei? Una casa fortemente ipotecata e mezza attività.

"Sei stata *tu* a commettere l'errore?" chiese stupito suo padre. "È impossibile. La Yvette che conosco è troppo prudente."

"Magari lo fossi stata anche questa volta, papà," disse cupamente Yvette, guardando nella birra. "Il mio nuovo socio in affari, Jacob Burton, non va bene. Lui non è... beh, diciamo solo che non è come me lo aspettavo."

Suo padre si accigliò. "Che significa?"

"Sta cercando di assumere il controllo della libreria e di

effettuare grandi cambiamenti senza nemmeno parlarne con me. È la *mia* libreria. È assurdo. Si comporta come se lui fosse il capo e io uno dei suoi sottoposti. Non lo permetterò. Nessun uomo mi farà più fessa. Non glielo lascerò fare."

Suo padre si incupì e il suo cipiglio si fece feroce. "È qui solo da dieci minuti. Come può sapere di quali cambiamenti ha bisogno il tuo negozio?"

Yvette gli rivolse un piccolo sorriso, il cuore gonfio d'amore alla consapevolezza che, qualunque cosa accadesse, suo padre era sempre dalla sua parte. "È quello che ho detto anch'io." Yvette gli raccontò del progetto del caffè e di come Jacob avesse già ordinato tutto il materiale necessario. "Inoltre, c'è tutto un piano d'azione con tanto di calendario e lui non mi aveva parlato di nulla."

Il fastidio sul volto di suo padre svanì. "Un caffè? A cosa servirebbe?"

"Papà!" Yvette lo fissò a bocca aperta. "Non sarai dalla sua parte, vero? Non possiamo fare concorrenza all'Incantation Café. È sbagliato."

"Ma certo che non sono dalla sua parte, tesoro. Io sostengo sempre le mie ragazze. Il tuo nuovo socio in affari avrebbe dovuto parlarne prima con te, su questo non ci piove. Sto solo pensando che un caffè nella libreria non sarebbe una brutta idea..."

"Non voglio rubare clienti ai Pelsh." Yvette corrugò le sopracciglia mentre fissava confusa suo padre. "Papà, come puoi anche solo suggerire una cosa del genere?"

"E se non ci fosse concorrenza?" Lin indicò con un gesto la tazza di caffè che aveva di fronte. "Sai che noi compriamo il caffè dall'Incantation Café, giusto?"

"Certo che lo so, ma non serviamo cappuccini e dolci."

Suo padre rise. "È la crostata che cos'è? Per non parlare del fatto che non serviamo cappuccini e altre bevande complicate solo perché i nostri clienti non ce le chiedono. Ma se lo facessero, troverei un accordo con Mary."

Mary Pelsh e suo marito erano i proprietari dell'Incantation Café. Erano buoni amici della famiglia Townsend, il che era solo uno dei motivi per cui Yvette si era decisa a non far loro concorrenza. Ma le parole di suo padre la spinsero a riflettere. "Vuoi dire che sarebbe più una collaborazione che una competizione per gli stessi clienti."

"Esatto." Lin sollevò una spalla. "Più tazze di caffè vendiamo qui al birrificio, più l'Incantation guadagna."

Yvette annuì. Suo padre aveva ragione. Anzi, lei adorava l'idea e non vedeva l'ora di discuterne con Mary. L'unico problema era che ora avrebbe dovuto rimangiarsi tutto di fronte a Jacob. *Porca miseria.* L'uomo avrebbe pensato di averla spuntata. In ogni caso, se proprio volevano sperimentare l'idea di un bar nella libreria, lo avrebbero fatto alle condizioni di Yvette.

"Grazie, papà," disse lei, allontanando il piatto vuoto. "Come sempre, i tuoi consigli sono perfetti."

"Prego." Suo padre la soppesò con lo sguardo. "Questo significa che non cercherai di liberarti di Jacob Burton, per il momento?"

Ora che Yvette vedeva un modo per aggirare la sua obiezione principale, doveva ammettere che l'idea del caffè non era spaventosa. E poi, Jacob conosceva bene il commercio dei libri. Ma se avesse cercato nuovamente di scavalcarla, la situazione sarebbe degenerata in fretta. "Magari non subito. Ma dovremo stabilire delle regole, questo è certo."

"Questo vale per tutte le grandi relazioni, tesoro," disse suo padre, dandole un colpetto sulla mano.

Yvette scoppiò in una risata sarcastica. "È per questo che tu e Clair vivete ancora in due case separate dopo quindici anni?" Clair era la ragazza di vecchia data di suo padre. Per la maggior parte della loro relazione, i due si erano visti solo un paio di volte a settimana, ma da quando al padre di Yvette era stato diagnosticato il cancro, Clair si faceva vedere più spesso.

"Già." Lin finì il caffè e si alzò dallo sgabello. "Vieni ancora a cena, questa sera. Ci saranno anche Faith e Noel. Clair cucina le lasagne."

"Non me lo perderei mai," disse Yvette, sperando che un giorno, quando sarebbe stata nuovamente pronta a tornare a frequentare degli uomini, non sarebbe finita ad avere una relazione part-time come suo padre. Adorava la libreria, ma era stata felicissima di essere sposata e aveva pensato che forse fosse addirittura giunto il momento di dare inizio a una famiglia. Peccato che suo marito si fosse innamorato di un uomo.

Suo padre spalancò le braccia. "Abbraccia il tuo vecchio prima che io torni a lavorare."

Yvette si lasciò circondare dall'abbraccio sicuro di suo padre. Ancora una volta, si vide ricordato quanto lui si era smagrito e quando si staccò disse: "Hai bisogno di più crostata."

Le labbra di Lin ebbero un guizzo. "Quanta?"

"A ogni pasto. È un ordine. Capito?"

"Capito." Suo padre la baciò sulla testa e, mentre tornava in ufficio, esclamò rivolto a Rhys: "Hai sentito? Da questo momento in poi, crostata a ogni pasto."

"Che gusto?" chiese Rhys senza batter ciglio.

"More. Se è finita, mele."

"Fatto." Rhys prese un appunto, rivolse un cenno del capo a Yvette e attraversò il bar per girare il cartello alla porta su "aperto". Il birrificio era ufficialmente aperto e questo significava che il momento autocommiserazione di Yvette era finito. Era giunto il momento di tornare al negozio.

Yvette, che si sentiva mille volte meglio di quando era entrata nel locale, infilò una mano nella borsa per prendere il portafogli. Nessuna delle Townsend pagava mai il cibo o le bevande al birrificio paterno, ma tutte lasciavano sempre mance generose al personale. Da ragazze, avevano tutte lavorato laggiù per qualche periodo e si sentivano affini ai camerieri. Yvette mise un paio di banconote sul bancone e uscì.

CAPITOLO 4

*Y*vette entrò a grandi passi all'Incantation Café, pronta a spaccare il mondo. Più pensava a entrare in società con Mary, più si entusiasmava. Rimase appena oltre la soglia, sfregandosi le mani e aspettando che il calore le scongelasse il naso. Erano i primi di gennaio e Keating Hollow distava una cinquantina di chilometri dalla costa della California settentrionale. L'aria era umida e l'aveva gelata fino alle ossa.

"Ehi, Yvette!" Hanna, la figlia dei Pelsh, la salutò da dietro al bancone. La sua pelle scura brillava sotto le luci incassate e il suo grande sorriso accogliente spinse Yvette a ricambiare.

"Ehi, Hanna." Yvette oltrepassò i tavoli e le sedie scombinate per andare incontro a Hanna alla cassa. "C'è tua madre?"

"Sicuro. È sul retro che si occupa delle scartoffie. Vuoi che te la chiami?"

"Sì, per favore. Potrei avere un caffè, prima? Grande." Dopo la pessima idea delle due birre, Yvette aveva bisogno di caffeina per farsi forza.

"Certo." Hanna riempì una tazza grande di caffè, la diede a Yvette e rifiutò i suoi tentativi di pagare. "La prossima volta." Ciò detto, svanì sul retro del locale.

Yvette corresse il caffè con una dose abbondante di panna e bevve un lungo sorso. Era ancora vicino al bancone in attesa di Mary quando sentì la porta che si apriva, seguita dal suono della voce di suo marito.

Ex-marito, ricordò a se stessa.

Isaac stava chiacchierando dell'allenamento in palestra e di quanto si era impegnato.

"Beh, tesoro, si vede dai tuoi addominali," disse un altro uomo.

Yvette voltò di scatto la testa e posò lo sguardo sull'uomo più attraente che avesse mai visto. Aveva la pelle bronzea, brillanti occhi azzurri e un corpo che sembrava uscito da una pubblicità di Calvin Klein. Una rabbia bruciante la attraversò mentre fissava Jake Jackson, l'amore della vita di Isaac e l'uomo che aveva distrutto il suo matrimonio. In un momento di debolezza, Yvette era giunta alla conclusione che, se Isaac poteva avere un Jake, lo stesso valeva per lei. Poco dopo, aveva lasciato il ricevimento con Jacob.

Il viso di Isaac si illuminò di un sorriso compiaciuto mentre prendeva Jake per mano. La coppia irradiava felicità e, per la seconda volta nel giro di un giorno, Yvette desiderò con tutta se stessa che la terra si aprisse e la ingoiasse.

"Yvette?" chiese Isaac, con una nota di stupore nella voce.

Lei non aveva idea del perché fosse stupito. In fondo, ogni tanto le capitava di frequentare il caffè. Esso distava poco più di un chilometro dalla sua libreria. "Isaac," disse con freddezza. "Come stai?"

L'uomo lasciò subito la mano di Jake mentre le sue guance arrossivano. "Bene." Si voltò verso Jake e gli mormorò qualcosa, per poi raggiungere Yvette e prenderla per un braccio, conducendola a un tavolo vicino alla finestra. "Cosa ti salta in mente?"

Lei si immobilizzò e liberò il braccio. "Che significa 'cosa mi salta in mente'? Sto bevendo un caffè. Cosa ti sembra?"

Isaac si acciglò e scosse la testa. "Parlo di sabato sera. Tutti ti hanno vista andartene con quel barista."

"E allora? Quello che faccio non è affare di nessuno, soprattutto non tuo." Yvette spostò lo sguardo su Jake, quindi riportò l'attenzione su Isaac. "Mi hai consegnato tu stesso i documenti per il divorzio, ricordi?"

"Non si tratta di me," disse Isaac, le cui guance assunsero un colorito rosso scuro. "Si tratta di... Insomma, Yvette, non conosci nemmeno quel tizio. E ho sentito dire che te lo sei portato a casa. Che sta succedendo? Non è da te. Tu sei sempre calma e prudente, nelle relazioni."

"Non sono affari tuoi, Isaac," disse freddamente lei. "Ti sei dimenticato di aver rinunciato a quel diritto qualche settimana fa, quando hai deciso di essere innamorato di un'altra persona?"

Isaac sospirò pesantemente. "Solo perché ho finalmente smesso di mentire a me stesso non significa che non ti ami, Vette. Tu eri la mia migliore amica. Voglio solo il meglio per te. Sappiamo entrambi che tuffarti a capo chino in un rapporto fisico non è nel tuo stile. Sei troppo sentimentale; lo sei sempre stata. Ti chiedo solo di stare attenta. Non voglio vederti soffrire ancora."

Una rabbia intensa si levò come bile nella gola di Yvette, che si chiese se avrebbe soffiato fuoco se avesse aperto la bocca in quel momento. Per mezzo secondo, prese in considerazione l'idea di strappare il tappo dalla tazza di caffè e versarla sulla testa dell'uomo. Come osava mostrarsi preoccupato e mettere in discussione le sue scelte? "La tua opinione sull'argomento non è la benvenuta, Isaac. Credo che abbiamo finito."

Si voltò e fece per tornare al bancone, ma Isaac si allungò ad afferrarle il polso. "Yvette, aspetta."

Tutto dentro di lei si tese mentre riportava lo sguardo sull'uomo. "Lasciami. Subito."

Entrambi fissarono la mano di Isaac avvolta attorno al suo braccio. Fu solo quando qualcuno si schiarì la voce che lui la lasciò andare.

"Va tutto bene qui?" chiese il nuovo arrivato.

Oddea, pensò Yvette mentre inclinava la testa e fissava il soffitto. Non era possibile. Perché? Perché Jacob Burton aveva scelto proprio quel momento per entrare al bar?

"Fra me e *mia moglie* va tutto benissimo," disse Isaac.

"Moglie?" chiese con noncuranza Jacob mentre lanciava un'occhiata al ragazzo di Isaac. "Credevo fosse divorziata."

"Non è ancora divorziata," disse Isaac, gli occhi che bruciavano.

Yvette fissò Isaac, gli occhi spalancati mentre lo shock l'attraversava. L'uomo era arrabbiato e... geloso. Il suo shock si trasformò in pura soddisfazione e lei, per puro spregio, fece un passo per avvicinarsi a Jacob. Lo guardò. "La procedura è già stata iniziata. Stiamo solo aspettando che arrivi alla fine."

Jacob annuì e le appoggiò una mano in fondo alla schiena mentre riportava l'attenzione su Isaac. "Insomma, sembrerebbe proprio che lei sia libera di fraternizzare con chi vuole."

Isaac lo guardò malissimo. "E tu credi di essere quello giusto, vero?"

"È ridicolo." L'altro Jake si alzò bruscamente in piedi, rovesciando la sedia. "Isaac, che ti prende?" chiese disgustato. Poi, senza attendere risposta, uscì a grandi passi dal caffè.

"Jake, aspetta!" esclamò Isaac mentre si lanciava

all'inseguimento del suo partner. Proprio mentre si allungava verso la maniglia della porta, si lanciò un'occhiata alle spalle, verso Yvette. "Volevo solo prendermi cura di te."

"Forse avresti dovuto pensarci prima di lasciarla e costringerla a rilevare la tua parte della libreria," disse in tutta calma Jacob.

"Non sono affari tuoi," disse Isaac.

"A dire il vero," disse Yvette, "lo sono. Lui è il mio nuovo socio." Inarcò le sopracciglia e accennò alla vetrina, dalla quale tutti potevano vedere il ragazzo di Isaac che camminava avanti e indietro sul marciapiedi. Aveva le mani conficcate nei capelli e sembrava impegnato a parlare da solo. "Sembrerebbe che tu abbia problemi più pressanti della mia vita privata."

Il corpo di Jacob fu scosso da una risata silenziosa e lei gli sorrise.

"Porca miseria, Yvette," disse Isaac. Quindi spalancò la porta e uscì di corsa.

Yvette e Jacob guardarono Isaac inseguire il suo partner mentre Jake camminava a grandi passi lungo la strada, scuotendo la testa.

"È stato divertente," disse Yvette, sorridendo a Jacob. "Grazie per... beh, lo sai. Per avermi dato man forte."

Lui le sorrise. "Figurati. Quel tizio ha un bel coraggio."

Yvette ridacchiò. "Già."

Jacob si limitò ad annuire.

Tacquero entrambi e all'improvviso Yvette divenne acutamente consapevole del fatto che l'uomo aveva ancora la mano in fondo alla sua schiena. Il suo tocco sembrava bruciarla attraverso la maglietta, penetrando nella pelle. Yvette si affrettò ad allontanarsi di un passo e si schiarì la voce. "Scusa. È solo–"

"Va tutto bene, Yvette." Jacob tese la mano. "Perché non

ricominciamo daccapo? Piacere, sono Jacob Burton, il tuo nuovo socio."

La tensione scivolò via dalle sue spalle e lei annuì mentre gli afferrava la mano e la stringeva. "Yvette Townsend. È un piacere conoscerti. E per la cronaca, mi dispiace di essermela presa con te questa mattina."

"Non dispiacerti," disse lui, scuotendo la testa. "Avevi ragione. Non avrei dovuto scavalcarti con le mie idee."

"È vero. Non avresti dovuto. Ma... dopo averci pensato su, credo che tu non abbia avuto una pessima idea. Ai clienti piacerebbe un bar. Ed è per questo che sono qui." Yvette si voltò e vide che Mary e Hanna le stavano guardando da dietro il bancone. Yvette le salutò.

Le due donne sorrisero e ricambiarono il saluto.

"Ho pensato che, se avviassimo una collaborazione con il caffè, entrambe le attività ne gioverebbe. Ti va di unirti a me per chiacchierare con Mary?"

"Una collaborazione," disse l'uomo, annuendo. "Mi piace. Faccia strada, signorina Townsend. A lei la parola."

"Da questa parte." Yvette si recò al bancone, dove Mary la stava aspettando. Abbracciò l'altra donna. Dopo averla lasciata andare, disse: "Mary Pelsh, ti presento Jacob Burton, il nuovo comproprietario di Hollow Books."

"Salve." La donna matura tese la mano e sorrise a Jacob. "Che bel ragazzo."

Jacob ridacchiò e le strinse la mano. "Grazie. Anche lei non è male. Adoro i suoi capelli."

Mary posò la mano libera per sfiorarsi i riccioli scuri e distolse lo sguardo nel dire: "Troppo gentile."

"È un piacere conoscerla, Mary," disse Jacob. "Spero che non l'abbiamo interrotta."

"Oh, no, assolutamente." Mary abbassò lo sguardo sulle loro

mani ancora giunte, quindi emise un piccolo sussulto. "Wow. Sei una strega dell'aria di grande talento, vero?"

"Strega dell'aria sì. Di talento?" Jacob sollevò una spalla. "Il fatto che lei sia in grado di capire che genere di strega sono semplicemente stringendomi la mano mi fa capire che è lei ad avere un grande talento."

Mary spostò lo sguardo su Yvette e abbassò lo sguardo nel dire: "Pure affascinante."

"Già," concordò Yvette. "Le clienti saranno felicissime."

"Direi proprio di sì," si intromise Hanna, agitando le sopracciglia. "Dimmi... sei single?"

"Hanna!" disse Yvette.

Jacob liberò la mano da quella di Mary e ficcò entrambe nelle tasche dei pantaloni. "Sì, ma..." Lanciò una rapida occhiata a Yvette prima di rivolgere tutta la potenza del suo fascino verso Hanna e aggiungere: "Non sto cercando nessuno, al momento, per cui non cercare di farmi uscire con tutte le tue amiche." Fece una pausa, quindi aggiunse: "Almeno non ancora."

Le sue parole infastidirono Yvette, che dovette trattenere un'espressione corrucciata. Jacob aveva appena detto che non stava cercando nessuno, ma non si era fatto problemi a tuffarsi nel letto con lei. D'altra parte, nemmeno lei aveva avuto intenzione di frequentarlo. Era stata un'avventura.

Porca miseria. Isaac aveva ragione. Lei non era il tipo da cose superficiali. Lo dimostrava la sua reazione a Jacob. Chiuse gli occhi e trasse un respiro per farsi forza. Doveva lasciar perdere l'altra sera. Era l'unico modo per riuscire a lavorare con Jacob.

"Mary," disse Yvette, incrociando lo sguardo dell'altra donna. "Speravamo di poter parlare con te riguardo all'idea di fornire la libreria con il tuo caffè e magari qualche specialità. Hai tempo per sederti a parlare di qualche idea?"

"Certo," disse Mary. "Venite nel mio ufficio."

L'ufficio di Mary era piccolo, ma ordinato. Una scrivania di legno si trovava a un'estremità della stanza, mentre all'altra era posto un tavolo di plastica bianca pieno di merchandise. Mary tirò fuori due sedie di metallo pieghevoli da un ripostiglio e le preparò per Yvette e Jacob prima di prendere posto dietro la scrivania.

Yvette si appollaiò sul bordo della sedia e si sporse in avanti, mentre Jacob si sedette appoggiato allo schienale, con una caviglia appoggiata al ginocchio opposto.

"Allora," disse Mary mentre apriva un quaderno. "Cosa avevate in mente? Caffè in grani? Dolci? Biscotti?"

"Sì, ma non le cose che servite qui tutti i giorni," disse Yvette.

Jacob si voltò e le lanciò un'occhiata perplessa. Lei rispose con un sorriso soddisfatto.

Mary inclinò la testa. "Qualcosa di speciale?"

"Sì." Yvette annuì. "Il caffè sarà la vostra miscela, naturalmente, a meno che tu non abbia qualcos'altro da suggerire, ma per quanto riguarda i dolci, pensavo che sarebbe divertente se potessimo avere dei cupcake a tema, decorati con riferimenti a libri popolari, dei biscotti con citazioni letterarie famose e magari delle fette di torta i cui bordi ricordino le coste dei libri." Si rivolse a Jacob. "Tu che ne pensi?"

Piccole rughe apparvero agli angoli degli occhi dell'uomo quando questi le rivolse un sorriso. "È geniale, Yvette. Molto meglio di quello che avevo in mente io."

Yvette si scaldò dentro e cominciò ad avere la sensazione che quella collaborazione potesse davvero essere un'ottima cosa. Tornò a rivolgersi a Mary, che stava scribacchiando velocemente nel quaderno.

"'Era una notte buia e tempestosa,'" disse fra sé la donna.

Sollevò lo sguardo e proseguì: "'Francamente, me ne infischio.' 'Il ragazzo che è vissuto.'"

Yvette sorrise; aveva riconosciuto subito le citazioni. "Carino. *Paul Clifford*, *Via col vento* ed *Harry Potter*. Che ne dici di 'Tu sei sangue del mio sangue e ossa delle mie ossa?'"

"*Outlander*! Sì," disse Mary, saltellando sulla sedia. Se lo appuntò, quindi fissò Jacob con eloquenza. "E tu? C'è qualcosa che vorresti veder scritto sui biscotti?"

Jacob cambiò posizione. "Ehm..."

Dopo che l'uomo ebbe dato mostra di disagio per un minuto buono, Yvette si mise a ridere. "Sul serio? Il signor Bayside Books non riesce a farsi venire in mente una singola citazione?"

"No, è solo che..." Jacob strinse i denti.

"Non preoccuparti, Mary. Ti farò avere un elenco," disse Yvette.

"Aspetta. Una ce l'ho," disse Jacob. "'Non c'è nulla di più doloroso per la mente umana di un cambiamento grande e improvviso.'"

Yvette gli rivolse un'occhiata di apprezzamento e annuì. "Non male."

"Qual è la fonte?" chiese Mary.

"*Frankenstein*," rispose Jacob, tornando a sedersi comodo.

"Perfetto." Mary scribacchiò un altro paio di appunti. Una volta finito, disse: "Adoro questa cosa. Immagino che vorrete un rifornimento quotidiano."

"Sì. Il piano è proprio quello. All'inizio non ordineremo molto, ma se l'iniziativa dovesse avere successo, speriamo di diventare vostri clienti abituali," disse Yvette.

Mary liquidò le sue preoccupazioni con un gesto. "Stai tranquillo. Qualunque cosa ordinerai, i prezzi saranno quelli all'ingrosso. Sono sempre felice di collaborare con altre attività di Keating Hollow."

Il padre di Yvette le aveva dato un ottimo consiglio. Avrebbe dovuto ricordarsi di ringraziarlo, magari con una delle torte al caffè di Mary.

"Datemi qualche giorno," disse Mary, "e vi farò avere dei campioni. Se dovessero piacervi, stenderemo un contratto."

"Perfetto," disse Yvette mentre si alzava.

Jacob si alzò e tese di nuovo la mano a Mary. "Sono ansioso di assaggiare qualunque cosa le verrà in mente," disse mentre la stringeva la mano.

"Puoi scommetterci quel bel sederino," disse ammiccando la donna. "I miei cupcake ti faranno innamorare di me."

Jacob rise. "Ci scommetto."

"Basta così," disse Yvette, trascinando Jacob fuori dall'ufficio prima che Mary avesse la possibilità di sbavargli addosso. "Abbiamo una libreria da gestire. Mary, chiamami quando avrai qualcosa di pronto per noi."

"Oh, lo farò," esclamò la donna. "Più prima che poi!"

"È sempre così entusiasta?" chiese Jacob a Yvette mentre rientravano nell'ambiente principale del caffè.

Yvette scosse la testa. "No. Solo quando un bel nuovo arrivato civetta con lei."

"Non stavo civettando," protestò Jacob.

"Come no." Lei gli diede un colpetto sul braccio. "Credici."

CAPITOLO 5

*J*acob Burton seguì Yvette mentre rientravano alla libreria. Quando era uscito a prendere una tazza di caffè, più di un'ora prima, si era sentito frustrato da quella situazione nuova. Ora era divertito. Gli era piaciuto fare squadra con lei per dare il fatto suo all'ex. Quel tipo si era comportato in maniera inaccettabile, come se avesse voce in capitolo riguardo alle decisioni di Yvette. E Jacob era stato più che felice di aiutare a rendergli pan per focaccia.

Naturalmente, non appena il cretino era scappato fuori dal caffè, la situazione si era fatta leggermente imbarazzante. Ma ciò era dovuto solo al fatto che l'alchimia fra lui e Yvette era qualcosa di assurdo. Toccarla gli aveva fatto venire nuovamente voglia. E poi, c'era la sua schiettezza. Jacob adorava le donne che non avevano paura di dire la loro.

Intelligente, sexy e indipendente. Quelle erano le tre debolezze di Jacob e Yvette le possedeva in abbondanza. Era finito. Rallentò il passo, frapponendo una maggiore distanza fra di loro. Doveva darsi una calmata, smettere di pensare a lei come alla donna che aveva accompagnato a casa quella sera e vederla solo ed esclusivamente dal punto di vista professionale. Perché sapeva bene che una storia d'amore sul posto di lavoro era una ricetta per il disastro.

Yvette si fermò sulla soglia del suo ufficio. "Probabilmente, sarebbe meglio sedersi e discutere delle altre idee nel tuo fascicolo."

Lo stupore lo ammutolì per un istante. Certo, Yvette si era convinta sull'idea del caffè, ma Jacob non si era aspettato che lei fosse disposta a prendere in considerazione così presto ulteriori cambiamenti.

"Non serve che fai quella faccia sorpresa. Non sono del tutto irragionevole," disse lei con un sorriso provocante.

"È solo che…" Jacob scosse la testa. "È stata una giornata piena di sorprese."

"Puoi dirlo forte." I lunghi capelli castani della donna sventolarono quando lei si voltò e svanì nel suo ufficio.

Lui la seguì, cercando – senza riuscirci – di non posare lo sguardo sul suo posteriore. Se solo lei non avesse riempito così bene i jeans, magari lui avrebbe ascoltato quello che stava dicendo.

"Che ne pensi di questo punto?" chiese Yvette, accennando allo spazio sotto la finestra.

"Prego?" chiese lui.

"Per la tua scrivania," disse la donna. "Potremmo metterla qui fino a quando non avremo svuotato il magazzino e allestito un vero ufficio. Al momento, là dentro non ci sono finestre, ma non dovrebbe essere difficile aprirne una."

"Ah, sì." Condividere l'ufficio con quella splendida creatura non prometteva bene per la sua produttività. Avrebbe dovuto allestire uno spazio tutto per sé il prima possibile.

Yvette si schiarì la voce. "Mi dispiace. Non ci sono molte altre scelte, a meno che tu non voglia lavorare dove si troverà il nuovo caffè."

Jacob si acciglio. "Perché mai dovrei volerlo? Qui va benissimo."

Yvette esalò un lungo respiro. Sembrava sollevata. "Va bene, perfetto. Per un attimo, ho pensato che non fossi contento della situazione."

Jacob scosse la testa e la aiutò a liberare lo spazio. "Hai un'altra scrivania o devo prenderne una?"

Yvette si morse il labbro inferiore. "È sepolta nel magazzino."

"Ti pareva," disse ridacchiando lui. "Beh, andiamo a recuperarla?"

Yvette lanciò un'occhiata alla sua scrivania e al mucchio di fatture che la attendevano. "Assolutamente. Qualunque cosa pur di schivare i conti."

Jacob seguì il suo sguardo fino alla pila di fatture e trattenne un gemito. Aveva già dato un'occhiata ai libri contabili e non si aspettava spese fino alla fine del mese. Se Yvette aveva altri conti da pagare, le loro speranze di chiudere il mese in positivo erano appena volate fuori dalla finestra.

"Non fare quella faccia," disse lei, dandogli un colpetto sul braccio. "Non va così male. Sono solo le fatture degli ordini dell'ultimo minuto di dicembre. Abbiamo avuto una buona stagione festiva."

Buona era il problema, pensò lui. Avevano bisogno di qualcosa di *fantastico*. "Buona quanto?"

Yvette sollevò gli occhi al cielo. "Sei qui da meno di un giorno. Non potresti sistemarti prima di metterci a fare la guerra per i libri?"

No. La parola gli lampeggiò nella mente come un'insegna al neon. Ogni suo istinto gli diceva di restare esattamente dov'erano e passare al setaccio le finanze del negozio, ma sapeva che, se avesse proposto una cosa del genere in quel momento, la loro fragile tregua si sarebbe trasformata in guerra. "Hai ragione. Sistemiamo tutto. Potremo parlare più tardi del budget e delle proiezioni."

"Certo," disse Yvette. Ma il suo tono di voce non era molto entusiasta.

"I numeri non sono la tua passione?" chiese lui.

"Sarebbe brutto se dicessi di no?" chiese lei con una smorfia. "Era Isaac a occuparsi dei conti. Mi teneva informata, così che io sapessi sempre come andavano le cose, ma devo ammettere che non è la mia parte preferita degli affari."

"In tal caso, signorina Townsend, sembra proprio che siamo fatti l'uno per l'altra. Perché i numeri sono una delle poche cose in cui me la cavo molto bene. Non mi dispiace assumere quel ruolo," disse Jacob mentre seguiva la donna in una stanza buia in fondo al corridoio.

Yvette accese la luce e all'improvviso si irrigidì mentre si guardava attorno.

Jacob spalancò gli occhi alla vista della piramide di scatole. "Sono *tutte* rimanenze?"

"Eh... sì?" disse Yvette, come se non fosse sicura lei stessa.

"Porca di quella–" Il telefono di Jacob cominciò a riprodurre la versione non censurata di *Forget You*. Jacob lo prese, disattivò la suoneria e fissò il volto di Sienna che lampeggiava sullo schermo. Lei era l'ultima persona con cui voleva parlare in quel momento... nonché l'ultima persona con cui avrebbe voluto parlare in generale. Ma avevano ancora delle faccende in sospeso. "Scusa. Devo rispondere."

Yvette annuì.

Jacob si voltò. Stava già uscendo dal magazzino mentre rispondeva. "Hai dei documenti per me?" chiese a mo' di saluto.

"Ma come? Niente 'Felice anno nuovo' o 'com'è andato il Natale'?" chiese Sienna, la voce calda e vellutata.

"Sienna, lo sappiamo tutti e due che non te ne importa nulla di quello che ho fatto io durante le vacanze e io so per certo di non voler sapere come è andata ai Caraibi." Jacob raggiunse l'ingresso del negozio e uscì al freddo.

"Tuo padre te l'ha detto, allora," disse Sienna. "Bri e io—"

Jacob si schiarì la voce mentre la rabbia allo stato puro gli bruciava la gola. In quale mondo viveva Sienna per credere che a lui importasse qualcosa sapere della vacanza che la sua ex-fidanzata aveva fatto con il suo ex-migliore amico? "Arriva al punto, Sienna. Dimmi perché mi hai chiamato. Ha qualcosa a che vedere con Enchanted Bliss?"

"Perché hai sempre tutta questa ansia di parlare di lavoro?" chiese piagnucolando la sua ex.

Jacob si mise a camminare avanti e indietro sul marciapiedi. "Forse perché non c'è altro di cui parlare."

"Sai che non è vero, Jacob. Avevamo un'attività. Ci siamo quasi sposati. E—"

"E tu hai affidato la gestione a un ragazzino che non aveva idea di cosa fare mentre andavi a letto con il mio migliore amico. Nel frattempo, io sono tornato a lavorare da mio padre cosicché potessimo avere la casa sulla spiaggia che volevi tanto." La furia familiare lo travolse e Jacob provò l'intenso desiderio di rompere il telefono sul marciapiedi.

La rabbia che lo aveva divorato nel corso dell'ultimo anno era il motivo principale per cui era fuggito da Los Angeles per trasferirsi a Keating Hollow. E per i cinque giorni che aveva trascorso in paese, aveva funzionato. Non aveva pensato quasi mai a Sienna o a Brian da quando era arrivato in paese e mai da quando aveva posato lo sguardo su Yvette.

"Jacob," disse sospirando la donna. "Ti ho chiamato solo perché l'agente immobiliare deve farti firmare i documenti per la casa. E già che ci sei, tanto vale che chiudiamo l'accordo per Enchanted Bliss."

"Possiamo fare tutto via e-mail," rispose freddamente Jacob. "Ti farò contattare dal mio avvocato." Poi, prima che Sienna potesse aggiungere altro, chiuse la chiamata. Il suo telefono cominciò immediatamente a squillare di nuovo, ma lui lo silenziò. Conosceva troppo bene la sua ex. Lei voleva solo la sua attenzione. Ma questa volta, che gli venisse un colpo se lei l'avrebbe ottenuta.

Jacob ignorò la terza telefonata di Sienna e chiamò subito Norm, l'avvocato di famiglia.

"Stanley, Stanley e Cooper," rispose Penny, l'assistente di Norm.

"Hey, Pen. Sono Jacob. Ho bisogno di parlare con Norm. È in ufficio?"

"Certo, caro," disse la donna, con quella voce di vecchia sirena di Hollywood degli anni Cinquanta. "Aspetta un momento."

Si udì un clic, seguito da un altro, poi Norm rispose: "Jacob, stavo giusto per contattarti. L'avvocato della signorina Teller ci ha finalmente inviato i documenti riguardanti Enchanted Bliss. C'è stato uno sviluppo."

Lo stomaco di Jacob si rimescolò, facendogli venire la nausea. "Che genere di sviluppo?"

"La signorina Teller si rifiuta di firmare a meno che tu non sia presente di persona. Questo vale anche per la vendita della casa sulla spiaggia."

"È uno scherzo, vero?" Jacob non riusciva a immaginare un motivo valido per cui Sienna volesse vederlo, se non per alimentare il proprio ego o per creare una nuova versione della storia, che non la dipingesse come la cercatrice d'oro fedifraga che si era rivelata essere.

"Temo di no. Il suo avvocato dice che lei si rifiuta di firmare a meno che tu non sia presente."

Jacob trattenne un'imprecazione. "Quando devo venire?"

"Sabato. La signorina Teller sostiene che quello è il suo unico giorno libero. Se sei d'accordo, posso rendermi disponibile. E se siamo fortunati, riuscirai ad arrivare in mattinata. Organizzerò gli appuntamenti uno dopo l'altro e tu avrai modo di tornare in serata."

Sabato, pensò Jacob, levando gli occhi al cielo. Perché Sienna doveva costringere gli avvocati a lavorare nel fine settimana? Che roba.

Per quanto lui apprezzasse il tentativo del suo avvocato di assicurargli che non avrebbe dovuto trascorrere troppo tempo a Los Angeles, Jacob conosceva i suoi polli. Avrebbe scommesso i suoi ultimi cinquanta sacchi che non sarebbe riuscito a lasciare la città prima di lunedì, al minimo. Se Sienna insisteva per vederlo, significava che voleva qualcosa. E non avrebbe firmato nulla prima di ottenerlo. A ogni modo, se Jacob voleva liberarsi di lei, non aveva altra scelta che presentarsi. "Ci sarò. Mandami via e-mail gli orari degli appuntamenti e troverò un modo per organizzarmi."

"D'accordo. Dirò a Penny di preparare tutto. Ci vediamo sabato."

Jacob chiuse la comunicazione. Il suo telefono cominciò a

vibrare immediatamente. Sienna stava ancora cercando di contattarlo. Disgustato, Jacob la ignorò e si ficcò il telefono in tasca. Invece di tornare in negozio, imboccò la strada, camminando a passo sostenuto. Aveva bisogno di sfogarsi prima di rientrare in libreria. Non voleva scaricare inavvertitamente la sua frustrazione su qualcun altro, soprattutto non su Yvette.

CAPITOLO 6

*Y*vette era in magazzino a fissare gli scatoloni. C'erano molte più rimanenze del normale. Qualcosa non andava, decisamente. Si affrettò a tornare in ufficio e frugò in mezzo alle fatture ancora appoggiate sulla scrivania. Erano tutte come se le aspettava, con l'eccezione di quella sul fondo. Yvette lasciò ricadere le altre sulla scrivania mentre strabuzzava gli occhi.

"Oh, no." Chiuse gli occhi e scosse la testa, come se avesse letto male e avesse bisogno di dare una seconda occhiata. Ma quando guardò di nuovo la fattura, il suo errore divenne inconfondibile. Invece di ordinare dieci copie di ciascun volume di una serie in quattro volumi, aveva inavvertitamente ordinato dieci *scatoloni* di ciascuno. E siccome i libri erano pubblicati da un piccolo editore indipendente, non c'era possibilità di reso.

Un abisso si aprì nel suo stomaco. Come aveva potuto lasciare che ciò accadesse? In tutti gli anni da che lei era la proprietaria della libreria, non avevano mai commesso un simile errore. Era stato Isaac a occuparsi degli ordini, oltre che della contabilità. Non che lei fosse incapace di farlo; semplicemente, si erano divisi i compiti. Yvette guardò la fattura, sperando di poter incolpare Isaac dell'errore. Ma quando vide la data dell'ordine, quella fantasia volò fuori dalla finestra. L'ordine era stato effettuato la settimana dopo che Isaac se n'era andato di casa e aveva bruscamente smesso di aiutarla in libreria.

Non c'era da stupirsi che Yvette avesse combinato un guaio. Non solo non aveva moltissima familiarità con il software per gli ordini, ma aveva le emozioni subbuglio. Sferrò un pugno alla scrivania in preda alla frustrazione. Non avrebbe potuto scoprire l'errore il mese prima, quando non aveva ancora un socio a cui rispondere? Si lasciò ricadere sulla scrivania e nascose il viso fra le mani. Buona Dea, Jacob avrebbe pensato che lei fosse un'idiota. E avrebbe avuto ragione.

Yvette si sedette sulla poltrona, accese il computer e passò meticolosamente in rassegna ogni singola fattura. Una volta registrate e pagate tutte, guardò il saldo del conto corrente e sussultò. Era più basso di quanto la facesse sentire a suo agio. Non c'era da stupirsi che Jacob si fosse preoccupato.

Yvette si appoggiò allo schienale, rossa in viso e accaldata per l'umiliazione. Doveva fare qualcosa per rimediare. Ma cosa? Sebbene conoscesse già la risposta, prese il telefono, chiamò il fornitore e chiese se ci fosse la possibilità di effettuare un reso. La risposta fu un netto no. Era quello che le si era aspettata, per cui, invece di prendersela, cominciò a formulare un piano B.

Una cosa per volta. Doveva dare un'occhiata a quei libri extra. Non sarebbe andata da nessuna parte se li avesse lasciati vegetare in magazzino.

Dopo aver trascorso il resto della giornata aprendo scatoloni e lavorando sulla vetrina, Yvette era sudata e mezza morta di fame mentre, dall'esterno del negozio, osservava la vetrina. Doveva ammettere che aveva un bell'aspetto. Molto bello. Ma rispetto alle altre vetrine della Main Street di quel paese incantato, non era sufficiente a stupire i turisti. Aveva bisogno di qualcosa... qualcosa di magico. Quello di cui lei aveva bisogno era una strega dell'aria. Dubitava che Brinn avesse le capacità per realizzare una visione elaborata come la sua, e comunque l'altra donna era occupata con la chiusura del negozio. Yvette decise che se ne sarebbe preoccupata l'indomani mattina. Tirò fuori il telefono di tasca e guardò l'ora. Erano quasi le sei e Jacob era ancora disperso. A onor del vero, da quando lei si era resa conto del suo errore, non aveva esattamente atteso con ansia il ritorno dell'uomo. Voleva avere un piano solido già in atto prima di essere costretta a confessare l'errore. E sebbene la vetrina fosse un buon punto d'inizio, Yvette doveva ancora farsi venire in mente un evento per attirare la clientela.

E tuttavia, era un po' preoccupata per Jacob. L'uomo si era allontanato ore prima, per rispondere al telefono, ed era semplicemente scomparso. Mordendosi il labbro inferiore, Yvette cercò il suo contatto e lo chiamò. Il telefono squillò tre volte prima che scattasse la segreteria. "Jacob, sono Yvette. Ti chiamo solo per... beh, solo per sapere se stai bene. Te ne sei andato molto di fretta, oggi, e volevo assicurarmi che non ti fossi perso o qualcosa del genere. Se ascolti questo messaggio, fammi un favore e fatti sentire, così mi tranquillizzo. Grazie."

Yvette mise giù e si sentì una stupida. Jacob era un uomo adulto. Di sicuro non aveva bisogno che lei facesse la mamma chioccia. Il suo socio non aveva certo un orario di lavoro da rispettare: era il comproprietario, non un commesso. Yvette rientrò in negozio e si diresse direttamente verso il suo ufficio. Dopo aver preso la borsetta e le chiavi, rientrò in negozio.

"Brinn?" chiamò.

La sua dipendente uscì da dietro il bancone. "Sì?"

"Io esco. Hai bisogno di qualcosa prima che vada?"

Brinn scosse la testa, la coda di cavallo bionda che sventolava con grazia alle sue spalle. "Ci penso io. Buona serata."

"Anche a te."

Yvette guidò la sua Ford Mustang lungo il percorso di un chilometro e mezzo che conduceva nella casa di suo padre. Le lucine familiari che pendevano dagli alberi la fecero sorridere. Si sentiva sempre completa quando era con la sua famiglia, come se fosse esattamente dove doveva essere.

C'erano già delle auto disposte lungo il viale di suo padre. Yvette parcheggiò dietro al vecchio SUV di Noel e saltò giù. Prima ancora che avesse modo di raggiungere la veranda, la porta si spalancò e un piccolo shih tzu striato corse fuori, seguito da Daisy, sua nipote di sei anni. I riccioli scuri della bambina erano scatenati come lei mentre seguiva il cagnolino in cortile, gridando: "Buffy! Buffy, torna qui!"

Sua sorella Noel uscì in veranda, lanciò un'occhiata alla figlia e al cagnolino che correvano in cerchio, quindi sorrise a Yvette. "Vedo che sei sopravvissuta. Si può dire lo stesso del tuo appetibilissimo socio?"

"Un socio appetibile?" chiese Drew mentre usciva di casa. "La mia ragazza ha posato gli occhi su un nuovo arrivato?"

Noel levò gli occhi al cielo e passò un braccio attorno alla vita dell'uomo. "Come se avessi il tempo per avere a che fare con un altro uomo."

Entrambi rivolsero la propria attenzione a Yvette. Noel

inarcò le sopracciglia. "Allora, com'è andato il resto della giornata?"

"Abbiamo raggiunto un accordo per quanto riguarda il bar. Abbiamo deciso di collaborare con Mary e l'Incantation Café. A parte quello?" Yvette fece spallucce. "Non ne ho idea. Jacob ha ricevuto una telefonata e se n'è andato. Non lo vedo da prima dell'ora di pranzo."

"Io l'ho visto al birrificio," disse Drew. "Mi ha salutato, ma tutto qui."

"Se non altro, non è annegato nel fiume," borbottò Yvette.

"Come?" chiese ridacchiando Noel. "Perché sarebbe dovuto annegare?"

"Così. Forza, andiamo dentro. Sto morendo di fame."

"Daisy," chiamò Noel. "È ora di cena."

La bambina rivolse a sua madre un "Okay" poco sentito. Ma continuò a inseguire Buffy e Yvette capì che Daisy non avrebbe obbedito all'ordine materno senza un piccolo incoraggiamento.

"Daisy, non abbracci la zia?" chiese Yvette, raggiungendo la bambina e il cagnolino.

Sua nipote corse immediatamente verso di lei, le braccia spalancate. Yvette si accovacciò e fu quasi travolta quando Daisy le saltò addosso e si aggrappò a lei mentre la sollevava la faceva a vorticare. "Mi sei mancata, tesoro," le bisbigliò nell'orecchio.

"Anche tu mi sei mancata, zia." Daisy le schioccò un bacio sulla guancia, quindi ridacchiò mentre lei a faceva roteare ancora un po'.

"La zia ha fame," disse Yvette, che si era già incamminata verso la porta. "Vuoi entrare, così mangiamo qualcosa?"

Daisy annuì con entusiasmo, ma prima che loro potessero

fare il loro ingresso trionfale, la bambina gridò: "Drew, prendi Buffy!"

"Sì, principessa," disse ridendo l'uomo, andando a prendere il cane.

"È completamente succube," disse Noel, senza fare lo sforzo di abbassare la voce.

"E mi piace moltissimo," disse Drew, ammiccando.

Noel sfiorò l'anello di zaffiro della promessa che portava al collo e assunse un'espressione mielosa.

Un'ombra di invidia attraversò Yvette, che tuttavia la ignorò e sorrise a sua sorella, concentrandosi sul fatto che era davvero felice che Noel avesse trovato una persona che amava così tanto lei e Daisy. Ma era difficile guardare lo sbocciare di una nuova relazione quando la sua era esplosa in maniera tanto spettacolare.

La casa era calda e piena di risate quando entrarono in salotto. Olive, figlia di Clay e ora figliastra di Abby, era seduta assieme alla sorella minore di Yvette, Faith, di fronte a un fuoco scoppiettante. Olive stava da Noel e Daisy mentre Clay ed Abby erano in luna di miele. Le due stavano giocando a carte, mentre Lin e Clair si davano da fare in cucina, sistemando gli ultimi dettagli della cena.

Yvette lanciò un'occhiata al tavolo già apparecchiato e si accigliò. "Perché avete preparato per nove?" Fece un rapido conto delle presenze, assicurandosi di non saltare nessuno. Sei adulti e due bambine. "Si unisce qualcuno per cena?"

"Papà!" esclamò Noel. "Non gliel'hai detto? Avevi detto che l'avresti chiamata."

"Ho avuto da fare," esclamò il loro padre mentre tirava fuori dal forno qualcosa che somigliava molto a del pane all'aglio. "Ha importanza? È solo una cena."

Il terrore risalì nella gola di Yvette e minacciò di strozzarla.

Lei si aggrappò allo schienale del divano e disse faticosamente: "Ti prego, dimmi che non ha invitato Isaac. L'ho già incrociato oggi. *Non* è andata bene."

"Davvero?" chiese Noel, spalancando gli occhi per la curiosità. "Cos'è successo?"

La sua giusta indignazione tornò prepotentemente alla ribalta. "Ci credi che ha avuto il coraggio di rimproverarmi perché..." Abbassò la voce e bisbigliò: "perché me ne sono andata dal matrimonio di Abby con Jacob?"

"Scherzi?!" disse Noel, mettendosi le mani sui fianchi. "Non riesco a credere che lo abbia fatto, dopo il modo in cui ti ha lasciato. Che problema ha? Pensa che tu ti sia rovinata la reputazione o qualcosa del genere?" La sua espressione passò dallo stupore al disgusto. "Per un uomo gay, è sorprendentemente antiquato."

"Direi piuttosto moralista," disse Yvette mentre prendeva posto sullo sgabello al piano e annuiva a Clair in segno di ringraziamento, quando l'altra donna le passò un bicchiere di vino rosso.

"Meglio ancora somaro," intervenne Clair, facendo ridere tanto Yvette quanto Noel.

"Anche," concordò Yvette. "Ma per rispondere alla tua domanda, no. Non ha lasciato intendere che sarei diventata una donna macchiata o qualcosa del genere. In sostanza, ha detto che sono troppo emotiva per avere delle avventure e che si preoccupava per me."

"Ahh," disse Noel, annuendo, il che fece sì che una ciocca dei suoi lunghi capelli biondi le ricadesse su un occhio. Se la ravviò. "Capisco."

"Capisci cosa?" Yvette bevve un sorso di vino. "Che io sono troppo emotiva o che lui è preoccupato per me?"

"Tutte e due le cose." Noel si sedette accanto a lei e

appoggiò una mano su quella di Yvette. "Senti, hai ottime ragioni per odiare Isaac. Lui ti ha distrutto la vita. Non solo hai perso un matrimonio, ma hai quasi perso il negozio. Ti capisco. E se vuoi costruire delle bamboline voodoo e ficcarci degli spilloni dove non batte il sole, ti darò una mano."

Yvette ridacchiò. "Probabilmente, cuciresti tu stessa le bambole."

"Ho una buona manualità," disse annuendo Noel. "Comunque, papà non ha invitato Isaac a una cena in famiglia. Non è *così* ingenuo."

"Chi ha invitato, allora?" chiese Yvette proprio mentre suonava il campanello.

Daisy corse all'ingresso e un attimo dopo Yvette sentì la porta aprirsi, seguita dal suono di una voce maschile molto familiare.

Yvette si voltò e fissò Noel. *"Jacob* è qui?"

Sua sorella sollevò le mani e agitò le dita con poca convinzione. "Sorpresa."

"Chi lo ha invitato?" Il cuore di Yvette accelerò mentre il nervosismo prendeva il sopravvento. E lei che aveva pensato di trascorrere una bella serata rilassante con la sua famiglia.

Noel indicò il loro padre.

Voltandosi di scatto, Yvette fulminò Lin con lo sguardo. *"Papà!* Ti sembra il caso?"

"Certo, Rugginella. Ho pensato che sarebbe stata una buona idea far conoscere il tuo nuovo socio alla famiglia. Tutto qui." Suo padre le diede un colpetto sul braccio mentre la oltrepassava e tendeva la mano all'uomo in questione. "Jacob, sono felice che tu sia riuscito a venire."

"Non me lo sarei mai perso, signor Townsend. Grazie per avermi invitato. Di questi tempi, il cibo casalingo è una rarità, per me."

"Ringrazia Clair: è lei che ha fatto tutto il lavoro." Lin si voltò e sorrise al resto della famiglia. "Gente, lui è Jacob Burton, il nuovo comproprietario di Hollow Books. Jacob, loro sono la gente." Lin concluse rapidamente le presentazioni e mentre Jacob salutava Drew, Yvette seguì suo padre in cucina.

"Papà, perché mi hai fatto questo scherzo?" Non aveva desiderato altro che una bella cena in famiglia. Ora le sarebbe toccato cercare di comportarsi in maniera normale in presenza di Jacob. Difficile, dopo l'avventura di sabato sera, per non parlare dell'errore che lei aveva commesso e che non gli aveva ancora rivelato.

"Eddai, Rugginella. Io non ho fatto niente. Mi sono solo comportato da buon vicino. Lui è venuto a pranzo al birrificio. Per puro caso, io stavo aiutando Rhys al bar quando è entrato. Quando mi sono reso conto di chi era, mi è parso naturale invitarlo." Lin fece una pausa e la guardò. "So che voi due avete ancora delle differenze da appianare, ma c'è un motivo per cui dovrei avercela con lui? È il nipote della signorina Maple e mi sembra un bravo ragazzo."

"No," rispose Yvette, che all'improvviso si vergognava del suo atteggiamento. Imbarazzata, si fissò le mani mentre aggiungeva: "È un brav'uomo e tu hai fatto bene a invitarlo. Avrei dovuto farlo io, ma... beh, diciamo che è stata una giornata particolare."

"Sono certo che sia difficile abituarsi all'idea di aver ceduto parte del controllo sul tuo negozio." Suo padre le sorrise teneramente. "Lascia passare un po' di tempo. Presto troverai un ritmo. In caso contrario, troverai una soluzione."

"È facile dirlo, per te," borbottò lei mentre prendeva il pane all'aglio e lo metteva in tavola.

Jacob si scusò e la raggiunse. "Spero che non ci siano problemi."

"Certo che no. Perché dovrebbero essercene?" chiese lei con un sorriso smagliante.

L'uomo ridacchiò. "Sai perché. Ma tuo padre mi sta davvero simpatico e vorrei conoscere la comunità, per cui, quando lui mi ha invitato..." Jacob sollevò le mani in un gesto di impotenza. "Ho dovuto dire di sì."

"Va tutto bene, Jacob," disse lei, scuotendo la testa. "Siamo entrambi adulti. Non c'è nulla di strano nell'invito di mio padre. A lui piace conoscere tutti gli imprenditori della città."

"D'accordo." Jacob si infilò le mani nelle tasche dei jeans e ondeggiò sui talloni. "Allora non devo preoccuparmi che sia un padre iperprotettivo?"

Yvette sbuffò. "Ti pare? Papà sa che io so cavarmela da sola."

"Lo vedo bene." Jacob si schiarì la voce, quindi la abbassò mentre aggiungeva: "Mi dispiace di essermene andato, oggi. Avevo una faccenda in sospeso e–"

"Jacob," disse lei, sollevando una mano per fermarlo. "Non mi devi spiegazioni. Sei il comproprietario, non un dipendente. Tu fai quello che devi e io farò lo stesso. Purché continuiamo a comunicare, andrà tutto bene."

"Giusto." Jacob serrò le labbra in una linea sottile, come se stesse riflettendo su ciò che Yvette aveva detto, ma prima che potesse aggiungere altro, Clair piazzò le lasagne al centro del tavolo.

"È pronta la cena," disse la donna. "Sedetevi." Lanciò un'occhiata a Yvette e Jacob. "Voi due mettetevi in fondo al tavolo, vicino a Lin. Vuole conoscere l'ultimo arrivato a Keating Hollow."

Ovviamente. Yvette prese posto su un lato del tavolo, mentre Jacob si sedette di fronte a lei. Lin si sedette a capotavola. Il resto della famiglia li raggiunse e Clair cominciò a servire le lasagne.

Tutti cominciarono subito a chiacchierare. Olive e Daisy erano sedute all'altra estremità del tavolo, che si raccontavano storie dei loro cagnolini. Faith, che sedeva accanto a Jacob, intervenne con una storia dell'orrore riguardante un cane infernale, per poi guardarsi alle spalle e fulminare con lo sguardo il suo shih tzu, impegnato a distruggere uno dei cuscini del divano. Balzò in piedi, rovesciando quasi il bicchiere di vino, e si affrettò a chiudere il cane in una gabbietta vicino al muro. Il cucciolo piagnucolò in maniera patetica, quindi si diede da fare masticando la coperta.

Faith tornò al suo posto ed emise un sospiro esagerato. "Quel cane sta cercando di torturarmi."

"Magari ha bisogno di prendere lezioni di obbedienza," disse Jacob.

"Ah! Giusto. Non ci avevo pensato," rispose sarcastica Faith.

"Xena è stata bocciata in tre corsi diversi," disse Yvette, informando Jacob. "Abbiamo cominciato a chiamarla 'cane infernale'."

"Tre?" chiese l'uomo.

"Tre," confermò Lin. "Inoltre, si è mangiata due braccioli, un copriletto, tre scarpe e un caricabatterie ancora attaccato alla presa."

"È un miracolo che non sia rimasta fulminata," disse Faith. "Come puoi ben vedere, la gabbietta è fondamentale. Non so perché a Noel sia toccato l'angioletto e a me Satana." Indicò il dolce cane striato raggomitolato accanto a Daisy. "Il mio karma fa schifo."

Noel sollevò lo sguardo dal suo piatto e scosse la testa. "Non è colpa tua. Anche Buffy aveva un che di malefico. Semplicemente, credo sia stata un'allieva migliore."

"Probabilmente, hai trovato un addestratore più bravo," disse Faith. "Forse dovresti prendere Xena."

"Oh, no!" Noel sollevò le mani in un gesto di stop. "Ho già abbastanza da fare con Daisy, il cucciolo e Drew. Xena è tutta tua."

Faith fece spallucce. "Continueremo a lavorarci su."

"E a comprare mobili nuovi," disse accigliato Lin.

"È colpa tua se ho Xena!" esclamò Faith, per poi spiegare che le cucciole erano apparse un giorno a casa di Lin e che lei e Noel se ne erano ritrovate una a testa.

La conversazione rimase vivace per il resto della cena. Yvette ascoltò Jacob mettere sotto torchio suo padre riguardo al birrificio. Jacob voleva conoscere tutti i dettagli della sua fondazione, di come facevano a farlo prosperare e di quali erano i piani per il futuro. Sembrava davvero interessato e Lin era felicissimo di parlare dell'attività che aveva costruito nel corso degli anni.

Poi fu il turno di Jacob. Lin volle sapere tutto di Bayside Books, degli inizi del padre dell'uomo, del ruolo di Jacob nell'espansione dell'attività e del motivo per cui lui se n'era andato.

Jacob tacque per un istante mentre la sua espressione si faceva neutra. Poi, fu come se qualcuno avesse premuto un interruttore: l'uomo rivolse a Lin un sorriso rammaricato. "Il mio ruolo all'interno di Bayside Books era sempre stato inteso come temporaneo, fino a quando una nuova attività non avesse raggiunto la solidità. Dopodiché, l'idea era quella di creare un franchising. Ma..." L'uomo si strinse nelle spalle. "Quella collaborazione non ha funzionato, per cui eccomi qui."

"Non volevi restare in affari con tuo padre?" chiese Lin. Non c'era alcun giudizio nel suo tono di voce, solo curiosità. Nessuna delle figlie di Lin aveva mostrato molto interesse nel gestire la birreria, per cui Lin aveva assunto Clay, un mastro birraio di talento. Era solo per fortuna che l'uomo ed Abby si erano finalmente messi insieme. Ora, tutti davano semplicemente per scontato che, quando sarebbe arrivato il momento, Clay avrebbe gestito l'attività e le figlie di Lin avrebbero ereditato una quota ciascuna.

"Direi di no. Volevo cambiare," disse Jacob.

"Beh, Hollow Books non potrebbe essere più diversa dall'attività di tuo padre," disse Yvette, sollevando il bicchiere di vino per brindare. "Spero che non ti annoierai troppo, Jacob."

Il sorriso rammaricato dell'uomo si trasformò in puro divertimento. "Ora come ora, la mia situazione non è certo noiosa."

Yvette si schiarì la voce e distolse lo sguardo, temendo che, se avesse continuato a guardarlo, sarebbe arrossita violentemente e sarebbe morta per l'imbarazzo. E lo aveva già fatto abbastanza per un giorno solo.

Faith ridacchiò, ma si affrettò a coprirsi la bocca con la mano chiusa e finse un colpo di tosse. Si schiarì la voce e si rivolse a Jacob come se non avesse appena dato spettacolo. "Sto pensando di aprire una spa qui in paese, e ho sentito dire che tu hai esperienza in materia."

Yvette strinse le dita attorno alla forchetta e provò il vago desiderio di lanciarla contro la sua sorellina. Cosa stava facendo Faith? Sapeva che quella era l'attività di cui Jacob aveva parlato, quella che aveva fondato con la sua ex. Yvette era assolutamente certa che Jacob non volesse parlare né della sua ex-fidanzata né dell'impresa che aveva lasciato.

"Un po'," disse rigidamente Jacob. Poi, il suo tono di voce si fece profondamente risentito. "Era la mia socia a occuparsi dei dettagli. Io servivo solo per le mie tasche profonde... o così mi hanno detto."

"Caspita," disse Yvette, incapace di trattenersi. "Che roba. Mi dispiace, Jacob. Nessuno merita di essere trattato così."

L'uomo bevve un lungo sorso di vino. "Avrei dovuto essere più lucido. Il mio avvocato aveva cercato di convincermi, ma io ho lasciato che le emozioni interferissero con gli affari. È stata colpa mia e non accadrà mai più."

"Può essere difficile sapere di chi fidarsi, quando hai conosciuto tanto successo," disse Lin con un cenno del capo. "Ci sono momenti in cui un uomo deve fidarsi dei suoi consiglieri e momenti in cui deve fidarsi dell'istinto. Cosa ti diceva l'istinto?"

Jacob fissò il piatto. Quando sollevò lo sguardo su Lin, disse: "Credo che il mio istinto sia stato soffocato da altri fattori."

Lin scoppiò in una risata profonda. "Ci sono passato anch'io, figliolo. Credimi. La prossima volta, lo terrai presente."

"Speriamo proprio di sì." Jacob incrociò lo sguardo di Yvette. I due si fissarono a vicenda e un nodo si formò nello stomaco di Yvette. A giudicare dal rimpianto riflesso verso di lei, l'uomo stava pensando che aveva commesso un grosso errore la sera del matrimonio di Abby. E pur essendo certa che ciò fosse probabilmente vero, lei detestava ammetterlo con se stessa. Detestava pensare di essere un *errore*.

"Jacob," disse Faith, rivolgendosi all'uomo. "Mi pare di capire che la tua ultima attività fosse una spa. È così?"

"Faith," disse sottovoce Yvette.

Sua sorella la ignorò mentre incalzava. "Avrei davvero bisogno di qualche consiglio, se ti va. Ho sempre voluto aprire una spa di alto livello. Non ce n'è mai stata una Keating Hollow e a me piacerebbe molto cambiare le cose."

Jacob si schiarì la voce. "Beh, in realtà era Sienna che–"

"Sienna era la tua fidanzata e il tuo socio, vero?" Faith si coprì la bocca con la mano. "Oh... Mi dispiace," balbettò. "Fai come se non avessi detto niente."

L'irritazione lampeggiò negli occhi di Jacob. Ma poi, a un battito di ciglia, svanì. L'uomo raddrizzò le spalle e quando parlò di nuovo, si era trasformato nell'uomo d'affari freddo e controllato che Yvette aveva conosciuto quella mattina. "Non hai nulla di cui dispiacerti," disse a Faith. "Sarei felice di ascoltare il tuo piano d'impresa. Passa dalla libreria quando sarai pronta e ci darò un'occhiata."

"Davvero?" Faith si illuminò in viso mentre gli sorrideva. Poi gli mise una mano sul braccio e strinse. "Sei un vero tesoro, sai? Domani è troppo presto?"

"Sì," intervenne Yvette, infastidita per conto di Jacob. "Dagli almeno una settimana per ambientarsi. Poi potrai sfruttarlo a tuo piacimento. D'accordo?"

"Ah, sì. Certo," disse Faith, stringendo nuovamente il braccio di Jacob. "Mi sa che mi sono lasciata trasportare. Scusa; non volevo insistere."

"Va tutto bene," disse l'uomo, che tuttavia lanciò poi un'occhiata a Yvette e mimò con le labbra un *grazie*.

Lei si limitò a stringersi nelle spalle. Non gliel'aveva mica fatta scampare; gli aveva solo fatto guadagnare tempo.

"Sistemerò quello che ho già scritto e verrò a trovarti la settimana prossima." Faith emise una risata nervosa. "Spero di non fare una figuraccia."

Jacob abbassò lo sguardo fra Faith e Yvette, quindi ridacchiò fra sé. "Qualcosa mi dice che, quando si tratta di affari, le sorelle Townsend fanno di rado una figuraccia, se mai ne fanno."

"Beh, su questo hai ragione," disse Yvette. "Papà ha sempre detto che dovevamo saper fare due cose: cambiare l'olio della macchina e gestire il birrificio. Ha detto che, se potevamo fare quelle cose, potevamo fare tutto."

Lin rise. "È vero, eh? Tre di voi hanno attività di successo e sono sicuro che lo stesso varrà per la spa di Faith."

"Lo spero," disse Faith, torcendo il tovagliolo fra le mani. "Perché sto pensando seriamente di prendere in affitto i locali."

CAPITOLO 7

*J*acob sedette al bancone con Faith Townsend e si chiese come avesse fatto a ritrovarsi in mezzo al processo decisionale della creazione di un'ipotetica spa. Non avrebbe potuto importargliene di meno se le stanze per i massaggi sarebbero state rifinite con il legno o con la pietra. Ma a essere onesti, sapeva esattamente perché stava dando a Faith Townsend la sua disinformata opinione sul design: era perché non era riuscito a trattenersi. Il fascino di un'attività nuova, la freschezza, le possibilità, era tutto troppo seducente. Avevano già parlato di strategie, fornitori e marketing. Faith si era rivelata una spugna. Voleva conoscere l'opinione di Jacob su tutto, per cui non era stata una sorpresa quando gli aveva chiesto dell'estetica.

"Mi piacciono entrambe le ipotesi," disse lui. "Perché non decorare le stanze in maniera diversa, per offrire un'esperienza variegata?"

"Probabilmente, costerebbe di più," disse Yvette.

Era in piedi nella cucina, con un bicchiere di vino in una

mano e un caffè nell'altra. I suoi capelli scuri erano legati e all'improvviso Jacob la immaginò accoccolata sul suo divano di fronte al caminetto, mentre discutevano amichevolmente del modo migliore per espandere la loro attività. Con suo stupore, quel pensiero gli dava molto piacere. Sapeva che, se fosse stato sano di mente, si sarebbe alzato e si sarebbe congedato, invece prese la bottiglia di vino.

"Ancora?" chiese, rivolto a Faith e Yvette.

"Sì, grazie." Faith gli mise di fronte il bicchiere di vino.

Yvette guardò il suo, quindi scosse la testa accigliata. "Ho già superato il mio limite di un bicchiere e dopo devo guidare."

"Eddai, Vette," disse ridacchiando Faith. "Sono certa che Jacob potrà darti un passaggio se bevi un poco. Tanto, sa dove abiti."

"Ma ti sembra il caso?" disse Yvette, guardando malissimo sua sorella.

Faith si portò di scatto una mano alla bocca. "Oops. Mi sa che ho bevuto troppo."

Jacob rimise la bottiglia di vino sul piano e disse: "Forse siamo a posto tutti."

"Potresti aver ragione." Yvette prese i bicchieri dal piano e li portò al lavandino.

"Mi dispiace," disse Faith, che tuttavia aveva un sorriso troppo grande per poter essere sincera. "Mi è scappato."

"Va tutto bene," disse Jacob. "Credo che sia venuto il momento per me di andarmene."

"Oh, no. È prestissimo," disse Faith.

"No che non è presto," disse Yvette mentre guardava l'orologio sulla parete. "Sono le nove passate e papà ha bisogno di riposare."

Le nove passate? Davvero? pensò Jacob. Avrebbe dovuto

rendersi conto che si stava facendo tardi. Noel e Drew avevano preso le bambine e se n'erano andati più di un'ora prima e Lin si era ritirato sul divano con Clair, dove i due stavano guardando un vecchio film con John Wayne. Jacob si alzò in piedi e lanciò un'occhiata a Yvette. "Ci vediamo domani?"

Yvette attraversò la cucina e girò l'angolo mentre diceva: "Ti accompagno."

"'Notte, Jacob," disse Faith, agitando le dita al suo indirizzo. "Grazie per i consigli. Lo apprezzo molto."

"Figurati, Faith. È stato un piacere," disse lui.

"Smettila di incoraggiarla," bisbigliò Yvette mentre lo prendeva sottobraccio e lo trascinava verso la porta.

"Perché? Non credi che la spa sia una buona idea?" chiese lui.

"Certo che lo è. Ma ora non ti libererai più di lei. Finirà col chiederti consigli sui profumi da comprare."

"Ho sentito," esclamò bonariamente Faith. "E ti sbagli. Ho già deciso le fragranze."

"Almeno quelle," esclamò Yvette, gli occhi che brillavano di birbanteria.

Jacob osservò lo scambio di battute con divertimento e un po' di invidia. Da giovane, era stato figlio unico. Ora aveva due fratellastri, ma si vedevano solo durante i rari eventi in famiglia e lui non aveva mai avuto modo di formare con loro il legame che i membri della famiglia Townsend condividevano in maniera palese. Ciò che si era perso gli faceva dolere leggermente il petto.

"Buonanotte, Jacob. Sono felice che tu sia riuscito a passare, oggi," disse Lin mentre si alzava dal divano. L'uomo maturo tese la mano. "È stato un piacere conoscerti meglio."

"Lo stesso vale per me," disse Jacob, afferrando la mano

dell'altro uomo con entrambe le sue. "Lei ha una casa e una famiglia bellissime." Rivolse un cenno del capo a Clair. "Chiedo scusa se mi sono fermato troppo a lungo."

"Non preoccuparti, figliolo," disse Lin. "Non sono così vecchio. E poi, sto aspettando che mio genero mi porti dei documenti per il frutteto."

Yvette si irrigidì. Il suo tono di voce si fece gelido mentre diceva: "*Genero*? Dimmi che non stai parlando di Isaac."

Lin ebbe un sussulto. "Scusa, Yvette. Ex-genero. Isaac tiene ancora la contabilità della fattoria. Avevo bisogno di alcuni moduli per un incontro che si terrà domani. Dovrebbe passare a portarmeli dopo cena."

"Hai bisogno di un nuovo contabile, papà," disse Faith. La sua ilarità era completamente svanita e ora lei stava rivolgendo al padre un'occhiata di rimprovero. "Isaac non può continuare a venire qui. Non è giusto nei confronti di Yvette."

Lin si voltò verso Yvette, l'espressione preoccupata. "Vuoi che faccia così, Rugginella? So che ne abbiamo parlato e—"

"Va tutto bene," lo interruppe Yvette. "Non voglio certo che tu licenzi Isaac perché fra di noi non ha funzionato. Solo… magari avvisami, quando c'è il rischio che io lo incontri."

"Sei sicura?" le chiese Lin.

"Certo," disse Yvette; ma i pugni chiusi e la mascella serrata mettevano in evidenza come la situazione non la rendesse serena come lei cercava di dare a vedere. "Ho solo bisogno di un po' di tempo per abituarmi. Mi aiuterebbe che tu smettessi di definirlo tuo genero."

"Non succederà più," disse Lin con un risoluto cenno del capo.

"Va bene. Buonanotte," disse Yvette. "Papà, stai attento a non sforzarti troppo."

Lin borbottò un mezzo assenso mentre Yvette trascinava

Jacob fuori dalla porta d'ingresso. I suoi movimenti erano rigidi e stava mormorando sottovoce un commento sugli asini.

"Ti riferisci al tuo ex o agli uomini in generale?" chiese Jacob, cercando di alleggerire un po' l'atmosfera mentre la porta si chiudeva alle loro spalle.

Yvette scoppiò in una risata sconcertata. "Sai una cosa? Onestamente, non lo so. In quale mondo è giusto che lui si becchi metà del valore della mia libreria e anche la mia famiglia? E a me cosa resta? Una casa che amavo, ma in cui ora non sopporto di vivere, e un nuovo socio in affari che–" La donna sollevò lo sguardo e fece una smorfia. "Scusa. Non ce l'ho con te."

"Forse un pochino sì, ma va bene così. Capisco benissimo."

Yvette si fermò in mezzo alla veranda e si voltò verso di lui. I suoi occhi lo scrutarono mentre lei chiedeva: "Davvero?"

Jacob annuì, avvertendo la presenza familiare della rabbia che aveva soppresso. Gli faceva venire voglia di spaccare tutto e tutti quelli che lo avevano calpestato, sfruttandolo a loro vantaggio. "Io non ero sposato, ma ero fidanzato. E diciamo solo che la mia fidanzata si è portata via tutto quello che voleva, compreso il mio testimone."

Yvette spalancò sconvolta la bocca mentre lo fissava.

La bocca di Jacob si asciugò mentre udiva le sue stesse parole riecheggiargli nelle orecchie. Perché glielo aveva detto? Non aveva detto a nessuno di Sienna e Brian. Nemmeno all'avvocato che stava lavorando sullo scioglimento dell'impresa che avevano fondato e sulla divisione della casa sulla spiaggia che Jacob aveva comprato per loro. Non era mai riuscito a dirlo ad alta voce, prima.

"È orribile," disse Yvette, appoggiandogli delicatamente una mano sul braccio. "Mi dispiace. È davvero uno schifo."

"Già, beh, lo è anche sposare la donna che sostieni essere la tua migliore amica, per poi scappare con un altro uomo e pensare che nulla sia cambiato, se non la persona con cui convivi." Una ciocca di capelli era sfuggita allo chignon improvvisato di Yvette. Lui gliela scostò dalla guancia e la ravviò dietro l'orecchio. "Sono pronto a scommettere che Isaac è così egoista da non avere idea di quanto ti faccia male vederlo, figurarsi vederlo con il suo nuovo compagno o quando finge di essere ancora parte della tua famiglia."

La luce argentata della luna fece capolino attraverso le nubi e illuminò il bel viso della donna. Un piccolo cipiglio contemplativo aveva preso possesso delle sue labbra mentre lei lo fissava. "Sai, credo che tu abbia ragione. Voglio dire, lui sa di avermi fatto del male. Si è scusato innumerevoli volte. Ma vuole – a essere onesti, lo vogliono tutti – che io me ne faccia una ragione. Tutti continuano a dirmi di voltare pagina e lasciare che lui sia felice nella sua vita. E io vorrei farlo. Davvero. Eravamo ottimi amici. Mi rendo conto che lui non ha cercato di proposito di ferirmi, ma la verità è che soffro comunque. Non posso affrettare la guarigione, per quanto lo voglia."

"Lo so," disse Jacob, accarezzandole teneramente la guancia.

Il rumore di una portiera che sbatteva fece sussultare entrambi. Yvette balzò indietro, quindi sbirciò nell'oscurità. "Isaac, sei tu?"

"Sono io," sbraitò l'uomo mentre usciva dalle ombre. "Sono venuto solo a trovare Lin."

"Quanto a lungo ci hai osservato, esattamente?" chiese Yvette, le mani sui fianchi e gli occhi ridotti a fessure. Isaac doveva essere lì da prima che loro uscissero di casa; altrimenti, lei avrebbe sentito la sua auto percorrere il viale.

"Non vi stavo osservando," disse l'uomo. "Stavo

raccogliendo i documenti che erano caduti sul pavimento della macchina. Ma se lo avessi fatto, ti direi che stai commettendo un grosso errore affrettandoti in qualunque cosa tu stia facendo con il tuo *socio*. Insomma, Yvette, non crederai davvero che sia una buona idea."

Yvette lo guardò a bocca aperta e scosse la testa in preda all'incredulità.

Jacob fece un passo avanti, invadendo di proposito lo spazio personale di Isaac. "Sono abbastanza sicuro che quello che fa Yvette non sia più affar tuo. Magari dovresti tenere per te quello che pensi, eh, amico?"

"Certo che è affar mio. Sono suo marito," disse Isaac, indietreggiando e spostandosi di lato per allontanarsi dall'uomo più alto.

"Ex-marito!" gridò Yvette. "Ex-marito, Isaac. Abbiamo firmato entrambi i documenti. Sono stati spediti. Non puoi comportarti come se fossi roba tua perché la notifica dell'ordinanza di divorzio non è ancora arrivata. Smettila di comportarti come se avessi voce in capitolo in quello che facciamo io o chiunque altro."

"Chiunque altro?" ribatté Isaac, gli occhi che lampeggiavano di rabbia. "Andiamo, Yvette. Non fare la stupida. Sai benissimo che voglio solo prendermi cura di te."

Che uomo condiscendente, pensò Jacob. Quel tizio faceva sul serio? I suoi muscoli si fletterono involontariamente e lui riuscì a malapena a trattenersi dal metterlo fuori combattimento. Se fosse stato più giovane, forse lo avrebbe fatto. Ma l'età gli aveva portato almeno un po' di saggezza. La violenza non avrebbe fatto altro che peggiorare la situazione. E poi, Yvette se la stava cavando piuttosto bene da sola.

Yvette attraversò il cortile e si fermò proprio di fronte

Isaac. Il suo corpo tremava per quella che Jacob immaginò essere rabbia quando la donna si sporse in avanti e disse: "Non dirmi mai più quello che devo fare. Non spetta a te prenderti cura di me e non amo il tuo tono condiscendente. Hai rinunciato al diritto di avere qualunque opinione su quello che faccio quando mi hai consegnato i documenti per il divorzio."

"Yvette," disse Isaac, allungandosi per toccarla sulla spalla.

Yvette si ritrasse di scatto. "Non toccarmi. Abbiamo finito." La donna si voltò verso Jacob. "Pronto?"

"Assolutamente sì," disse lui, vagamente sorpreso quando lei si recò al suo furgone. Senza dire una parola, Jacob aprì la portiera del passeggero e poi non riuscì a trattenersi: lanciò a Isaac un sorrisetto soddisfatto mentre si recava al posto di guida.

"Scusa," disse Yvette, scuotendo la testa non appena lui ebbe preso posto al volante. "Sono così arrabbiata che non mi sembra il caso di guidare."

"Nessun problema." Jacob accese il motore e imboccò con il furgone il lungo viale che conduceva alla strada principale.

Yvette abbassò lo specchietto retrovisore ed emise uno sbuffo infastidito. "Ci sta guardando dalla veranda."

"Certo." Jacob le sorrise. "È geloso."

Yvette levò gli occhi al cielo. "Sì, all'inizio pensavo anch'io che lo fosse, ma ora credo semplicemente che sia rimasto punto nell'orgoglio. Voglio dire, insomma, è palesemente innamorato di un uomo."

"Non è solo il suo orgoglio. Ti dico che è geloso. Si vedeva benissimo."

Yvette si voltò sul sedile, dando a Jacob la sua completa attenzione. "Lo pensi davvero?"

"Yvette, se ti ha sposato, è palese che ti amava. Probabilmente, questo non è cambiato solo perché si è reso conto di essere gay. Quell'uomo è assolutamente geloso. Che voglia ammetterlo o meno, detesta vederti con un altro uomo."

"Mmm." Yvette si tamburellò sulle labbra con un'unghia dipinta di rosso. Poi sorrise e disse: "Ottimo. Facciamolo soffrire un po'."

Jacob rise. "Così si fa."

CAPITOLO 8

$\mathcal{Y}$vette aveva dormito sorprendentemente bene, considerato il disastro con Isaac la sera prima. Jacob era riuscito a tranquillizzarla e si era persino comportato da perfetto gentiluomo quando l'aveva accompagnata a casa. Si era offerto di venirla a prendere e accompagnarla al lavoro, ma Yvette aveva rifiutato, preferendo non disturbarlo.

Invece, si era imbacuccata con jeans e maglione e aveva indossato gli stivali foderati di pelo. Aveva completato l'abbigliamento con una giacca di lana rossa, guanti grigi e una sciarpa abbinata, e aveva tirato fuori la bici dal garage. La mattina era nuvolosa e fredda, con un po' di pioggerella, ma nulla di insormontabile. L'aria fredda le punse le guance mentre percorreva in bicicletta le strade di Keating Hollow e nonostante il clima, lei non riuscì a non ammirare il suo bel paesino.

Le luminarie illuminavano i lampioni e la maggior parte delle vetrine era decorata con neve finta e messaggi festivi. Lei sapeva che, per la fine della settimana, tutto sarebbe svanito, sostituito dalle decorazioni per la festa dell'Anno Nuovo delle Streghe. Poco dopo, tutto sarebbe stato decorato con cuori rossi rosa e frammenti di poesie adatti al giorno di San Valentino. Quella consapevolezza le strappò un gemito.

Gli abitanti di Keating Hollow adoravano San Valentino. Non ci si poteva sfuggire. Sarebbe stato dappertutto. La signorina Maple avrebbe cominciato a servire cupcake a forma di cuore sormontati da cuoricini di cioccolato, il birrificio avrebbe iniziato a produrre la Pozione d'Amore inventata da Clay e i ristoranti avrebbero cominciato a pubblicizzare i menu speciali per San Valentino e ad accettare prenotazioni per quel giorno. Di solito, si riempivano nel giro di un'ora e avevano liste di attesa di dozzine di persone. Nel frattempo, Yvette avrebbe riempito le vetrine di romanzi rosa, riempito il negozio di rose, mangiato una vaschetta di gelato al cioccolato caramello e contato i giorni fino al quindici febbraio.

Era ancora presto e, con l'eccezione dell'Incantation Café, la maggior parte delle attività in Main Street era ancora chiusa. Yvette non si aspettava che qualcuno fosse già in negozio, ma quando parcheggiò la bici, notò due cose: il furgone di Jacob era già lì e la vetrina principale era animata.

Emise un piccolo gemito quando dedicò la propria attenzione alla vetrina. I libri che vi aveva piazzato il giorno prima erano tutti sospesi a mezz'aria e ondeggiavano lentamente avanti e indietro, come spinti da una brezza delicata. Più in basso, sul ripiano dove lei aveva creato un piccolo villaggio con tanto di piccole streghe, lupi mannari e vampiri di feltro, le creature ballavano a coppie in mezzo alla strada.

"Mancano solo le lucine e la luna settembrina, dopodiché la vetrina sarà completa," disse Jacob alle sue spalle.

Yvette sobbalzò, colta alla sprovvista della voce dell'uomo. "Da quanto tempo sei qui?"

"Solo un attimo." L'uomo mostrò un sacchetto su cui c'era scritto *Incantation Café*. "Ti ho portato degli scone da accompagnare al caffè."

Yvette lanciò un'occhiata al sacchetto. "Non ci sta mica il caffè, lì dentro."

Jacob sorrise. "No, ma c'è la miscela da usare nella macchina nuova che è arrivata dopo che sei uscita, ieri. Brinn ha lasciato il pacco e un biglietto sul banco e io l'ho trovato questa mattina."

"È arrivato in fretta," disse Yvette, di nuovo al tempo stesso colpita e leggermente infastidita per il fatto che Jacob avesse ordinato la macchina senza nemmeno chiederglielo. Ma trasse un respiro profondo e si levò quel pensiero dalla testa. Erano già scesi a patti per quanto riguardava il bar nella libreria. Era ora di lasciar perdere. "Sei stato tu?" chiese mentre indicava la vetrina.

"Sì," disse Jacob, osservandola attentamente. Era palese che stava valutando la sua reazione quando aggiunse: "L'ho vista questa mattina e ho pensato che fosse il caso di effettuare un piccolo cambiamento. Che ne pensi?"

"È perfetta!" Yvette sorrise da un orecchio all'altro. "Ieri ho pensato che c'era bisogno di una strega dell'aria per darle qualcosa di speciale, ma tu te n'eri già andato e... beh, non c'era tempo per chiamare mia sorella e Brinn non ha l'eleganza necessaria a realizzare quello che avevo immaginato. Cosa stavi dicendo della luna e delle lucine?" Yvette tornò a guardare la vetrina.

"Lo spettacolo è fantastico di giorno, ma se aggiungi qualche luce, sarà fantastico quando scenderà il buio. Tu sei una strega del fuoco, vero? Che ne pensi?"

"Non aggiungere altro." Yvette entrò nel negozio. Dopo aver frugato fra le cose che usava per allestire le vetrine, trovò un pacchetto di candeline e un pezzo di legno rotondo che aveva usato una volta come base per un albero di Natale in miniatura. Tornò alla vetrina e diede il tutto a Jacob. "Fai galleggiare il legno nell'angolo a sinistra sopra il villaggio e posiziona le candele in modo che siano sospese nelle finestre degli edifici."

"Capito." Jacob lanciò il tutto in aria. Le candele si allinearono di fronte a lui come in attesa di ordini, mentre il pezzo di legno si allontanò fluttuando. Jacob fece schioccare le dita e ciascuna candela andò esattamente al posto giusto, mentre la finta luna fluttuava al suo posto come se avesse letto nella mente di Yvette e non in quella di Jacob.

Yvette si concentrò in primo luogo sulla luna. Immaginò delle braci che ardevano dal suo interno e, come se niente fosse, il pezzo di legno cominciò a brillare di luce arancione. "Perfetto."

"C'è del fuoco dentro?" chiese Jacob mentre ammirava l'operato di Yvette.

"Sì, ma è una fiamma magica, per cui è contenuta. Il legno non prenderà fuoco." Yvette dedicò la propria attenzione alle candele. Sollevata la mano chiusa a pugno all'altezza della bocca, soffiò un po' d'aria nella vetrina. Una minuscola luce volò via dalle sue labbra e girò attorno a ciascuna candela, accendendo gli stoppini come un'operosa lucciola. Yvette si rivolse a Jacob. "Che ne pensi?"

L'uomo ridacchiò. "Hai davvero un fuoco dentro."

"Questo è quello che succede quando frequenti una strega del fuoco." Yvette ammiccò, quindi prese il sacchetto dell'Incantation Café che Jacob aveva lasciato su un vicino scaffale. "Dimmi che c'è una brioche qui dentro."

"Usare la magia ti fa venire fame?"

"Sempre," disse lei, sbirciando nel sacchetto. "Santo cielo!" Tirò fuori un biscotto che aveva la stessa identica forma della facciata della libreria. Sopra c'era scritto *Hollow Books* e la porta rossa era identica a quella dell'ingresso del negozio. "Non riesco a credere che abbiano già cominciato a lavorare sulle cose per noi. È stata Hanna a farlo?"

"Sì. Dai, provalo," disse Jacob mentre si recava al banco dove aveva già installato la macchina per l'espresso.

Yvette diede un piccolo morso e non appena il pan di zenzero le entrò in bocca, le spezie esplosero sulla sua lingua, strappandole un gemito di piacere.

"Proprio come ho reagito io," disse Jacob mentre azionava la macchina del caffè come un esperto.

"È incredibile quanto siano buoni," disse Yvette, dando un altro morso, più grosso. Era così assorbita dal biscotto che si accorse a malapena quando Jacob le mise di fronte un cappuccino. Annuì e accompagnò il resto del biscotto con un bel sorso di cappuccino. Doveva ammettere che era buono. Ottimo, a dire il vero. "Avevi ragione," ammise. "Un bar nella libreria è proprio quello di cui avevamo bisogno. Fra questi biscotti e tutto il resto che quelli si faranno venire in mente, e il caffè fresco, avremo un successone fra i lettori."

Jacob sollevò il suo caffelatte in un gesto di riconoscimento, quindi disse: "Sei stata tu ad avere l'idea dei dolci personalizzati. Il merito di quello va tutto a te. Hai avuto un'ottima idea, mia nuova amica."

Ma Yvette scosse la testa. "È tutto merito di Hanna. Io ho solo chiesto qualcosa di simpatico per il negozio." Posò il caffelatte sul banco e si morse il labbro inferiore. "Devo dirti una cosa."

Jacob la condusse a un divanetto vicino e le fece cenno di

sedersi. Quando lei ebbe preso posto, lui si sedette accanto a lei. L'uomo aveva un leggero e piacevole odore di legno che la spinse a chiedersi se avesse preso casa in mezzo ai boschi di sequoie. "Spara. Sono tutt'orecchi."

"Beh, ho fatto un guaio. Un guaio grosso. Te l'avrei detto prima, ma l'ho scoperto ieri, dopo che tu eri andato via, e la cena non mi sembrava il momento migliore per parlarne."

"D'accordo," disse Jacob, aggrottando la fronte e concentrandosi su di lei. "Quanto grosso?"

"Dipende dai punti di vista," disse lei.

"Immagino. Perché non mi dici semplicemente di cosa si tratta? Poi vedremo." Jacob aveva incrociato le braccia ed era serissimo, ora, mentre la guardava con un volto di pietra.

Yvette avvertì l'impulso a indietreggiare o a schiarirsi la voce, ma non fece nessuna delle due cose. Invece, ingoiò l'ansia e disse di getto: "Ho ordinato un mucchio di libri di troppo che non si possono rendere... e dopo che ho pagato le fatture, il nostro livello di liquidità è pericolosamente basso."

Jacob esitò. Poi le sue guance cominciarono ad arrossire di quella che lei diede per scontato fosse irritazione. "Non si possono rendere?"

Yvette annuì. "I piccoli e micro-editori non hanno tirature, solo stampa su richiesta. E... ecco... porca miseria! Era Isaac a fare gli ordini e io non conoscevo il software e ho fatto un casino. Non succederà più. Fidati di me. Imparo in fretta."

"Conosco la piccola e micro-editoria," disse Jacob.

"D'accordo. Beh, comunque, ho cercato di rendere alcuni dei libri, ma come previsto, non è stato possibile. Per cui ho pensato a un piano per mettere in movimento questi libri." Yvette si sporse in avanti, proiettando tutta la sicurezza che riuscì a trovare. "Vuoi sentirlo?"

"Non vedo l'ora," disse l'uomo, scuotendo la testa con quella che lei immaginava fosse incredulità.

"Una cosa per volta. La vetrina è fatta. Grazie per l'aiuto. Credo che attirerà molto l'attenzione."

"Lo spero," disse Jacob, sporgendosi sulla sedia mentre osservava Yvette. "Ma sai benissimo che lo scopo principale di una vetrina è attirare i clienti. Questo non si traduce sempre in maggiori vendite di quello che viene pubblicizzato."

"Sì. Lo so benissimo," disse Yvette. "È per questo che la vetrina era solo il primo passo." Tirò fuori un volantino che pubblicizzava la festa per l'anno nuovo di Keating Hollow. "L'evento è previsto per questo fine settimana e il paese si riempirà di turisti. Noel dice che la sua locanda è piena e lo stesso vale per il Book and Stone, quella grande casa vittoriana che hanno trasformato in bed and breakfast qualche anno fa. E io so per certo che Miranda Moon vive da qualche parte nel nord della California. Pensavo che magari potremmo invitarla per un firmacopie e pubblicizzare la cosa in paese. Magari potremmo chiedere a Hanna di preparare dei biscotti che ricordino lo stemma sui suoi libri."

"È già martedì," disse Jacob.

Yvette lo guardò stupita. "È questa l'unica reazione? 'È già martedì'?"

Jacob diede un'occhiata all'orologio e annuì. "Questo ci lascia sì e no quattro giorni per contattare l'autrice, firmare il contratto, trovarle una stanza–"

"Può stare a casa mia," disse Yvette. "Ho spazio. Ed è gratis."

"È già qualcosa." Jacob tirò fuori il telefono, fece una rapida telefonata a una persona di nome Fran e si procurò in men che non si dica il numero di telefono personale di Miranda Moon.

"Come hai fatto?" Yvette inclinò la testa, osservando attentamente Jacob. "Conosci Miranda?"

Lui annuì. "Certo. L'ho incontrata a un paio di conferenze. Ed era amica della mia ex. Ho avuto il suo numero dal nostro vecchio wedding planner. Miranda avrebbe dovuto essere una delle damigelle."

Yvette gemette. "Non dirai sul serio."

Jacob si produsse in una risata priva di umorismo. "Oh, sono serissimo. Adesso la chiamo e vedo cosa riesco a combinare."

Cinque minuti dopo, Jacob concluse la telefonata con un sorriso trionfante. "Miranda arriverà venerdì pomeriggio. Rimarrà per tutto il fine settimana, per incontrare i fan e firmare qualunque libro le mettano davanti."

"Come hai fatto?" chiese Yvette con un sorrisetto. "Lei non poteva vederti, per cui non può essere merito del tuo sorriso smagliante o del tuo discreto aspetto."

"Discreto aspetto?" Jacob scoppiò a ridere. "Non mi freghi, Townsend. Mi ricordo ancora di sabato sera."

Yvette arrossì. "Come non detto. Ho del lavoro da fare. Preparerò delle cartoline e dei volantini per tutte le attività locali, dopodiché dovrò diffondere la notizia on-line." Fece per tornare in ufficio, ma dopo aver fatto qualche passo si fermò e si guardò alle spalle. "Mi dispiace per quell'errore. Non succederà più. Te lo prometto."

Jacob inclinò la testa di lato e la osservò. "Yvette, tu pensi che io sia arrabbiato?"

"Beh, sì. Perché non dovresti? Ho commesso un errore gigantesco e ora ci tocca cercare un modo per vendere tutti quei libri in più invece di sederci a lavorare su nuove idee per il negozio."

"Questa *è* una nuova idea," disse Jacob. "Gli eventi di autografi, soprattutto quelli con autori locali, sono un'ottima pubblicità per noi e per loro. Vorrei organizzarne almeno uno al mese nel futuro prossimo. E per la cronaca, non me la sono presa. Nemmeno lontanamente. Se sono preoccupato per la liquidità? Sì. Ma troveremo una soluzione. Io non sono perfetto e non mi aspetto che lo sia neanche tu. Tutti commettono degli errori. La cosa importante è assumersene la responsabilità. E credo sia giusto dire che tu hai fatto ben di più, per cui ti ringrazio." Jacob tese la mano, aspettando che lei la stringesse, ma invece Yvette gli buttò le braccia attorno e lo strinse a sé.

"Ehi," disse Jacob, colto alla sprovvista; ma subito la circondò con le braccia e ricambiò la stretta.

"Grazie," disse lei contro la sua spalla. "Se è così che affronti i problemi, credo che saremo una bella coppia."

"Questo significa che la nostra società prevederà abbracci semi-regolari? Perché a me non dispiacerebbe," scherzò lui.

"Certo." Yvette ridacchiò. "Sarà un piacere, purché tu mi tenga rifornita di biscotti e cappuccino."

"No, Yvette, il piacere sarebbe tutto mio," le disse lui all'orecchio, facendola rabbrividire fino alle dita dei piedi.

CAPITOLO 9

*J*acob trascorse la mattinata riempiendo gli scaffali con la merce che ingombrava il suo futuro ufficio.

La prima cosa da fare era allestire un paio di tavolini dove mettere in mostra la montagna di libri di Miranda Moon che Yvette aveva ordinato.

Jacob doveva ammettere di essersi sentito leggermente allarmato quando Yvette gli aveva detto dell'errore. Le librerie erano note per i loro margini di guadagno risicati e Hollow Books non faceva eccezione. Lui credeva che si potessero fare dei passi per far crescere l'attività in maniera significativa, ma se loro fossero stati imprudenti, non sarebbero rimasti aperti a sufficienza anche solo da provare.

Ma il fatto che lei glielo avesse detto immediatamente e avesse sviluppato un progetto per mettere in movimento le scorte in eccesso aveva confermato il motivo per cui Jacob si era messo in affari con lei. Quando le aveva parlato al telefono, qualche settimana prima, l'aveva scoperta intelligente, appassionata e completamente dedita alla sua attività – le tre cose di cui lui credeva gli imprenditori avessero bisogno per aver successo. Ma quelli non erano gli unici motivi per cui lui aveva scommesso su Hollow Books. Sua zia era stata un fattore determinante, così come la necessità di allontanarsi il più velocemente possibile dal sud della California. C'erano state parecchie ragioni per dire di sì è solo una per dire di no. I sì avevano vinto.

Se la sua vita con Sienna non fosse crollata, Jacob non si sarebbe mai visto a investire in un posto come Hollow Books. Non sarebbe mai diventato più di una libreria di paese e quello, più di ogni altra cosa, rendeva il luogo inadatto... o almeno lo aveva fatto prima che crollasse tutto. Allora, Jacob si era ritrovato all'improvviso desideroso di qualcosa di semplice. Qualcosa che significasse *di più...* qualcosa di diverso dal profitto.

Semplicemente, si chiedeva quanto a lungo sarebbe rimasto soddisfatto in un paesino, a gestire un singolo negozio, invece di lasciare il segno nel mondo degli affari. Il tempo lo avrebbe aiutato a capire, ma per il momento lui si stava divertendo parecchio con la sua fiera socia.

"Yvette," esclamò. "Smettila di mangiare i biscotti. Abbiamo dei libri da impilare."

La donna aveva un biscotto in una mano e un tovagliolo nell'altro. "Devo mangiarli, altrimenti non ne rimarranno più. *Qualcuno* continua a prenderli mentre fa avanti e indietro dal magazzino."

Jacob rise. La donna aveva ragione. Lui non riusciva a trattenersi: quei biscotti erano *davvero* buoni. "Metti giù. Una mano mi farebbe comodo. Prometto che non mangerò la tua parte."

Yvette gli lanciò un'occhiata scettica, ma appoggiò il biscotto sul tovagliolo e si voltò per lavarsi le mani nel piccolo lavandino a parete dove si sarebbe trovato il nuovo bar. Jacob fissò il biscotto quasi intatto e prese seriamente in considerazione l'idea di rubarglielo prima che lei si voltasse, ma aveva le mani piene di libri e aveva davvero bisogno dell'aiuto di Yvette.

"D'accordo," disse la donna. "Di cosa hai bisogno?"

"Li vedi quei libri?" Jacob accennò con il capo a una pila di libri di fronte a lui. "Ho bisogno che tu li impili al centro del tavolo."

"D'accordo. Adesso?" chiese Yvette dopo aver finito.

Jacob lasciò cadere il grosso mucchio di libri che aveva in mano nello spazio appena liberato e spiegò come voleva che il tavolo venisse preparato in modo da avere la massima visibilità.

"Ci penso io." Yvette si mise al lavoro, piazzando i libri in una varietà di posizioni cosicché i visitatori potessero vedere le copertine da molte angolazioni diverse. Una volta finito il lavoro sulla sua sezione, si recò alla porta e osservò il tavolo con occhio critico. "C'è troppo ingombro. Sarebbe meglio levare uno degli stendardi... quello sulla sinistra. E tutti i libri sulla destra vanno spostati di cinque-otto centimetri. Esatto, proprio così," disse quando Jacob fece come lei gli aveva chiesto. "Perfetto."

Jacob si prese un momento per osservare il tavolo dal punto di vista di Yvette e una volta fatto, rimase ancora una volta molto colpito dal suo occhio per il dettaglio. Era come se fossero la coppia perfetta. Inoltre, ciò lo spinse a chiedersi perché lei si fosse preoccupata tanto dopo aver ordinato quei libri. Per quanto la riguardava, Yvette era tutto ciò che lui aveva creduto fosse: intelligente, appassionata e devota. Non doveva preoccuparsi della sua opinione. Era bravissima nel suo lavoro.

Ma poi, poco dopo l'una di pomeriggio, Jacob capì perché

Yvette si era lasciata influenzare tanto dalla sua reazione. Si era messo a riempire gli scaffali con gli ultimi arrivi quando, guarda un po', Isaac Santini entrò e individuò immediatamente l'elaborata esposizione dei libri di Miranda Moon.

"Che cos'è questa roba?" esclamò l'uomo, fissando nella direzione di Yvette.

"Un espositore di libri," rispose in tutta calma lei. "Dovresti darci un'occhiata: i libri di Moon sono divertenti, romantici e pieni di emozioni."

"Yvette, lo sai che il negozio non può tenere così tanta merce in magazzino. È irresponsabile. Cosa stai cercando di fare? Di finire sul lastrico?" L'uomo prese un libro e diede un'occhiata alla costa. Con un gemito, aggiunse: "Non li puoi nemmeno rendere in cambio di credito."

La donna incrociò le braccia e guardò storto Isaac. "Avevi bisogno di dirmi qualcosa, a parte che sono una pessima imprenditrice?"

"Non è–" esordì Isaac.

Yvette gli strappò il libro di mano e lo rimise sul tavolo. "È meglio che tu vada. Non abbiamo nulla da dirci."

Jacob si mise alle spalle di Yvette, pronto a darle manforte nel caso avesse deciso che il suo ex andava accompagnato fuori.

"Sono qui per comprare un regalo," disse Isaac con un sospiro pesante. "Diamine, Yvette. Non mandare in rovina il negozio solo perché ce l'hai con me."

"Non abbiamo bisogno che tu compri qualcosa," disse la donna, indicando la porta.

"Mi sa di sì," disse Isaac, osservando la grande esposizione.

Yvette aprì la bocca per contraddirlo, ma Jacob parlò prima che lei potesse spiccicare parola.

"A dire il vero, Isaac," disse Jacob, "non è così. E quello che abbiamo in magazzino fa parte di un nuovo progetto che siamo entusiasti di aver implementato. Mi dispiace se non te lo abbiamo presentato prima, ma ci siamo detti che non era necessario, considerato che tu non sei più uno dei proprietari. Ma grazie per la premura." Appoggiò le mani sulle spalle di Yvette, più di riflesso che come gesto di protezione. Ma quando il fastidio lampeggiò negli occhi di Isaac, Jacob sorrise, soddisfatto per averlo fatto incazzare. "Di cosa hai bisogno? Sono certo che Brinn sarà lieta di aiutarti a trovarlo."

Isaac ignorò la domanda di Jacob e si concentrò su Yvette. "Non so cosa stia succedendo fra voi due, ma so che, quando non funzionerà, tu te ne pentirai. E io non verrò a consolarti."

Jacob sentì la pelle di Yvette ardere attraverso il maglione spesso. Era sicuro che il tono di Isaac avesse acceso il fuoco interiore della donna. Ma invece di prendersela con il suo ex, lei si voltò verso Jacob e gli mise una mano sul petto.

"Oh, ma che carino. È preoccupato per me. Che ne dici, Jacob? Devo avere paura che tu mi spezzi il cuore?"

Considerato che entrambi avevano deciso che era meglio mantenere rapporti strettamente professionali, ciò era molto improbabile. Jacob scosse la testa. "No. Direi proprio di no."

"Visto?" disse Yvette a Isaac. "Siamo a posto." Poi, senza preavviso, si voltò di nuovo verso Jacob, si alzò in punta di piedi e premette le labbra contro le sue.

Jacob rimase immobile per un istante, cercando di far funzionare il cervello. Non avrebbe dovuto baciarla di nuovo. Ma si rese subito conto che si trattava semplicemente di uno spettacolo per infastidire ulteriormente l'ex di lei ed era completamente d'accordo. Passò entrambe le braccia attorno alla vita della donna, aprì le labbra e approfondì il bacio con una palese scintilla di passione. Quando le loro lingue si toccarono, lui sentì il sapore dolce del pan di zenzero e il fuoco interiore di Yvette guizzò attraverso di lui come una fiamma gentile, scaldandolo dall'interno.

Isaac e la libreria parvero svanire sullo sfondo mentre tutta la sua attenzione si concentrava sulla donna morbida e cedevole avvolta attorno a lui. Il bacio si fece dolce e Jacob ebbe la sensazione che avrebbe potuto restare in quel momento per sempre. E lo avrebbe fatto, se l'ex di Yvette non si fosse schiarito la voce.

Yvette si ritrasse, ma tenne la camicia di Jacob stretta nelle mani mentre lo guardava. L'espressione di lei era dolce e leggermente stupita. Non si poteva negare che quel bacio fosse stato praticamente sconvolgente.

"Credo che siate stati abbastanza chiari," disse Isaac. "Yvette, spero che tu sappia cosa stai facendo." L'uomo girò sui tacchi e uscì a grandi passi dal negozio.

"Mi sa che abbiamo perso un cliente," disse Yvette, nei cui occhi brillava la monelleria.

"Ne è valsa la pena," disse Jacob mentre fissava le labbra rosate della donna.

L'orologio ticchettò rumorosamente nella stanza silenziosa e fu come se il suono avesse infranto qualunque incantesimo fosse calato su di loro. Entrambi fecero contemporaneamente un passo indietro.

Yvette si coprì delicatamente le labbra con i polpastrelli e distolse lo sguardo. "Che mi prenda fuoco la libreria," mormorò. "Non avrei dovuto farlo."

"Che cosa?" chiese lui, che già si era pentito di averla lasciata andare. "Infastidire deliberatamente il tuo ex o baciare il tuo socio?"

Yvette sussultò nell'incrociare di nuovo il suo sguardo. "Baciarti. Siamo... Non è quello che dovremmo fare. Mi dispiace. Non succederà più."

La delusione travolse Jacob che avrebbe voluto dire che *a lui* non dispiaceva affatto. Nemmeno lontanamente. E se ne avesse avuto la possibilità, lo avrebbe rifatto. Ma non lo fece. Avevano concordato che una relazione romantica non sarebbe stata una buona idea. Yvette aveva già quasi perso il negozio a causa della rottura del suo matrimonio. E lui aveva perso Enchanted Bliss alla stessa maniera. Se si fossero messi insieme, una volta che la relazione fosse scoppiata, si sarebbero ritrovati nello stesso identico disastro. E la relazione *sarebbe* scoppiata. Succedeva sempre.

"Non serve che ti scusi," disse Jacob con un sorriso smargiasso, cercando di comportarsi come se lei non gli avesse appena sconvolto il mondo. "Sono lieto di essere stato d'aiuto."

"Ci scommetto," disse Yvette, levando gli occhi al cielo con aria scherzosa. "Ma non ti ci abituare. Che tu ci creda o meno, non ho l'abitudine di baciare uomini a casaccio. Di solito, aspetto almeno il primo appuntamento."

"Ma noi abbiamo già avuto un primo appuntamento… diciamo così," disse Jacob, stringendosi nelle spalle.

Yvette lo guardò perplessa. Quindi scosse la testa mentre ridacchiava. "Detesto dirtelo, Jacob, ma una botta e via con uno sconosciuto dopo un matrimonio non è certo un appuntamento."

"Ah no?" Jacob si afferrò il petto in prossimità del cuore e si finse offeso. "Ma è così che ho conosciuto tutte le mie fidanzate."

"Non c'è da stupirsi che tu sia single," disse ridendo la donna.

"Quello era un colpo basso, Townsend." Jacob scosse la testa. "E la cena a casa di tuo padre? Era praticamente un appuntamento al buio."

Yvette ridacchiò e gli diede una piccola pacca sul petto.

"Oh, povero ingenuo. Un giorno, quando conoscerai una brava ragazza e vorrei tenertela, ricordami di darti qualche dritta. Fino ad allora, torniamo al lavoro, d'accordo?"

"Come vuoi tu, capo," disse Jacob mentre si allungava e rubava il biscotto che Yvette aveva lasciato sul tavolo.

Il sole era già calato quando Yvette rientrò nella libreria poco dopo le cinque e si stupì di vedere il negozio pieno di clienti. Si era presa il pomeriggio libero per correre a Eureka a ritirare i volantini e le cartoline che aveva ordinato per pubblicizzare l'evento di autografi a cui Miranda Moon aveva cortesemente accettato di partecipare quel fine settimana. Quando era uscita, in negozio c'era stata solo una persona: Shannon Ansell. La donna lavorava a mezzo isolato di distanza, presso A Spoonful of Magic, per la signorina Maple, la zia di Jacob. E Yvette aveva capito subito che la procace rossa non stava cercando un libro. Era venuta a dare un'occhiata all'ultimo scapolo arrivato a Keating Hollow.

Shannon aveva trascorso venti minuti buoni a fare gli occhi dolci a Jacob, lodandolo per il libro che aveva scritto e aggrappandosi al suo braccio mentre insisteva per farsi accompagnare a un giro turistico, come se non fosse in grado di trovare da sola la sezione dei gialli. Dopo aver guardato Shannon accarezzare il petto di Jacob per la terza volta, Yvette si era data alla fuga. Meglio che strappare gli occhi dell'altra donna per un uomo che si era detta essere del tutto fuori portata.

Yvette si recò al bancone, dove Brinn stava battendo uno scontrino. Sorrise alla donna matura dall'altra parte del banco. "Buongiorno, signorina Betty. Cosa la porta in negozio? Cerca degli altri libri di botanica?"

"Oh, no. Ne ho già un sacco e il mio orto sta benissimo. La lattuga cresce che è una favola." La donna si sporse e abbassò la voce. "Quella ragazza vivace che lavora per la signorina Maple è venuta al bingo e ha detto che è arrivato un nuovo vicino appetitoso, per cui siamo venute tutte a vedere cosa ci eravamo perse." Lanciò un'occhiata a Jacob, che era circondato da mezza dozzina di anziane. Dopo essersi fatta aria, la signorina Betty aggiunse: "È proprio un bel ragazzo, vero?"

"Non posso contraddirla," disse Brinn, facendo del proprio meglio per evitare apprezzamenti fuori luogo nei confronti del suo capo.

Yvette ridacchiò e lanciò un'occhiata al sacchetto di libri che Brinn aveva passato alla donna. "Si è fatta aiutare da lui?"

"Assolutamente sì. Mi ha detto che dovevo leggere la nuova serie di Miranda Moon e poi, già che c'ero, ho preso anche un paio delle ultime uscite di Nora. Un bel romanzo rosa sta sempre bene, soprattutto quando un bell'uomo come quello ti aiuta a sceglierlo."

"Ottimo. Grazie per essere passata. Spero che ne sia valsa la pena," disse Yvette.

"Oh, tesoro, non sai quanto." L'anziana sfoderò un sorriso malizioso prima di trascinarsi di nuovo fino a Jacob e alla sua folla di amiche, impegnate ad adulare l'uomo.

Yvette si rivolse a Brinn, gli occhi spalancati per l'incredulità. "Hai visto?"

Brinn rise. "Sì. Non è *mai* stata al bingo? Quelle donne

trascorrono parecchio tempo a parlare degli uomini più belli del paese."

"No, non posso dire di esserci stata. Se avessi saputo che sarebbero impazzite per Jacob, avrei fatto allestire un buffet."

"Questà sì che è un'idea," disse Brinn mentre sorrideva a un'altra delle signore del bingo.

La donna aveva le braccia cariche di libri e mentre Yvette la aiutava a impilarli sul banco, non si stupì di vedere tutti e quattro i libri di Miranda Moon nel mucchio. Jacob si stava davvero impegnando per mettere in movimento la merce.

Trascorse un'altra mezz'ora prima che Yvette avesse compassione di Jacob e decidesse di salvarlo dalle sue nuove ammiratrici. E arrivò giusto in tempo. Mentre si incamminava verso il gruppo, vide la signora Betty passare un braccio attorno alla vita di Jacob. Lui le sorrise con pazienza, ma poi la donna si chinò, lo abbracciò di lato e fece scivolare furtivamente una mano fino al suo posteriore, per poi palpeggiarlo.

Jacob ebbe un singulto e balzò all'indietro, rischiando di travolgere una rossa tinta di fresco che stava alla sua sinistra.

"Betty, santo cielo, vuoi mettere in imbarazzo questo povero giovanotto?" disse la rossa. "Sai che non puoi palpeggiarli in pubblico. Si eccitano troppo. Non ricordi cosa è successo a Billy Blue quando lo hai fatto un paio d'anni fa? Il suo uccello si è raddrizzato subito e lo hanno soprannominato Billy Blue Balls[1] fino a quando non si è trasferito a Eureka." La donna diede un colpetto al braccio di Jacob e gli rivolse un sorriso carico di compassione. "Non vuoi che Jacob si ritrovi un soprannome come *Jack in the Pants*[2] solo perché non sei riuscita a tenere le tue magiche mani a posto, vero?"

Jacob emise un forte gemito.

"Vedi? L'hai messo a disagio," disse la rossa, lanciando

un'occhiata all'inguine di Jacob. "Anche se non vedo grandi segni di erezio–"

"D'accordo, signore," disse Yvette, frapponendosi fra Jacob e la signorina Betty. "Detesto rovinarvi la festa, ma dovremmo essere già chiusi e Jacob e io abbiamo del lavoro da fare prima di andarcene. Qualcuna di voi ha bisogno di fare qualche acquisto dell'ultimo minuto prima che abbassiamo la serranda?"

"Santi numi. Il tempo vola quando si civetta con il tuo nuovo libraio preferito," disse la signorina Betty. "Ragazze, è meglio che andiamo, altrimenti George del bingo ci darà per disperse."

Le anziane si misero in movimento, salutando Jacob mentre uscivano lentamente dal negozio. Quando l'ultima, finalmente, fu uscita, Yvette le salutò con un gesto, le ringraziò per essere venute e chiuse la porta a chiave. Dopo aver girato il cartello sul lato "chiuso", si voltò e lanciò un'occhiata a Jacob, che se ne stava seduto su una poltrona con gli avambracci che gli coprivano gli occhi.

Yvette lanciò un'occhiata a Brinn, che stava chiudendo la cassa, ed entrambe si misero a ridere.

"Vi sento," disse Jacob.

L'affermazione non fece altro che farla ridere più forte.

"Siete due esseri spregevoli," disse l'uomo, ma Yvette colse il buonumore nel suo tono di voce.

Attraversò la stanza e si sedette accanto a lui. "Scusa. Non avremmo dovuto ridere."

Jacob abbassò il braccio e la guardò. "Perché no? Era divertentissimo."

"Sei stato molestato da una settantenne e noi non abbiamo fatto nulla."

"Certo che avete fatto qualcosa. Le avete fatte uscire di qui."

Jacob si spinse fuori dalla sedia e si alzò. "Non preoccuparti. Ce la faccio." Fece per incamminarsi verso gli uffici, ma lei lo afferrò delicatamente per un braccio, fermandolo.

"Lascia che mi faccia perdonare. Che ne dici di andare a cena? Possiamo andare a mangiare del pesce a Woodlines e magari dividere una bottiglia di vino."

Jacob abbassò lo sguardo sul punto in cui la mano di Yvette era posata sul suo braccio. Quindi sollevò lo sguardo e disse: "È uno di quegli appuntamenti che dicevi non avremmo mai avuto?"

Yvette mollò immediatamente la presa e scosse la testa. "Considerala una cena di lavoro. Potremo parlare di modi per coinvolgere i locali che non prevedano di prostituirti alla popolazione geriatrica."

Jacob ridacchiò. "È un ottimo argomento. Va bene, ci sto."

"Ottimo. Lascia che prenda le mie cose e possiamo andare."

Si ritirarono entrambi nei loro uffici e si ritrovarono all'ingresso, con le giacche in mano. Yvette lanciò un'occhiata a Brinn. "Tutto a posto? Hai bisogno di qualcosa prima che andiamo?"

Brinn rispose con un gesto di diniego. "Sono a posto. Godetevi la cena. Chiuderò tutto come sempre."

"Grazie," disse Yvette. "Buona notte."

"Buona notte, Brinn. Grazie di tutto," aggiunse Jacob.

"Nessun problema. Ci vediamo domani."

Una volta in strada, Jacob lanciò un'occhiata alla bicicletta che Yvette aveva lasciato nella rastrelliera sulla sinistra dell'ingresso. "Non penserai di tornare a casa con quella."

"Perché no?" chiese lei. "Casa mia non è lontana."

"C'è troppa nebbia. Sbloccala e la metterò sul retro del mio furgone. Ti porterò a casa dopo cena."

Yvette si guardò attorno. La nebbia era fitta e lei sapeva che non avrebbe fatto altro che peggiorare, probabilmente. "Sì, va bene."

Dopo che ebbero messo la bici al sicuro nel furgone, Jacob le aprì la portiera del passeggero.

Yvette non riuscì a trattenere la sensazione calda e tranquillizzante che le sbocciò nel petto. Era trascorso molto tempo dall'ultima volta in cui un uomo l'aveva trattata in maniera così galante. "Grazie," disse mentre saliva a bordo.

Jacob girò di corsa attorno al furgone e qualche istante dopo erano diretti verso l'estremità opposta di Main Street. "Allora... questo non-appuntamento ha delle regole?" chiese mentre puntava una delle ventole del riscaldamento nella direzione di Yvette.

"Solo che pago io. È giusto, dato che tu hai dovuto sopportare le signore del bingo."

"Quella è l'unica regola?" chiese lui, inarcando incuriosito un sopracciglio.

"Beh, a parte l'ovvio. Niente palpate, occhiate lascive o allusioni sessuali," disse Yvette.

"E flirtare?" chiese lui mentre parcheggiava proprio di fronte a Woodlines.

"Un po' ci sta," disse ridendo Yvette. Non c'era motivo di trasformare la serata in uno sterile incontro d'affari. Dopotutto, i loro scambi di battute le piacevano molto.

"Che ne pensi di dividere il dolce? Possiamo incrociare le forchette?"

Yvette annuì sorridendo. "Smettila di fare lo stupido. La tua forchetta deve restare sul tuo lato del piatto, ma dividerò la crostata con te."

"Crostata. Interessante," disse l'uomo con un sorrisetto.

"Ehi?" Yvette gli puntò un dito contro. "Ho detto niente allusioni sessuali.[3]"

"Hai cominciato tu." Jacob saltò giù dal furgone e corse fino al suo lato, aprendo la portiera prima ancora che lei slacciasse la cintura.

Yvette prese la mano che lui le offrì e si lasciò aiutare a scendere dal furgone. Quando ebbe i piedi fermamente piantati a terra, le dita di Jacob si strinsero attorno alle sue mentre l'uomo chiudeva la portiera e la accompagnava verso il ristorante. Yvette abbassò lo sguardo sulle loro dita giunte e capì che avrebbe dovuto staccare la mano, ma non ci riuscì. C'era del conforto nel tocco di Jacob, un conforto di cui fino a quel momento lei non si era resa conto di aver sentito la mancanza.

Non dovettero aspettare molto. Ai primi di gennaio, in settimana, le serate a Keating Hollow erano quasi sempre smorte e quella non faceva eccezione. Si sedettero l'una di fronte all'altro, bevendo vino e mangiando tortini di granchio mentre parlavano ridendo delle bellezze del bingo che avevano fatto le svenevoli con Jacob per quasi un'ora.

"Il tuo ego deve aver avuto una bella spinta," disse Yvette, per poi bere un sorso di vino.

"Assolutamente. È stato più o meno quando tu ti sei ingelosita e hai cacciato le tue rivali fuori al freddo."

Yvette buttò la testa all'indietro e rise. Non ricordava l'ultima volta in cui si era sentita così rilassata e si era divertita tanto in compagnia di un uomo. Anche se lei e Isaac avevano cominciato ad avere dei problemi solo qualche mese prima, non si erano goduti una serata divertente fuori per molto tempo. Una serata piena di amicizia, risate e pura e semplice gioia.

Si erano mai divertiti così tanto insieme? Yvette sapeva che doveva essere successo, a un certo punto, ma non ricordava un momento simile negli ultimi tempi.

"Sai, è davvero divertente uscire con te," disse Jacob, prendendo una porzione di crostata ai mirtilli.

"Anche tu non sei pessimo." Yvette avvolse le mani attorno al cappuccino. "Credi che sia il caso di parlare del negozio? Di come attirare più clientela locale?"

"Certo." Jacob prese la tazza di caffè e si appoggiò allo schienale della sedia. "Che ne dici di organizzare dei giovedì per il club del bingo? Potremmo chiedere a Hanna di preparare dei cupcake decorati con cartelle da bingo."

Yvette sorrise. "Tu fai parte del premio? Perché so che il motivo principale per cui torneranno sarà vederti sobbalzare quando la signorina Betty farà di nuovo qualcosa di inappropriato."

Jacob fece una smorfia e un brivido involontario lo percorse. "No, direi proprio di no. Ma rimarrò nei paraggi e le ammalierò, purché *tu* mi protegga dalle mani vagabonde."

"Siamo d'accordo." Yvette fece tintinnare la tazza contro quella di Jacob in un brindisi.

"E tu, chi intratterrai?" chiese Jacob.

Yvette si strinse nelle spalle. "Nessuno vuole guardarmi lascivamente. Ma se abbinassimo i martedì del circolo letterario a delle degustazioni di vino, scommetto che attireremmo una folla di adulti oberati di lavoro e privati del sonno per un paio d'ore. E poi, ci sono sempre le letture del sabato pomeriggio. Quelle spingono i genitori a venire con i figli."

"Sembra perfetto. Metteremo quelle tre attività in calendario, assieme ad almeno una sessione di autografi al mese, e credo proprio che vedremo una crescita fra il venti e il trenta per cento nei prossimi sei mesi."

"Sei molto ottimista," disse lei, senza curarsi di nascondere lo scetticismo. Non dubitava che incontri regolari in negozio e firmacopie sarebbero stati utili; semplicemente, non credeva che avrebbero avuto anche solo lontanamente l'impatto che lui si aspettava.

"Lo pensi davvero?" chiese l'uomo, come se ci stesse ripensando. Poi disse: "Nah. Per allora avremo attivato anche il caffè."

"Probabilmente, avremo bisogno di un aiuto part-time, soprattutto dato che questa settimana Dannika, la mia assistente, è andata in maternità," disse lei, cominciando già a calcolare l'effetto che ciò avrebbe avuto sul budget.

"Vediamo se riusciamo a evitare quella spesa, per il momento. Io mi occuperò del caffè, se tu riuscirai a gestire la parte delle vendite. E se proprio dovesse essere necessario, possiamo chiedere a Brinn di fare qualche straordinario fino a quando Dannika non tornerà al lavoro."

"Perfetto!" Lei gli tese la mano perché lui la stringesse.

Jacob avvolse le dita attorno alle sue, ma invece della tradizionale stretta di mano, le accarezzò il dorso con il pollice.

Le venne la pelle d'oca sulle braccia e Yvette chiuse gli occhi mentre si crogiolava nel suo tocco gentile. Quando finalmente li riaprì, scoprì che Jacob la stava osservando, le labbra curvate nell'ombra di un sorriso.

"Cosa c'è?" chiese lei.

"Sto solo pensando che vorrei averti conosciuta prima che ci mettessimo in affari, perché non sono del tutto sicuro che riuscirò ad andarmene come se niente fosse questa sera, dopo averti accompagnata a casa."

Yvette avvampò. Era certa che tutto il suo corpo si fosse fatto scarlatto. Aprì la bocca, la chiuse e scosse la testa.

"Sai una cosa, Yvette?" chiese l'uomo, la voce

improvvisamente roca. "La tua reazione mi fa capire che non vuoi che io ti lasci sola, questa sera."

Yvette si schiarì la voce e scosse la testa. "Ricordati che non devi flirtare con me, Jacob."

Jacob ridacchiò, senza distogliere lo sguardo dal suo. "Non sto flirtando, Yvette. Sto cercando di sedurti."

Porca miseria, pensò lei mentre il suo corpo riprendeva vita e ogni centimetro di lei sembrava bramare nuovamente il tocco dell'uomo. Con riluttanza, staccò la mano da quella di lui e disse: "Stai colorando fuori dalle linee, Jacob. Ricordi le regole?"

Jacob appoggiò i gomiti sul tavolo e si sporse verso di lei. "So già che le regole verranno infrante. Non è una questione di sé... ma di quando."

Yvette si alzò in piedi e lo fissò. "Io non sono solita infrangere le regole."

Jacob rise. "Ne dubito fortemente."

"Lo vedrai." Yvette si allontanò dal tavolo per frapporre un po' di distanza fra di loro. Jacob aveva il vizio di risucchiarla nella sua orbita e lei sapeva già che, se non fosse stata attenta, si sarebbe dimenticata delle regole e sarebbe finita nel bel mezzo di un disastro.

"Va tutto bene, Yvette?" chiese Wyatt, il loro cameriere, quando lei per poco non andò a sbattergli contro.

"Sì." Yvette sorrise. "La cena è stata meravigliosa. Ho solo bisogno di un po' d'aria. Ma dato che sei qui, ne approfitto per pagare il conto."

"È già stato pagato," disse Wyatt.

"Cosa?" Yvette si guardò alle spalle, verso Jacob, che la stava osservando dal tavolo. L'uomo le rivolse un sorriso trionfante e lei strinse i denti mentre scuoteva la testa. Quindi si rivolse di nuovo a Wyatt. "Come non detto. È stato fantastico. Grazie."

"Prego. Voi due piccioncini tornate presto, d'accordo?" Wyatt si allontanò frettolosamente per prendersi cura di un altro tavolo prima che lei potesse correggerlo. Ma certo che aveva dato per scontato che loro fossero insieme. Si erano tenuti per mano e si erano fatti gli occhi di triglia per tutta la sera.

Porca miseria. Non c'erano dubbi: Yvette era finita.

Jacob apparve accanto a lei e bisbigliò: "Sei pronta a farti portare a casa?"

"Sì," mormorò lei, sapendo che la sua voce dava l'impressione che non vedesse l'ora che Jacob le strappasse i vestiti di dosso. Prese fiato bruscamente e si costrinse a sottolineare: "Ma non farti venire strane idee. La serata finirà sulla soglia di casa mia."

"Come vuoi tu, Yvette." Jacob le prese la mano e la riaccompagnò al furgone. L'aria si era fatta molto fredda e Yvette rabbrividì mentre la nebbia fitta sembrava penetrare nei suoi vestiti. "Stai esagerando." Jacob la fece entrare frettolosamente nel furgone e corse al lato del guidatore. Nel giro di pochi istanti, accese il riscaldamento al massimo e diresse il veicolo verso la casa di Yvette.

"La cena era ottima," disse lei. "Grazie."

"Figurati." Jacob le sorrise. "Il cibo era fantastico e il vino era ancora meglio, ma la mia parte preferita è stata farti ridere. Ti illumini da dentro e, se posso permettermi, è qualcosa di accattivante."

L'aveva davvero definita accattivante? Che complimento incredibile. Il primo istinto di Yvette fu di schermirsi, di dirgli di smettere di adularla, ma si trattenne. L'espressione di Jacob era stata assolutamente sincera e, quando lei lo guardò, le vennero le farfalle allo stomaco. Si premette una mano sull'addome e disse: "Grazie. Credo che sia il complimento migliore che io abbia mai ricevuto."

"Sto solo affermando la verità."

Un silenzio amichevole calò su di loro per il resto del viaggio. Dopo aver parcheggiato il furgone nel viale di Yvette, Jacob saltò giù, prese la sua bici e la aiutò a metterla in garage. Quindi l'accompagnò alla porta.

"Detesto dirtelo, ma questa sera non ti inviterò entrare," disse Yvette.

Le labbra di Jacob guizzarono a formare un piccolo sorriso. "Questa sera? Questo implica che, se lascio passare un po' di tempo, avrò una possibilità."

Lei rise. "Sei proprio testardo."

"Di solito no, ma certe persone valgono lo sforzo."

Le viscere di Yvette si trasformarono in pappetta e lei si chiese come avrebbe fatto a continuare a resistergli quando lui era così adorabile.

"Non preoccuparti, Yvette," disse Jacob, passandole un braccio attorno alla vita e avvicinandola a sé. "Ho sentito forte e chiaro."

"A me non sembra," disse lei, senza fiato e abbastanza frastornata.

"Fidati, è così." Jacob si chinò lentamente, avvicinando le labbra a pochi centimetri dalle sue. "Ti dispiace se ti do il bacio della buona notte?"

Lo sguardo di Yvette si fissò sulle labbra piene dell'uomo e quello che restava della sua risolutezza svanì. Invece di rispondere, chiuse la distanza e lo baciò.

Le braccia di Jacob si strinsero attorno a lei, attirandola a lui, e l'uomo schiuse le labbra, accogliendola. Il bacio fu lento e profondo e la fece formicolare da capo a piedi. E quando finalmente lui la lasciò andare, Yvette respirava affannosamente ed era più che pronta a invitarlo a entrare, nonostante le obiezioni precedenti.

"Buonanotte, Yvette," le mormorò nell'orecchio. "Ci vediamo domani mattina."

Yvette era ammutolita mentre lo guardava ritirarsi verso il furgone, salire a bordo e allontanarsi. In piedi in veranda, con l'aria fredda che la faceva rabbrividire, fissò i fari posteriori e seppe senza ombra di dubbio che Jacob Burton, in un modo o nell'altro, le avrebbe spezzato il cuore.

CAPITOLO 11

"*C*redo che siamo pronti," disse Brinn, dando un'occhiata al tavolo che Yvette aveva preparato per Miranda Moon. "Mancano solo l'autrice e una fila di lettori, dopodiché saremo a posto."

Yvette si appoggiò al banco con la cassa e bevve un sorso del cappuccino che Jacob aveva preparato, cercando di ignorare l'ansia all'idea del fine settimana imminente. "Credi che verrà qualcuno?"

Brinn le rivolse la sua tipica alzata di occhi sarcastica. "Ha distribuito cartoline a tutte le attività nel raggio di cento chilometri, ha inviato due newsletter all'elenco dei contatti del negozio, lo ha gridato su tutti i social media ed è riuscita a convincere la radio più importante di Eureka a pubblicizzare l'evento diverse volte. Se quella tempesta mediatica e la festa non li attirano, nulla lo farà."

"Accipicchia!" disse la signorina Betty mentre emergeva dal reparto rosa. Aveva le braccia cariche di una pila di romanzi paranormali di Kristen Painter. "È meraviglioso. Adoro il fatto che avete allestito degli espositori con libri di autori simili.

Sono venuta perché quei libri di Miranda Moon che mi ha raccomandato Jacob mi sono piaciuti moltissimo. Non vedevo l'ora di prendere qualcosa di simile."

"È quello che ci piace sentire," disse Yvette con un sorriso, alleggerendo le braccia dell'anziana del suo bottino.

Brinn si mise alla cassa e cominciò a battere lo scontrino alla signorina Betty, mentre Yvette infilava i libri in una borsa di tela con il logo di Hollow Books.

"Non preoccupatevi per domani," disse la signorina Betty. La donna appoggiò una mano rugosa sul braccio di Yvette, si chinò e bisbigliò: "Ho diffuso la voce del tuo bel socio in tutto il paese e le signore muoiono dalla voglia di dargli un'occhiata. Tutto il circolo letterario di Eureka ha intenzione di esserci. Non hanno resistito all'idea, quando ho detto loro quanto è sodo il suo sedere."

"Signorina Betty, sa che non può palpeggiarlo, vero?" disse Yvette, cercando di soffocare sul nascere il comportamento inappropriato.

"Oh, posso, se lui è d'accordo," disse la donna, agitando una mano come se avesse la certezza che Jacob avrebbe accettato le sue profferte. "La mia amica, che insegna yoga al college, mi ha riferito le nuove regole. Dice che ora è tutta una questione di comunicazione." L'anziana scosse la testa e ridacchiò. "Dice che sono 'avanti', adesso. Non so cosa voglia dire, ma lei sembrava considerarlo una buona cosa."

"Lo è," confermò ridendo Yvette. Poi tornò seria quando ricordò che la signorina Betty aveva invitato tutte le sue amiche all'evento solo per mostrare loro Jacob. Yvette le mise una mano sulla spalla. "Ascolti, forse sarebbe il caso che dicesse alle sue amiche che Jacob non ci sarà. Partirà domani mattina per un incontro d'affari che lo terrà occupato per tutto il fine settimana."

"Oh, no." La signorina Betty si coprì la bocca con la mano. "Non va bene. Non va bene per niente. Io verrò lo stesso, naturalmente, ma molte donne avevano intenzione di venire solo per farsi un selfie con quel bell'uomo." Si affrettò a pagare per i libri che aveva comprato, quindi prese il sacchetto e disse: "Grazie. Devo andare. Sembra che abbia un sacco di telefonate da fare per evitare di deludere le mie ragazze."

"Buona fortuna," disse Yvette. "Ma non si dimentichi di dire loro di venire comunque per farsi autografare i libri."

"Oh, lo farò," disse l'anziana con un deciso cenno del capo. "Ma era più facile quando c'era un bell'uomo in negozio." Fece un sorrisetto e afferrò un libro che aveva un uomo a petto nudo in copertina. "Ora dovrò convincerle con i dolci e i licantropi sexy."

"Signorina Betty," disse sospirando Yvette. "Lei è davvero… unica."

"Lo dicono tutti," disse ammiccando la donna mentre rimetteva il libro sullo scaffale. "Fa parte del mio fascino. Ci vediamo domani." La signorina Betty uscì dal negozio, muovendosi più in fretta di quanto Yvette avrebbe ritenuto possibile.

"È un tipo peperino," disse Brinn.

"Puoi dirlo forte."

Jacob fece capolino da dietro il reparto auto-aiuto. "Via libera?"

"Sì," dissero contemporaneamente Brinn e Yvette, ridendo entrambe. L'uomo si era dato alla fuga nel momento in cui avevano intravisto la signorina Betty che sbirciava dalla vetrina principale. Jacob aveva dichiarato di avere delle scartoffie da sbrigare prima di lasciare il paese per il fine settimana, ma Yvette non era così ingenua.

Avevano passato in rassegna i libri insieme, due giorni

prima, e stabilito cosa ordinare in seguito. Non restava altro da fare, a meno che l'uomo non fosse al lavoro su un nuovo piano d'impresa di cui non le aveva parlato. Era semplicemente troppo vigliacco per rimanere in presenza della signorina Betty. Ma Yvette non poteva biasimarlo. Lei stessa non avrebbe gradito essere oggettificata in maniera tanto palese.

"Sei pronto a partire?" chiese lei.

"Sì."

Yvette si rivolse a Brinn. "Noi andiamo a cena. Se per qualche motivo Miranda dovesse chiamare o arrivare in anticipo questa sera, mandami un messaggio. Arriverò in cinque minuti."

"Capito. Ci vediamo domani mattina." Brinn si rivolse a Jacob. "Buon viaggio. E cerchi di non sbatterci troppo in faccia il favoloso clima di L.A."

"Non prometto nulla," disse Jacob mentre accompagnava Yvette fuori dal negozio e sul suo furgone. Ma invece di dirigersi verso l'altra estremità di Manin Steet e Woodlines, l'uomo diresse il furgone lungo una strada residenziale che sboccava in una delle numerose strade di montagna che circondavano la vallata di Keating Hollow.

"Ti prego, dimmi che non sei un pazzo assassino," disse Yvette mentre guardava oltre il costone, verso il paese.

"Un pazzo assassino? No. Cioè, non sono pazzo," disse sogghignando lui.

"Che ridere."

La strada si fece più stretta e tortuosa man mano che procedevano e solo quando Yvette ebbe la certezza che l'uomo la stesse portando fino alla cima della montagna, questi imboccò un viale nascosto e si fermò di fronte a una bellissima casa moderna con grandi finestre a parete.

"Wow," disse lei. "Tu *vivi* qui?"

"Così dicono." L'uomo balzò fuori dal furgone, che non era nemmeno lontanamente bello come la casa annidata nel fianco della montagna, e la incontrò sui gradini dell'ingresso. "Pensavo che sarebbe stato carino mangiare qualcosa di casereccio."

Dal martedì sera trascorso a Woodlines, loro avevano preso l'abitudine di mangiare insieme dopo il lavoro. Tutti i pomeriggi, si erano dati da fare a tappezzare la zona di volantini per il firmacopie e, mentre erano fuori, mangiavano insieme. Per cui, il fatto che Jacob l'avesse portata a casa sua significava che aveva progettato qualcosa.

Significa anche che quello era qualcosa di molto simile a un appuntamento. Yvette avrebbe dovuto dire qualcosa. Avrebbe dovuto chiedergli di renderne conto, ma non lo fece. Non voleva farlo. Lui le piaceva troppo e lei voleva trascorrere una serata con lui prima che l'uomo lasciasse il paese.

Una volta entrati, Yvette si voltò e prese bruscamente fiato mentre fissava la vallata coperta di sequoie. Il sole era già tramontato, ma la notte era trasparente abbastanza da permetterle di vedere le luci di Keating Hollow sotto di loro, nonché la luna argentata riflessa nel fiume. "È... incredibile, Jacob."

"Ora che ci sei tu, è anche meglio."

Lei si voltò e gli fece un sorrisetto. "Che stupido."

"È vero." Jacob le afferrò la mano e la attirò verso la cucina di un bianco immacolato. Tutto era moderno e nuovissimo e la casa si adattava alla perfezione al proprietario. Jacob versò un bicchiere di vino a ciascuno e mentre le porgeva il suo, aggiunse: "Ma dovresti dare un'occhiata di mattina. Quando la giornata è particolarmente limpida, si vede fino al Pacifico."

"Stai cercando di propormi qualcosa, Jacob Burton?" chiese

Yvette mentre girava attorno all'isola della cucina per mettersi di fronte a lui.

Negli occhi scuri dell'uomo lampeggiò il desiderio mentre la osservava. "Se così fosse, la risposta sarebbe sì?"

Sì. Yvette aveva quella parola sulla punta della lingua. Invece, disse: "Non questa sera. Ho un'ospite."

"Giusto. Sarà per la settimana prossima." Jacob lanciò un'occhiata al tavolo. "Siediti. Arrivo subito."

Yvette inarcò un sopracciglio incuriosita. "Sei riuscito a prendere qualcosa da asporto?"

Jacob rise. "Hai visto dei sacchetti nel furgone?"

"No."

"Appunto." Jacob aprì l'enorme frigorifero di acciaio inox e tirò fuori due insalate di tonno ahi. "Spero ti piaccia il pesce."

"Lo adoro."

"Ottimo." L'uomo le diede una forchetta. "Buon appetito."

LA CENA consistette in insalata di tonno ahi, tortini di granchio e, come dolce, crostata di mirtilli con abbondante panna montata. Yvette doveva rendere merito a Jacob: l'uomo aveva prestato decisamente attenzione durante la settimana in cui si erano conosciuti. Dopo cena, si sedettero vicino al caminetto a gas di Jacob e parlarono del fine settimana imminente. O meglio: Yvette parlò del fine settimana, mentre Jacob si limitò perlopiù ad ascoltare.

"E tu? So che hai detto che devi tornare a casa per sistemare alcune faccende riguardanti la tua attività. Significa che dovrai vedere Sienna?" chiese Yvette.

Il buonumore di Jacob crollò immediatamente e lui si

accigliò. "Sì. Ha insistito per vedermi prima di finalizzare il tutto."

"Perché?"

Jacob fece spallucce. "Non ne ho idea. È trascorso più di un anno dall'ultima volta che l'ho vista. Immagino che voglia cercare di ottenere l'assoluzione per i suoi peccati, per così dire; che voglia farsi perdonare per non sentirsi in colpa."

Yvette bevve un altro sorso di vino, detestando la fitta di gelosia che apparve improvvisamente dal nulla. "Tu l'hai perdonata?"

"No."

"Oh." Yvette non riusciva a non essere curiosa riguardo alla rottura fra i due. Aveva una vaga idea: Sienna era scappata con il miglior amico di Jacob pochi mesi prima della data prevista per il matrimonio, ma a parte quello, lei non conosceva i dettagli. Quei due erano stati felici? Jacob l'aveva amata? Yvette non riusciva a immaginare che Jacob avesse promesso di sposare una persona che non amava con tutto il cuore. Era fatto così. Metteva tutto ciò che aveva in quello a cui teneva.

"Senti, possiamo parlare d'altro?" chiese lui. "Non sto cercando di nascondere nulla, ma è già abbastanza brutto che domani mi tocchi avere a che fare con lei. Non voglio che rovini anche questa sera."

"Assolutamente." Nemmeno Yvette voleva che il fantasma del passato rovinasse la loro serata. Prese la mano dell'uomo e intrecciò le dita alle sue. "Dimmi come hai fatto a trovare questa casa. È... beh, ti si adatta perfettamente."

Jacob ridacchiò. "Meno male. L'ho fatta costruire io."

Yvette si raddrizzò, dedicandogli la sua completa attenzione. "Cosa? Quando?"

"L'anno scorso." L'uomo finì il vino e appoggiò il bicchiere su un tavolino. "Sai che mia zia vive qui, vero?"

"Certo. Tutti conoscono la signorina Maple," disse lei.

"Già. Ho trascorso qualche estate con lei, da bambino. E quelle estati sono i ricordi migliori della mia infanzia. Per cui, dopo che tutto è andato a quel paese, Keating Hollow era l'unico posto in cui volevo essere. Dopo aver passato in rassegna le poche case in vendita, ho deciso di comprare questo terreno e di ingaggiare un'impresa di costruzione. Sono venuto qui qualche volta per controllare i progressi, ma perlopiù abbiamo fatto tutto via telefono o e-mail." Jacob mosse la mano libera a indicare nella stanza. "Che ne pensi?"

"È bellissima. La casa, il paesaggio, i dettagli…" Yvette gli rivolse un sorriso civettuolo. "E il proprietario."

"E così sono bellissimo, eh? Sempre meglio che discreto." Gli occhi scuri di Jacob brillarono mentre si chinava, palesemente desideroso di un bacio. Ma prima che le sue labbra potessero trovare quelle di Yvette, il telefono di lei trillò, a segnalare l'arrivo di un messaggio.

Yvette sollevò un dito, fermando Jacob, e tirò fuori il telefono. "È Miranda. Arriverà in paese fra dieci minuti. È ora di tornare alla realtà."

"La realtà è uno schifo," disse l'uomo, che tuttavia le ammiccò mentre prendeva i bicchieri di vino e li portava in cucina.

"D'accordissimo." Yvette lo aspettò vicino alla porta, quindi lo seguì nel freddo della notte.

Non appena furono risaliti sul furgone, Jacob avvolse le dita attorno alle sue e si portò la sua mano alle labbra per baciarle delicatamente le nocche. "Mi mancheranno le nostre cene, questo fine settimana."

Il cuore di Yvette palpitò leggermente di fronte alla dolcezza del suo tono di voce. "Anche a me. Ma tornerai lunedì, giusto?"

Jacob annuì mentre avviava il motore.

"Ottimo. Vieni a casa mia; cucinerò io, questa volta."

"Suona bene," disse l'uomo. "Accetti richieste?"

"Le tue richieste riguardano il cibo?" chiese Yvette.

Jacob scoppiò a ridere di gusto. "No."

"Immaginavo. La risposta è no. In questo modo, sarà una sorpresa per entrambi."

Jacob le lanciò un'occhiata, il sorriso ampio. "È come se tu mi conoscessi da mesi, invece che da giorni. Mi piace. Mi piace molto."

"Anche a me." Ma Yvette era perfettamente consapevole che le piaceva troppo. E non sapeva cosa farci. Fino a quel momento, si erano limitati a tenersi per mano, baciarsi e flirtare parecchio. In circostanze simili, da una relazione romantica finita male si sarebbe potuto comunque salvare qualcosa, ma se si fossero spinti più in là... Yvette non sapeva cosa sarebbe successo.

Non passò molto tempo prima che Jacob parcheggiasse nel viale di casa sua, accanto al suo Mustang. Yvette aveva recuperato l'auto dalla casa di suo padre qualche giorno prima, ma grazie al fatto che Jacob la scorrazzava in giro, non l'aveva più usata. Sabato sarebbe stato diverso e lei sapeva che le sarebbe mancato vederlo di prima mattina.

Saltò giù dal furgone e Jacob la seguì fino alla porta, ma invece di entrare, lei si voltò. "Come vogliamo gestire questa cosa?"

"Quale cosa?" chiese titubante lui.

"Questa." Yvette mosse la mano fra di loro. "Tu e io e la relazione che stiamo costruendo."

"Ehm, lasciamo correre e vediamo come va?" chiese l'uomo con aria sconvolta, senza dubbio perché lei aveva usato la parola "relazione."

"Rilassati," disse ridendo Yvette. "Non sto cercando di definire nulla o di chiederti un impegno. È solo... Stiamo giocando col fuoco e lo sappiamo entrambi."

Ecco di nuovo quel sorriso sexy. "Lo so. Mi piace giocare col fuoco."

"Vedi?" Yvette gli premette una mano sul petto. "È questo che intendevo. Quanto credi che ci vorrà prima che oltrepassiamo i confini che abbiamo stabilito?"

Il sorriso di Jacob svanì e la sua espressione si fece seria. "Sai, Yvette, non credo di avere una risposta. E non puoi averla nemmeno tu. Possiamo dire entrambi che questo è solo un rapporto di lavoro, ma mi sembra palese che non è così. L'unica domanda è se abbiamo il coraggio di lasciare che accada."

"Beh, sei stato onesto," disse lei, sentendosi un po' sopraffatta.

"Non so essere diversamente," disse Jacob mentre le scostava una ciocca di capelli dalla spalla. "Non so tu, ma qualunque cosa sia quello che sta succedendo, è la cosa più facile e più naturale che io abbia mai provato. E sebbene io apprezzi condividere le tue preoccupazioni riguardo al nostro essere soci in affari, non sono sicuro che riuscirò a voltare le spalle a tutto questo, a meno che tu non sia proprio disinteressata. Dimmi che lo sei, Yvette, e ti lascerò in pace."

La gola di Yvette si asciugò mentre scuoteva la testa. Deglutì faticosamente e disse: "Non posso dirtelo. Non sarebbe vero."

"Visto? Abbiamo detto entrambi la verità. Che ne dici di continuare a essere onesti l'uno con l'altra? Voglio vedere come vanno le cose e credo che lo voglia anche tu. Facciamo un patto: nel momento in cui uno di noi dovesse perdere interesse, ce lo diremo. Credo che tutto sia possibile, finché comunichiamo."

Jacob viveva in un mondo immaginario. Yvette ne era sicura. Nessuna delle sue relazioni romantiche si era conclusa in amicizia. E tuttavia, lei annuì. All'età di trentadue anni, era ora di crescere un poco. Se Jacob era in grado di affrontare la situazione, lo stesso valeva per lei. "Va bene. Ci sto." Gli tese la mano, ma lui scosse la testa e la baciò – un bacio devastante, da *non osare dimenticarti di me mentre sarò via questo fine settimana.*

Quando, finalmente, lui la lasciò andare, le sue ginocchia si erano trasformate in gomma e lei era del tutto senza fiato.

Qualcuno cominciò a battere le mani ed esclamò: "Whoo hoo. Che spettacolo. Dieci su dieci!"

Yvette e Jacob si voltarono e videro una donna che indossava un abito di pizzo nero con tanto di corsetto, stivali al ginocchio e braccialetti che le coprivano l'intero avambraccio sinistro.

"L'avevo detto, a quella scema di Sienna, che stava facendo un grosso errore," disse la donna mentre si avvicinava a Jacob. "Ce lo vedi Brian che bacia una donna in quel modo?" gli chiese.

Jacob scoppiò in una risata sconcertata e disse: "Onestamente, Miranda, preferirei non pensarci e non avere quell'immagine in testa. Ma grazie per il complimento."

"Prego." Ciò detto, la donna si rivolse a Yvette. "Ciao, sono Miranda. Tu devi essere Yvette."

Yvette si riprese quanto bastava per tendere la mano all'autrice, ma Miranda la allontanò e circondò Yvette con le braccia.

"Preferisco gli abbracci," le disse la donna nell'orecchio. "Piacere di conoscerti."

"Anche per me," disse Yvette.

Miranda la lasciò andare, afferrò la piccola ventiquattrore e prese Jacob sottobraccio. "Fammi entrare. Sto gelando."

"Certo," disse l'uomo. "Hai qualche altro bagaglio?"

"Sì. È nel baule." Miranda voltò la testa e lanciò un'occhiata ai Yvette. "Potresti farmi un piacere e scaricarmelo?"

"Certo." Yvette aprì la porta per Jacob e Miranda, quindi si recò all'elegante Mercedes nero della donna. Il baule era già aperto e quando Yvette sollevò il coperchio, gemette. Era stracolmo. Miranda non poteva aver portato tutta quella roba per fermarsi due notti a Keating Hollow, vero?

Yvette corse in casa e trovò i due in salotto. Miranda era seduta sulle ginocchia di Jacob, che gli stava raccontando del suo ultimo viaggio a Parigi.

"C'era uno splendido cameriere al caffè del quartiere e tu mi conosci," disse la donna, dandogli un buffetto sulla guancia. "Non resisto mai a un bel faccino."

Yvette si schiarì la voce. "Ehm, chiedo scusa, Miranda, ma hai bisogno di tutto quello che c'è nel baule? O ti serviva una valigia in particolare?"

"Ah, giusto." La donna arricciò il naso mentre rifletteva. "È un po' troppo, vero?" Si passò una mano fra i lunghi capelli neri e sospirò. "Sai una cosa? È meglio che porti dentro tutto. Non so mai chi ho voglia di essere, la mattina."

"Chi hai voglia di essere?" chiese Jacob.

Miranda fece spallucce. "Mi piace avere delle alternative."

Jacob le diede un colpetto sulla gamba. "Lasciami alzare, allora. Darò una mano a Yvette."

"Sei un vero gentiluomo," disse la donna, gli occhi che luccicavano. "Perché non siamo mai andati a letto insieme?"

"Perché tu eri la damigella della mia fidanzata," disse l'uomo mentre afferrava Miranda per la vita e se la toglieva di dosso. "Sarebbe stato scortese."

"Giusto." Miranda annuì. "E ora esci con Yvette?" chiese.

"Non esattamente," disse Jacob, nello stesso istante in cui Yvette esclamò: "Sì."

"Oh, questo sì che è interessante," disse Miranda, battendo le mani. "Non vedo l'ora di sapere come finisce."

Yvette sapeva che Miranda si aspettava una scenata, che Yvette si infuriasse o che Jacob si desse alla fuga a gambe levate. Invece, Jacob le si avvicinò e disse: "Dunque usciamo ufficialmente insieme."

"Sì. Abituatici."

Jacob sorrise. "L'ho già fatto."

CAPITOLO 12

"Yvette?" Miranda entrò in cucina con indosso un completo di pizzo e raso nero, una vestaglia abbinata e pantofole di pelo a tacchi alti. L'unica nota di colore che indossava era lo smalto rosso sulle dita dei piedi.

"Sì?" Yvette bevve un sorso di tè al cranberry e si stupì di quanto quella donna fosse fedele alle sue scelte in fatto di abbigliamento.

"Hai delle salviette struccanti? Mi sa che ho dimenticato le mie."

Per poco Yvette non si strozzò mentre tratteneva una risata. Quella donna si era dimenticata qualcosa? Aveva portato quattro valigie, una ventiquattrore e due sporte. Yvette si schiarì la voce. "Credo di sì. Torno subito."

"Grazie." Miranda si avvicinò alla teiera e disse: "Ce n'è ancora?"

Yvette annuì. "Serviti pure." Al suo ritorno, trovò Miranda seduta a tavola con i piedi appoggiati su una sedia e una tazza di tè di fronte. Diede all'autrice le salviette struccanti. "Tieni."

"Grazie." La donna sbatté le ciglia cariche di mascara e accennò al proprio viso. "Sarebbe stato un disastro."

Yvette si sedette di fronte a lei. "Immagino."

Miranda bevve un lungo sorso di tè mentre osservava Yvette. Quindi, posò la tazza e si sporse in avanti, osservandola intensamente. "Lui è fragile, sai?"

"Chi?" chiese Yvette, stupita. "Jacob?"

"Sì. Ti ha detto quello che è successo?"

"In parte," rispose Yvette, a disagio per quella conversazione. Non conosceva quella donna. E non sapeva quanto lei fosse in confidenza con Jacob. L'uomo aveva ottenuto facilmente il suo numero, ma non l'aveva fra i contatti. E poi, qualunque relazione stesse nascendo fra Yvette e Jacob, lei non avrebbe apprezzato l'interferenza di qualcuno, men che meno quella di un'amica dell'ex di lui che le era abbastanza vicina da essere stata una delle damigelle.

"Dunque sai che ha avuto il cuore spezzato," disse Miranda, appoggiandosi allo schienale. "E che è stato tradito."

Tradito, sì. Yvette lo sapeva fin dal principio. Col cuore spezzato? Lei non aveva avuto quell'impressione. Non nello specifico, comunque. Che Jacob fosse arrabbiato, sofferente e disilluso, sì. Ma lei non aveva pensato che il tradimento di Siena potesse averlo devastato. "Non credo che Jacob vorrebbe che ne parlassimo."

Miranda rise seccamente e senza alcun divertimento. "Ne sono sicura. Ma questo non me lo impedirà. Sono il suo angelo custode, sai."

Yvette inarcò le sopracciglia. "Ah sì?"

"Oh, sì. Lui è nel mio elenco da prima ancora che conoscesse Sienna. Glielo avevo detto che lei non era quella giusta, ma lui non mi ha creduto."

Miranda era talmente seria che Yvette non riuscì a non

chiedersi se la scrittrice credesse davvero che gli angeli custodi fossero reali o se si considerasse soltanto una sensale di talento. Yvette la fissò, non sapendo come interpretare quella donna eccentrica. "Perché mi stai dicendo questo?"

"Perché, Yvette, è palese che lui è cotto di te e voglio assicurarmi che non gli calpesterai il cuore come ha fatto Sienna."

Fu il turno di Yvette di ridere. "Ti assicuro che il suo cuore non ha nulla da temere da parte mia. Anzi, sono sicura di essere *io* quella in pericolo."

L'espressione di Miranda si intenerì e lei coprì la mano di Yvette con la propria. La luce si rifletté sulla notevole collezione di anelli d'argento che portava alle dita mentre stringeva delicatamente. "Tu gli vuoi bene."

Ma certo. "Abbiamo appena iniziato a frequentarci," disse con scarsa convinzione Yvette.

Miranda ridacchiò. "Dal mio punto di vista, la cosa sembra molto più seria. Senti, ho già commesso un errore con Jacob. Non posso permettermi di farne un altro. Non voglio perdere le ali." Miranda ammiccò. "Noi angeli abbiamo un numero limitato di possibilità, sai."

"Vaaaa bene," disse Yvette, chiedendosi all'improvviso se fosse sicuro avere in casa una persona non del tutto sana di mente.

"Probabilmente, è giusto che tu sappia che Jacob è l'unico motivo per cui ho deciso di partecipare a questo evento con un preavviso tanto breve. Senza offesa per te, naturalmente."

"Nessuna offesa." Yvette si era stupita quando l'autrice aveva accettato una richiesta così ravvicinata. Ma ora che sapeva che Miranda si riteneva responsabile della vita amorosa di Jacob, la cosa aveva più senso.

"Avevo la sensazione che lui avesse conosciuto qualcuno.

Quando gli ho parlato, l'ho percepito nella sua energia. E così, eccomi qui!" Miranda sollevò le mani come per mettersi in mostra.

"Eccoti qui," le fece eco Yvette, poco convinta.

"Avevo bisogno di capire se lui avesse fatto la scelta giusta, questa volta."

Yvette strinse i denti. Detestava il fatto di essere palesemente giudicata. "Non sono affari tuoi. Come ho già detto, Jacob e io abbiamo appena cominciato a frequentarci."

"Lo so." L'espressione di Miranda si fece seria mentre osservava Yvette. "Voglio solo dire che so che Jacob sembra un uomo molto civettuolo e sicuro di sé, ma è molto più complesso di così. Non pensare che sia un uomo come tanti, che vuole solo divertirsi. Ha un cuore grandissimo e merita una persona grandiosa. Una persona che non abbia paura del suo passato."

Quale passato? Una ex pazza? Yvette capiva benissimo. Ne aveva uno anche lei. O almeno, Isaac si era comportato da pazzo negli ultimi tempi. Yvette aprì la bocca, poi la richiuse; non era sicura di cosa fosse il caso di dire a quella donna. Alla fine, giunse alla conclusione che Miranda era solo un'amica molto protettiva e disse: "Abbiamo tutti un passato, Miranda. Fidati di me. Quello di Jacob non mi spaventa. Ma credo che tu ti stia preoccupando prematuramente. Jacob e io ci conosciamo solo da una settimana."

"A volte, non serve altro, Yvette," disse con un sorrisetto Miranda. Quindi, si districò dalla sedia e aleggiò fino al piano di sopra.

Yvette impiegò molto tempo ad addormentarsi, quella sera. E quando lo fece, sognò Jacob e una bambina minuscola con i riccioli scuri.

"Wow," disse Miranda, guardando la folla fuori dalla vetrina della libreria. "Sono tutte streghe?" Era vestita di tutto punto, con un abitino di pizzo viola, calze a righe e stivali neri appuntiti. Per completare l'abbigliamento stregonesco, portava al collo un pendente a forma di occhio e si era truccata gli occhi di scuro.

"No," disse Yvette, pensando che quella donna era esagerata in tutti i modi giusti. "Alcune lo sono. Ma la maggior parte è solo gente venuta per i festeggiamenti." Tutte le attività lungo Main Street si erano scatenate per la Festa dell'Anno Nuovo delle Streghe. Le vetrine erano state incantate per stupire i turisti e le streghe all'interno dei negozi stavano dando mostra delle loro doti magiche, il tutto con l'obiettivo esplicito di tenere i turisti felici e i loro portafogli aperti.

La festa era stata un'idea che aveva avuto Noel qualche anno prima. Gennaio, a Keating Hollow, poteva essere spaventosamente lento e difficile per l'economia locale. Ma ora che i turisti avevano preso l'abitudine di visitare il paese in quel mese, i ricavi del primo trimestre di tutte le attività erano aumentati.

"Oh, guarda, la gente si è già messa in fila," disse Miranda. "Santo cielo. Sono felicissima di aver detto di sì." Corse al tavolo che Yvette aveva allestito per lei e cominciò rapidamente a riempirlo di segnalibri, penne, apribottiglie a forma di pentacolo e altre carabattole con il suo marchio.

"Sto per aprire," disse Brinn. "Pronte?"

"Credo di sì," disse Miranda. "Forza."

Brinn aprì la porta e, dalle dieci di mattina fino alle quattro passate, vi fu un flusso costante di persone che fecero la coda per incontrare Miranda ed entrare nella libreria. Miranda se la cavò con due soli cambi d'abito. Poco prima di mezzogiorno, aveva indossato un abbigliamento da Glenda la Strega Buona, argentato da capo a piedi. Poi, poco dopo le due, si era cambiata di nuovo. Il suo ultimo outfit consisteva in gonna e corsetto di pelle, con calze a rete nere e un tacco dodici decorati con un motivo a ragnatela. Si era raccolta i capelli in una coda di cavallo alta e li aveva intrecciati, il che le aveva dato un aspetto seriamente forte.

"E questo è l'ultimo libro di Miranda Moon," disse l'autrice, alzandosi e sorridendo da un orecchio all'altro. Sollevò una mano e tese le dita come per sciogliersele. "Domani mi farà un male cane. Non credo di aver mai autografato così tanti libri."

"Sono finiti?" esclamò Yvette. "Stai scherzando. Tutti?"

"Tutti. A meno che tu non ne abbia nascosto qualcuno sul retro," disse la donna.

Yvette scosse la testa. Aveva spostato personalmente tutti i libri in negozio, il giorno prima, pensando che avrebbe convinto Miranda a firmare quelli avanzati per venderli on-line. "Woah."

"Woah, esatto!" disse una donna dai lunghi capelli biondo platino mentre sgattaiolava dietro al tavolo e spalancava le braccia a Miranda. Era vestita completamente di bianco e fluttuava come un angelo.

"Kasey!" strillò Miranda. "Ce l'hai fatta!

Le due si abbracciarono e saltellarono per l'entusiasmo. Quando si staccarono, Kasey disse: "Hai spaccato, ragazza mia. Mia Dea, non riesco a credere che tu abbia fatto andare così tanti libri."

Miranda strinse gli occhi. "Come fai a sapere quanti ne ho fatti andare? Sei arrivata prima e non mi hai salutata?"

"Colpevole!" Kasey sorrise. "La coda era così lunga che abbiamo deciso di andare a pranzo in quella birreria fantastica in fondo alla strada." Kasey rivolse un cenno ad altre due donne. Una era bassa e paffuta, con eleganti capelli grigi, mentre l'altra aveva la pelle scura e degli splendidi riccioli scuri tagliati corti. Entrambe indossavano jeans, stivali foderati di pelo e caldi maglioni. Palesemente, Miranda e Kasey erano le elegantone del gruppo, mentre le loro due amiche erano felici di mescolarsi allo sfondo.

"Siete venute tutte e tre!" Miranda corse dalle altre due donne e abbracciò rapidamente entrambe. Sorridendo, si rivolse a Yvette e disse: "Yvette, loro sono le mie tre migliori amiche: Kasey Willis, Leann Viking e Georgia Exler. Anche loro sono scrittrici."

"Ma salve." Yvette strinse la mano a ciascuna donna. Una volta che Miranda ebbe fatto le presentazioni, Yvette capì subito chi erano costoro e cosa scrivevano. "È un vero piacere avere il negozio pieno di autrici di rosa paranormale di grande talento. Benvenute a Hollow Books."

"Adoro quella vetrina," disse Kasey. "Possiamo fare qualcosa per la mia prossima uscita?"

"Assolutamente," disse Yvette. "Ti interessa un evento di firma copie?"

Il sorriso di Kasey si allargò. "Puoi scommetterci. E lo stesso vale per le mie amiche." Indicò Leann e Georgia. "Potremmo fare una cosa di gruppo, oppure…"

"Andiamo nel mio ufficio e diamo un'occhiata al calendario," disse Yvette. Si rivolse a Miranda. "Hai bisogno di qualcosa? Qualcosa da bere? Uno spuntino?"

"Ci ha già pensato Brinn." Miranda rivolse un cenno di saluto alle sue tre amiche, quindi dedicò la sua attenzione a una coppia di ragazzine che stringeva copie consunte dei suoi libri più vecchi.

"Guardate, Miranda ha delle ammiratrici," disse Kasey.

"Il genere paranormale è molto popolare da queste parti," disse Yvette. "Per motivi che sono probabilmente ovvi."

"Capisco benissimo," disse Leann, toccandosi i riccioli grigi. "È per questo che siamo venute tutte e tre a dare un'occhiata alla tua libreria. Devo essere onesta: il negozio in sé lascia un po' a desiderare."

Le sopracciglia di Yvette scattarono verso l'alto mentre cercava di fare del proprio meglio per non guardare storto la donna. Come poteva chiunque non adorare il vecchio cottage vittoriano? Nel momento in cui Yvette aveva messo piede in quel luogo, si era innamorata immediatamente dei pavimenti di legno, delle librerie a muro e delle splendide modanature. "Davvero? Cosa lo renderebbe migliore, secondo te?"

"Un espositore con i miei libri." Leann sorrise da un orecchio all'altro e divenne palese che la stava prendendo in giro. "Questo posto è bellissimo. È solo che invidio spaventosamente Miranda."

Le altre due autrici risero della loro amica e Yvette ridacchiò mentre le accompagnava nel suo ufficio. "Capisco. Beh, vediamo di cambiare la situazione."

"Davvero?" chiese Leann. "Così?"

"Così," disse Yvette. "Stiamo già organizzando altri eventi. Mi piacerebbe che voi veniste a presentare le vostre prossime uscite e a firmare autografi durante una delle numerose feste di paese. Che ne pensate?"

"Sì," dissero all'unisono le tre autrici.

Lo stomaco di Yvette fece un piccolo salto mortale. Tutte e tre le autrici che aveva di fronte avevano un pubblico numeroso e lei sapeva che c'era qualcosa di grande in serbo per il loro negozio. Aprì il calendario, afferrò una penna e disse: "Ottimo. Vi segno tutte e tre."

CAPITOLO 13

L'assistente di Norm aprì la porta dell'elegante ufficio e fece entrare Jacob. "Norm arriva subito."

"Grazie, Penny." Jacob attraversò l'ufficio e si fermò alla grande finestra che dava sulla città. In lontananza, il sole si rifletteva sul blu brillante dell'Oceano Pacifico. C'era stato un periodo, nella vita di Jacob, in cui lui aveva amato il sud della California. Il sole, la spiaggia, il turbine di opportunità di investimento, gli avevano fatto vibrare il sangue. Ora non provava più nulla.

Non desiderava altro che tornarsene alla sua casa in collina, dove la nebbia proveniente dalla costa settentrionale rotolava sui boschi di sequoie. Viveva a Keating Hollow da sole due settimane, ma mentalmente si era trasferito da oltre un anno. Quel paesino stava cominciando a insinuarsi dentro di lui... o forse era Yvette a fare presa sul suo animo? Jacob vide il volto della donna nuotare nella sua mente e capì che L.A. era nel suo passato, non nel suo futuro.

"Jacob," disse giovialmente Norm mentre entrava nell'ufficio. "Puntualissimo come sempre."

"Mi impegno." Jacob si incamminò verso l'amico e avvocato di famiglia, tendendo la mano.

Norm prese la mano di Jacob in entrambe le sue e la strinse calorosamente. "Com'è andato il viaggio?"

Jacob fece spallucce. "Bene. Sai cosa sta succedendo? Pensavo che i documenti fossero già in ordine."

Norm si accigliò. "Purtroppo, no. La signorina Teller ha appena detto di aver bisogno di parlare con te di persona prima di firmare qualcosa. Presumibilmente, sarà pronta a finalizzare il tutto una volta che avrà avuto l'occasione di incontrarti."

"Giusto." Jacob si passò una mano fra i capelli scuri, senza credere nemmeno per un istante che sarebbe arrivato a fine giornata libero dalla sua ex. Ma doveva provarci. Era più che pronto a voltare pagina. "Quando arriva?"

"È già nella sala riunioni in fondo al corridoio," disse Norm. "Aspetta solo te."

Jacob trasse un respiro profondo e annuì. "D'accordo. Facciamola finita."

"Perfetto. Ricorda solo una cosa: se lei dovesse cercare di cambiare i termini dell'accordo, non prendere impegni. Dille solo che devi parlarne con il tuo avvocato. Capito?"

Jacob sbuffò sarcastico e, con tono decisamente amareggiato, disse: "Perché mai dovrebbe voler cambiare i termini? Otterrà tutto quello che vuole."

"Tranne te," disse Norm.

"Lei non mi vuole. Fidati." Jacob raddrizzò le spalle. "Non preoccuparti, Norm. Non le prometterò nulla, se non quello che abbiamo già concordato."

"Ottimo. Andiamo."

Jacob seguì il suo avvocato fino alla sala riunioni all'angolo. Non appena entrarono, udì Sienna emettere un piccolo sussulto. Posò lo sguardo su di lei e si chiese come avesse fatto a pensare che fosse la donna più bella del mondo. Non si poteva negare che fosse attraente: i suoi lunghi capelli scuri erano lucidi e brillanti come sempre e il suo trucco era immacolato, così come lo era il suo tailleur firmato dal taglio perfetto.

L'avvocato di Sienna si alzò e si avvicinò a Norm. "La signorina Teller gradirebbe trascorrere un momento da sola con il signor Burton prima di procedere alla chiusura dell'accordo."

Norm lanciò un'occhiata al suo cliente. "Se per te non è un problema, Jacob."

Jacob rivolse una mezza scrollata di spalle al suo avvocato. Se l'era aspettato. Sienna non poteva certo volere che gli avvocati ascoltassero le scemenze che lei intendeva rifilargli. "Va bene."

"Grazie, Jacob," disse la sua ex, dal posto dietro al grande tavolo.

Jacob non rispose.

"Aspetto fuori," disse Norm, per poi seguire l'altro avvocato in corridoio.

Jacob spostò lo sguardo sulla sua ex-fidanzata. "Che sta succedendo?"

Il labbro inferiore di Sienna tremò mentre lei lo fissava. "Pensavo…" La donna esalò il fiato. "Penso che dobbiamo chiarirci."

Jacob scosse la testa. "Quello che è successo fra noi è storia vecchia, Sienna. Voglio solo vendere la casa ed essere libero dalla tua attività. Il resto–"

"La nostra attività," disse la donna con voce fioca.

"La nostra attività?" le fece eco lui. "Vuoi scherzare? Enchanted Bliss non è mai stata mia. Non hai accettato nemmeno uno dei miei suggerimenti e non hai mai chiesto la mia opinione. Volevi solo che firmassi gli assegni. Beh, hai avuto quello che volevi. È tutto tuo. Devi solo cominciare a ripagare il capitale di investimento, *senza interessi*, entro un anno dal momento in cui l'attività comincerà a produrre profitti. Hai avuto il tuo sogno, il mio migliore amico e metà del valore della casa che *io ti ho comprato*. Cos'altro vuoi da me?"

Sienna fissò il fascicolo sul tavolo e Jacob cominciò a chiedersi se per caso avesse finalmente sviluppato una coscienza. "Nulla, Jacob," disse lei, la voce che tremolava. "Non voglio nulla da te."

Jacob strinse le mani e dovette resistere a un forte desiderio di prendere a pugni qualcosa. "Allora cosa ci facciamo qui, Sienna?"

"Ecco..." La donna distolse lo sguardo dal suo viso.

Jacob si avvicinò, afferrando lo schienale di una sedia mentre osservava davvero Sienna per la prima volta da quando era entrato nella stanza. Sotto il trucco pesante, notò le borse scure sotto gli occhi di lei e una nuova ruga di ansia che le increspava la fronte. La sua ex aveva gli occhi stanchi e il colorito pallido, nonostante i tentativi di nasconderlo. "Sienna?" chiese Jacob, improvvisamente preoccupato. "Ti senti male?"

La donna sollevò lo sguardo su di lui, le lacrime agli occhi mentre scuoteva la testa. "No."

Un senso di allarme cominciò a fargli battere forte il cuore. I casi erano due: o lei stava mentendo o c'era qualcosa di fortemente sbagliato. Jacob aveva già visto Sienna piangere, in passato. La donna non esitava a usare le lacrime come arma, quando si trattava di ottenere quello che voleva. Ma lui non credeva che quello fosse il caso. L'aveva già vista recitare un numero sufficiente di volte da sapere che la situazione era diversa. Qualunque cosa stesse succedendo, Sienna era davvero turbata.

Jacob girò attorno al tavolo fino a raggiungere il lato dov'era seduta lei e tirò indietro una delle sedie. Si sedette, sporgendosi in avanti mentre sosteneva lo sguardo lacrimoso di Sienna. "Cosa c'è, Si? Cos'è successo?"

Le lacrime scorrevano più in fretta, ora, mentre lei scuoteva la testa e cercava disperatamente di asciugarle. "Mi dispiace. Non è... Non te lo meriti."

Sienna aveva ragione. Jacob non se lo meritava. Ma le aveva voluto bene, un tempo, e non poteva semplicemente voltarle le spalle mentre lei era così palesemente agitata. Le prese delicatamente la mano. "Di qualunque cosa si tratti, sai che puoi fidarti di me. Io ci sono."

Sienna gli rivolse un sorriso lacrimevole e disse con voce strozzata: "Solo perché ti ho costretto."

"Non ha importanza, ora. Avevi le tue ragioni. Perché non mi dici quello che sei venuta a dirmi? Non andrò da nessuna parte fino a quando non lo avrai fatto."

Sienna abbassò lo sguardo sul fascicolo che aveva di fronte, quindi lo riportò su di lui. "Ti... Ti devo una spiegazione."

Sienna gli doveva ben altro, ma Jacob ci aveva rinunciato mesi prima. "Non ha più importanza. Voglio solo voltare pagina, Sienna."

"Lo so." La donna annuì e allontanò la mano dalla sua. Afferrata l'elegante borsetta nera che era posata sul tavolo, cominciò a frugarci dentro. Trovò un fazzoletto e, mentre si tamponava gli occhi ora gonfi, disse: "Devi sapere perché me ne sono andata."

Lui aprì la bocca per protestare, ma lei sollevò una mano, zittendolo. "Per favore, Jacob. Devo tirarlo fuori."

"D'accordo." Jacob si appoggiò allo schienale della sedia, guardando mentre Sienna si alzava in piedi e fissava fuori dalla finestra. Fu allora che si accorse che lei aveva un aspetto diverso. Il suo corpo era cambiato. Non era più una specie di supermodella scheletrica, ma sembrava più rotonda, più morbida. La bellezza artificiale era stata sostituita da qualcosa di reale e accessibile. "Sembri... diversa," disse lui, prima di riuscire a trattenersi.

Sienna si voltò a guardarlo insospettita. "In bene o in male?"

"In bene. Più..." Jacob avrebbe voluto dire "umana," ma l'idea suonava brusca persino a lui.

"Più cosa, Jacob?" chiese lei, inclinando la testa di lato con espressione incuriosita.

"Non saprei... Autentica, forse? Come se fossi più a tuo agio con te stessa."

Un'emozione guizzò negli occhi di Sienna prima che lei li chiudesse e dicesse: "Un anno può cambiare molto una persona."

"Suppongo di sì," disse lui. Poi strinse gli occhi. "In che senso sei cambiata, Sienna?"

Lei si morse il labbro inferiore e si premette una mano sull'addome.

Jacob aveva finito di parlare ed era deciso ad aspettare che lei trovasse finalmente il coraggio di dirgli perché lo aveva fatto venire fin da Keating Hollow.

La lancetta dei minuti dell'orologio ticchettò, un suono quasi assordante nel silenzio.

Finalmente, Sienna gli voltò le spalle e fissò la città mentre diceva: "Non avrei mai voluto farti del male."

Jacob trattenne un sospiro infastidito. "Non è quello che dicono tutti dopo aver fatto del male a qualcuno?"

"Sì." Sienna annuì, ancora rivolta verso la finestra. "Sarei potuta restare come se niente fosse." Si guardò alle spalle. "Mia madre mi aveva detto di farlo."

"La cosa non mi stupisce," disse Jacob. Janice Teller era innamorata dell'idea che la sua unica figlia sposasse un membro della famiglia Burton. Una volta, aveva detto a Jacob di aver sempre saputo che sua figlia aveva il potenziale per contrarre un buon matrimonio. Jacob si era offeso per conto della sua fidanzata. Sienna Teller non aveva bisogno di *un buon matrimonio*. Era laureata e aveva un'intelligenza sufficiente a eccellere in qualunque cosa in cui mettesse impegno. In altre parole, non aveva certamente bisogno di Jacob o del denaro della sua famiglia per lasciare un segno nel mondo. "Brian l'ha già conquistata?"

Sienna si voltò verso di lui, le mani strette di fronte a sé. "Non voglio parlare di Brian, ora."

"Perché no?" scattò Jacob. "È lui il motivo per cui siamo in questa situazione."

"No, invece!" gridò Sienna. "Sono io. Non hai ancora capito, Jacob?"

Lui si alzò, tutto il corpo che vibrava di una rabbia bruciante. "Ho capito benissimo, Sienna. Tu mi hai usato e sei scappata con il mio migliore amico, facendomi fare la figura del cretino."

Il viso di Sienna impallidì di nuovo e lei scosse la testa. "Non volevo che andasse così."

"Lo hai già detto." Jacob si recò a grandi passi all'altra estremità della stanza; doveva frapporre quanta più distanza possibile fra di loro. "Di' quello che devi dire, Sienna. Di qualunque cosa si tratti, sono certo che non cambierà nulla fra di noi."

"Fidati, Jacob. Cambia tutto," disse lei, la voce forte e colma di certezza.

Jacob si voltò verso di lei, lo stomaco gelido mentre la fissava.

Lei sollevò il mento e disse: "Il motivo per cui me ne sono andata è che ero incinta."

Jacob rimase di stucco, chiedendosi se avesse sentito bene. Poi il suo sguardo cadde sulla vita di Sienna, come se stesse cercando una prova. Non c'era nulla da vedere, naturalmente. Sienna lo aveva lasciato più di un anno prima. Se anche aveva tenuto il bambino, quello doveva essere nato mesi prima.

Il bambino.

Quelle due parole gli riecheggiarono nella mente. Il suo bambino? O quello di Brian? Un brivido di freddo lo attraversò. Si schiarì la voce. "Lo hai tenuto?"

Sienna si ritrasse come se lui l'avesse schiaffeggiata. "Certo che l'ho tenuto. Sai quanto volevo avere dei figli."

"Se è per quello, pensavo che volessi sposarmi, ma non è andata così, vero?" Era un colpo basso, ma le parole gli erano proprio sfuggite di bocca.

Sienna strinse i denti, la voce bassa e a malapena udibile. "Quante altre volte vuoi che mi scusi?"

Jacob sospirò pesantemente. "Non voglio che tu ti scusi. Voglio che tu firmi l'accordo in modo che io possa tornare a vivere la mia vita."

"È proprio questo il punto, Jacob. Non puoi tornare a vivere la tua vita. Non come pensi tu," disse la donna.

"E perché no? Hai Enchanted Bliss, Brian e un figlio…" La sua voce si spense sulla parola "figlio". Siena non aveva forse appena detto di averlo lasciato perché era incinta? Erano andati a letto insieme fino a poco prima che lei gli facesse lo sgambetto. Il suo cuore accelerò e all'improvviso la stanza cominciò a girare. "Stai dicendo che tuo figlio potrebbe essere mio figlio?"

Sienna lo fissò per qualche istante, quindi annuì. "Jacob, mi dispiace di non avertelo detto prima–"

"Ho un figlio?" urlò lui, completamente sconvolto dal tradimento di Sienna. "Eri incinta di mio figlio e non me lo hai detto?"

"Non sapevo–"

"Certo che lo sapevi! Hai detto che te ne sei andata perché eri incinta. Porca miseria, Sienna. Meritavo di sapere. Avrei dovuto seguire la gravidanza. Avrei dovuto esserci, in sala parto. Come hai potuto tenere tutto per te? Come?"

Sienna avvampò e abbassò la testa, fissando le mani giunte in grembo. "Mi dispiace tanto, Jacob."

"Non ho bisogno delle tue scuse, Sienna. Non ne ho mai avuto bisogno. Avevo solo bisogno di onestà." Jacob la fissò, il vuoto dentro, e si rese conto che non provava assolutamente nulla per la madre di suo figlio. La tristezza lo travolse. Che disastro. Non aveva mai desiderato altro che una moglie da amare, viziare e chiamare la sua compagna. E, un giorno, una famiglia tutta sua. Diciotto mesi prima, aveva creduto di avere tutto ciò che aveva sempre desiderato. La donna che aveva di fronte gli aveva rubato tutto, compreso suo figlio.

"Non..." Sienna si strinse la gola con una mano. "Non lo sapevo. Pensavo... Stavo con Brian già da due mesi. Tu eri via per lavoro e ci eravamo visti pochissimo. Ero sicura che il bambino fosse di Brian. Quando gliel'ho detto, lui ha confessato di avermi sempre amata. E io... ecco, mi sa che per me era lo stesso. Sai, lui stava con un'altra quando ci siamo messi insieme. Pensavo che si sarebbero sposati, per cui ho portato avanti le cose con te. Ti amavo. Davvero, Jacob. Ti–"

Lui la fulminò con lo sguardo. "Non voglio saperlo," disse

freddamente. "L'ultima cosa che voglio sentirmi raccontare sono i dettagli della tua scappatella. Ora come ora, voglio solo sapere come fai a sapere che il bambino è mio, visto che eri sicura che fosse Brian il padre."

"Brian continuava a dire che lei ti somigliava e ha voluto fare un esame del sangue."

"Lei?" chiese sottovoce Jacob, che aveva la sensazione che stesse per esplodergli il cuore.

"Lei." Sienna sorrise teneramente, quindi aggiunse: "Si chiama Skye."

"Skye," disse lui, solo per sentire il nome di sua figlia sulle labbra. Chiuse gli occhi e cercò di immaginare che aspetto potesse avere la bambina. Ma prima di lasciarsi trasportare, doveva sapere per certo che Skye era sua. "Cosa è emerso dall'esame del sangue?"

"Il suo gruppo sanguigno è B. Brian e io siamo entrambi 0." L'espressione di Sienna si intristì. "Il medico ha detto che è impossibile che lei sia figlia di Brian."

Jacob rimase senza fiato mentre la realtà gli precipitava addosso. *B*. Il suo gruppo sanguigno era B. A meno che Sienna non fosse andata a letto con una terza persona, Skye era sicuramente figlia sua. Detestava chiederlo e non voleva proprio conoscere la risposta, ma non avevo scelta. "C'è stato qualcun altro?"

Sienna si accigliò. "Cioè?"

"Cioè, sei andata a letto con qualcun altro, a parte me e Brian? È possibile che Skye non sia mia figlia?"

"Diamine, Jacob. No. Certo che no. Come ti viene in mente di chiederlo?"

Jacob la guardò con biasimo. "Chissà."

Sienna aprì bocca, senza dubbio per obiettare, ma la

richiuse subito e inclinò la testa in modo da fissarsi i piedi. "Mi sa che me lo meritavo."

Jacob non poteva certo dire di no. Tuttavia, qualunque cosa lei avesse fatto, ora non aveva importanza. Jacob aveva appena scoperto di avere una figlia. Si avvicinò a Sienna e le sollevò molto delicatamente il mento con due dita, in modo da guardarla negli occhi. "Quando posso vederla?"

CAPITOLO 14

Il lunedì giunse buio e uggioso, ma Yvette si ritrovò a saltellare nel suo ufficio, esultando mentre festeggiava i numeri del fine settimana. Aveva appena finito di fare la somma delle vendite effettuate durante il firmacopie ed era felicissima di aver scoperto che quello prometteva di essere il mese migliore di sempre. Non vedeva l'ora che Jacob tornasse, per dargli la buona notizia.

Il solo pensiero di vedere il viso dell'uomo dopo che lui era rimasto lontano per tutto il fine settimana fece fare un piccolo salto mortale al suo stomaco. E sebbene lei fosse piuttosto sicura che Miranda fosse fuori di testa quando si definiva un angelo custode, Yvette sperava che la donna ci avesse visto giusto quando aveva detto che Jacob era cotto di lei, perché era evidente che Yvette era pazza di lui.

Il campanello della porta suonò e lei corse in negozio, aspettandosi di vedere Jacob. Mancavano ancora dieci minuti all'apertura e Brinn aveva il giorno libero. Ma invece del suo socio alto, scuro e attraente, trovò Hanna Pelsh al bar, intenta a riempire la vetrinetta di biscotti freschi.

"Hanna! Non devi farlo tu." Yvette corse dalla sua amica e la allontanò gentilmente. "Mi stai già facendo un grandissimo favore consegnando queste cose. Non devi anche metterle via."

Hanna fece spallucce. "Non ero sicura che tu fossi già in negozio."

Yvette aveva dato ai Pelsh la chiave della porta come parte dell'accordo di fornitura, in modo che avessero più tempo a disposizione per le consegne. Dato che Brinn era di riposo, Hanna non aveva trovato nessuno al suo arrivo. "Grazie. Sei molto gentile, ma posso pensarci io."

"Certo." Hanna girò dietro al bancone del bar e si guardò attorno. "Non riesco a credere che tu abbia già riordinato tutto. Ho sentito dire che avete avuto più gente voi del birrificio, questo fine settimana."

Yvette fece un gran sorriso. "Quello era sabato. Ieri abbiamo avuto abbastanza affluenza, ma, accidenti, quel firmacopie ha avuto successo pazzesco. Stai pronta. Raddoppieremo l'ordine di dolci per l'evento del mese prossimo."

"Ottimo. Lo dirò a mia madre." Hanna si recò alla porta. "Salutami Jacob e Brinn."

"Lo farò."

Il campanello della porta suonò mentre Hanna usciva e Yvette si ritrovò vagare per il negozio, chiedendosi cosa ci fosse da fare. Brinn era rimasta fino a tardi, il giorno prima, e insieme erano riuscite a riempire gli scaffali a tempo di record. E siccome Yvette sapeva che avrebbe lavorato da sola fino all'arrivo di Jacob, era arrivata presto per sbrigare la burocrazia.

Ora si ritrovò di fronte alla porta d'ingresso, a guardare la strada deserta alla ricerca della visione familiare del furgone di Jacob. Quando non vide nemmeno un paio di fari brillare in mezzo alla pioggia, sospirò, girò il cartello e si incamminò verso il banco del bar.

Armata di un cappuccino fresco e di un paio di biscotti, Yvette prese posizione alla cassa e aprì l'ultimo libro di fiabe oscure di Jovee Winters.

YVETTE PRESE in mano il cellulare e sospirò. Nessuna chiamata. Era tardo pomeriggio e il tempo aveva continuato a peggiorare. Si udivano rombi di tuono e la pioggia era diventata un rovescio battente su Keating Hollow. Si era aspettata che Jacob arrivasse prima di mezzogiorno, ma fino a quel momento non lo aveva visto e non aveva avuto sue notizie. E dopo che i due messaggi che gli aveva inviato non avevano ricevuto risposta, stava cominciando a preoccuparsi.

Il telefono della libreria suonò e Yvette spiccò un balzo. "Hollow Books. Parla Yvette."

"Ehi, sono io," disse sua sorella Noel.

La delusione le sbocciò nel petto e lei si lasciò cadere sullo sgabello dietro alla cassa. "Che succede, sorella?"

"C'è Faith. Ci chiedevamo se volessi unirti a noi per cena. Ho fatto la crostata."

"Crostata per cena?" chiese Yvette.

"Sì. Di more. La panna montata è già in frigo."

Yvette si raddrizzò, in stato di massima allerta. "Che succede?"

"Niente. Faith ha conosciuto qualcuno." La voce di Noel era colma di birbanteria, ora.

Yvette lanciò un'occhiata all'orologio. "Arrivo fra venti minuti."

"Ottimo."

La chiamata si concluse. Yvette rimise il telefono sulla base, grata per la distrazione. Così, non sarebbe rimasta a casa ad aspettare la telefonata di Jacob. Pulì rapidamente la zona bar, che era stata usata solo due volte quel giorno, e svuotò la cassa. Dopo aver dato un'ultima occhiata in negozio, si imbacuccò nella giacca di lana e col cappello e chiuse la libreria.

Il vento pungente penetrò i jeans e la giacca, mentre la pioggia cadeva a scrosci orizzontali. In circostanze normali, Yvette sarebbe andata a piedi alla locanda di sua sorella, ma quella sera balzò sul Mustang e guidò per i due isolati di distanza. Ciononostante, quando entrò nel parcheggio di fronte alla Keating Hollow Inn ed entrò nella lobby, grondava acqua e aveva disperatamente bisogno di una tazza di caffè caldo.

"Noel?" chiamò mentre si infilava dietro al banco dell'accoglienza.

La porta dell'appartamento di Noel era spalancata e Faith, la più piccola della famiglia, era in piedi sulla soglia. Era bellissima, con lineamenti angolosi interessanti e grandi occhi azzurri. Yvette aveva sempre pensato che Faith era nata per calcare le passerelle di Parigi, ma sua sorella era stata felice di restare a Keating Hollow, facendo diversi lavoretti mentre andava a scuola di massoterapia. Aveva in mano due grosse tazze. Da quella nella mano sinistra si sollevava del vapore; Faith la spinse verso Yvette. "Tieni. Ne avrai bisogno."

Il profumo del whisky irlandese le aggredì il naso quando Yvette si portò la tazza alle labbra e bevve un lungo sorso rinvigorente. "Oh, grazie. Sei una dea."

"Era ora che te ne accorgessi," disse Faith, attirando Yvette nell'appartamento di Noel.

Yvette si guardò attorno nel salotto ordinato e vide Noel coricata sul divano, con le gambe piegate e una coperta attorno alle spalle. Si era tinta e tagliata di nuovo i capelli. Ora le arrivavano alle spalle, a strati, ed erano di un bel biondo fragola molto carino, che enfatizzava alla perfezione il suo colorito. Delle quattro sorelle, Noel era quella che cambiava sempre aspetto. "Eccomi," disse Yvette. "Dov'è la crostata?"

Noel rise. "In cucina. Hai fame?"

"Sì. Non ho pranzato."

"Perché no?" Noel si accigliò. "Non credo che la libreria fosse affollata. Keating Hollow è un paese fantasma da quando è arrivato il temporale."

"No, decisamente non era affollata," disse Yvette. "Ma non avevo nessuno ad aiutarmi, per cui ho saltato il pranzo. È il giorno libero di Brinn."

"E Jacob? Lui non c'era?" chiese Faith, lasciandosi cadere sul divano accanto a Noel.

"No. È ancora fuori città." Yvette si sedette su una poltrona e si guardò attorno. "Dove sono Olive, Daisy e Drew?"

"Olive è dalla nonna e Daisy e Drew sono usciti insieme, da padre e figlia," disse Noel, intenerendosi. "Ragazze." Si premette una mano sul cuore. "Ci sono quasi rimasta. Questa mattina, Daisy e io eravamo in cucina a fare colazione quando è entrato Drew. Ci siamo salutati e all'improvviso Daisy ha chiesto se poteva portare Drew al cinema e a cena."

"Whoa, Noel. Sembrerebbe che Daisy ci stia provando con il tuo uomo," disse Yvette, ammiccando in maniera esagerata.

"È vero," disse Noel in tono serio. "Quei due... A volte, giurerei che Drew e io ci siamo messi insieme solo perché lui si è innamorato di mia figlia."

Faith posò la tazza sul tavolino da caffè e si voltò a fissare Noel negli occhi. "E a te dispiace?"

"Assolutamente no," disse sorridendo Noel. "Ma

insomma… quand'è che tocca a me andare al cinema e a cena fuori?"

"Glielo hai chiesto?" chiese Yvette.

Noel fece spallucce e Yvette lo prese per un no.

Yvette rise. "Tua figlia è molto più brava di te. Forse dovresti imparare da lei."

"Può darsi," brontolò Noel, ma il guizzo delle sue labbra la tradì. "È semplicemente troppo carina. Sapete quando è stata l'ultima volta che Drew lei ha detto di no?"

"Quando?" chiese Faith, ora appollaiata sul bordo del divano.

"Mai." Noel si alzò, lasciando la tazza sul tavolo. "Arrivo subito con la crostata. Panna doppia per tutte?" chiese, rivolgendosi a Yvette.

"Per me sì," rispose Yvette, aggiungendo: "Faith?"

Ma prima che la loro sorellina potesse rispondere, Noel rise e disse: "Per tutte, tranne Faith. Lei deve far colpo su un uomo."

"Ah! Vedremo," disse Faith, buttandosi alle spalle i lunghi capelli biondi con aria decisamente altezzosa. "È lui che deve far colpo su di me."

"Va bene, un attimo," disse Yvette. "Chi è quest'uomo e dove l'hai conosciuto?"

"Aspetta qui." Noel sollevò la mano. "Prima ci vuole la torta."

"Solo se posso avere la panna doppia. Me lo posso permettere." Faith accennò al suo corpo lungo e snello.

"Già," borbottò sottovoce Yvette. "Io non ho quell'aspetto dalla prima media."

"Non possiamo essere tutte pin-up procaci e appetitose, vero?" ribatté Faith, rendendole pan per focaccia.

Yvette le sorrise. "Abbiamo tutte le nostre croci da portare."

"Piantatela, voi due." Noel si rivolse a Faith e puntò un dito verso Yvette. "Non farti estorcere informazioni o butto la vostra parte di crostata."

"Non me lo sognerei mai," disse Faith, appoggiandosi ai cuscini del divano.

Yvette rimase a bocca aperta mentre fissava Noel. "Ti pare? La crostata è sacra."

"Anche i pettegolezzi sull'ultimo arrivato a Keating Hollow." Noel sogghignò e corse in cucina.

Yvette si voltò di scatto verso la sua sorellina mentre il suo cuore accelerava i battiti. "Stava parlando di Jacob?" Per quanto ne sapeva lei, era Jacob il nuovo arrivato.

Faith scosse la testa. "No. Stava parlando dell'impresario che ho ingaggiato per la spa. Ma aspettiamo che ritorni. Sai che non scherzava quando ha minacciato di buttare la crostata."

"Hai già trovato un impresario e c'è qualcosa in ballo?" chiese Yvette, ignorando la direttiva di sua sorella di cessare i pettegolezzi fino a quando la crostata non fosse stata servita. Era sicura di poter affrontare Noel, se quella avesse deciso di mettere in atto la minaccia.

"Cosa? No! Non c'è niente in ballo." Faith scosse la testa, ma non prima che Yvette notasse la luce nei suoi occhi.

"Accidenti," disse Yvette, prendendo fiato. "Ci sei dentro fino al collo."

"Ma per favore. L'ho appena conosciuto." Faith levò gli occhi al cielo. "So che a *te* piace accelerare i tempi, ma io preferisco fare con calma e godermi il panorama... se capisci quello che intendo."

Yvette sospirò. Capiva benissimo cosa intendeva sua sorella. La sua relazione con Jacob era nuova, rapida e decisamente travolgente. E ora si trovava nell'imbarazzante situazione di non sapere dove fosse o cosa stesse combinando e non era certa che la sua ansia e il suo fastidio fossero giustificati. Meritava una spiegazione? Lei credeva di sì, ma dopo una sola settimana di frequentazione... Era certa che la maggior parte delle persone non l'avrebbe vista in quel modo.

"Sì, credo che tu non abbia torto. Fare le cose con calma può avere i suoi vantaggi," disse Yvette, rimpiangendo di non avere la forza di volontà necessaria per quanto riguardava Jacob. Invece, aveva già controllato il telefono tre volte da quando si era seduta a casa di sua sorella.

"A proposito di godersi il paesaggio," disse Faith. "Whoa. Ho visto Jacob, questa mattina, e persino con quattro strati di vestiti addosso, quell'uomo è così bollente che è un miracolo se non prende fuoco."

"Hai visto Jacob?" chiese di getto Yvette. "Dove?"

"All'Incantation Café. Era appena arrivato da L.A. e ha detto che aveva bisogno di un po' di carburante per arrivare in cima alla collina. Non so cosa volesse dire."

"Casa sua è annidata nel fianco della montagna," spiegò Yvette, che si sentiva completamente sgonfia. Si era detta che Jacob non doveva essere ancora tornato in paese, ma Faith lo aveva visto qualche ora prima. Questo significava che l'uomo avrebbe avuto il tempo di richiamarla, se non altro per farle sapere che stava bene. Ma non lo aveva fatto. L'abisso nel suo stomaco crebbe e, quando Noel portò loro i piatti stracolmi di crostata e panna montata, la sua ira crebbe di pari passo a ogni momento. Jacob era tornato in paese e l'aveva ignorata. *Perché?*

"D'accordo, sorellina, è ora di vuotare il sacco," disse Noel, porgendo un piatto a ciascuna. "Raccontaci ogni sordido dettaglio."

Faith afferrò una forchetta e attaccò la crostata. Un attimo prima di ficcarsi in bocca una montagna di torta di panna montata, disse: "Sono entrata mentre faceva la doccia."

"Cosa?" disse Yvette, lasciando cadere la forchetta.

"Quale doccia?" chiese Noel, stringendo gli occhi. "Non quella della sua stanza, spero."

Faith scosse la testa. "No, non qui. Diamine, Noel, ti sembro il tipo che infesta gli alberghi ed entra di nascosto nelle stanze nella speranza di vedere il pacco di un uomo?"

"Se non sei entrata nella sua stanza d'albergo, allora dove?" chiese Yvette, decisamente incuriosita.

Faith posò la crostata e tirò fuori una chiave. "L'edificio della mia nuova spa."

"Cosa?" gridarono entrambe le sorelle, correndo verso di lei con le braccia tese. "Non ci credo," disse Yvette, bisbigliandole nell'orecchio. "Lo stai facendo davvero."

"Sì." Faith si illuminò in viso. "C'è solo un problema, ma ci stiamo lavorando."

"Sarebbe?" chiese Yvette.

"Il mio impresario viveva nel mio spazio di lavoro, o almeno ci dormiva ogni tanto e usava la mia doccia *senza di me*," disse Faith. "Così non va bene."

"È davvero un bel pezzo d'uomo, Yvette," intervenne Noel. "Se non avessi già Drew, dovrai contendermelo con lei. È proprio un bell'uomo."

"Buona fortuna," disse sbuffando Faith. "Mi sono allenata. Credo di poterti tenere testa."

Noel squadrò sua sorella e annuì seccamente. "Sai, credo proprio di sì. Tu tieniti il tuo impresario e io mi tengo il vicesceriffo."

"Ora che abbiamo stabilito questa cosa, io sto ancora aspettando di sentire della doccia," disse Yvette.

"Ce l'ha enorme," disse Faith con gli occhi spalancati, le mani a una trentina di centimetri l'una dall'altra.

Yvette rimase di stucco. Poi si mise a ridere. "Buon per te. Vuoi fare qualcosa al riguardo?"

Il sorriso di Faith si allargò e assunse una sfumatura maliziosa. "Vedremo. *Dopo* che i lavori alla spa saranno finiti."

"Brindiamo." Noel sollevò il bicchiere di vino. "Alla mescolanza di piacere e lavoro dopo la fine dei lavori."

"Approvato!" dissero all'unisono Faith e Yvette.

"Cerca solo di uscirci con i vestiti addosso, prima," aggiunse Yvette.

Faith ridacchiò. "Ci proverò."

CAPITOLO 15

Jacob parcheggiò il furgone di fronte a Hollow
Books e spense il motore. La mattinata era buia e
triste, proprio come il giorno prima, e si adattava
perfettamente al suo umore. L'incontro di sabato con Sienna lo
aveva completamente sconvolto. Era passato per tutte le
emozioni esistenti, cominciando con la meraviglia e finendo
con una rabbia completa e assoluta.

Continuava a non capire come avesse fatto Sienna a non
prendere nemmeno in considerazione l'idea di informarlo che
lui avrebbe potuto essere il padre di Skye. Si era perso i primi
sei mesi di vita di sua figlia, ormai. Come aveva fatto a non
vedere quanto incredibilmente egoista fosse Sienna quando
loro due stavano insieme? In alcuni momenti, non era sicuro se
fosse più arrabbiato con lei o con se stesso, per essere stato
così cieco.

Dopo la rivelazione, aveva chiesto di vedere Skye, ma
Sienna aveva rifiutato, dicendo che la bambina era ad Aspen
con sua madre e Brian, dove si stavano preparando ad aprire
un altro Enchanted Bliss. C'era mancato poco che Jacob

prenotasse un volo, ma Sienna era entrata in modalità mamma orso e lo aveva convinto che sarebbe stato meglio per lui lasciar decantare la notizia ancora per qualche giorno. Gli aveva detto di andare a casa e abituarsi all'idea e che la settimana successiva sarebbe venuta a Keating Hollow per permettergli di conoscere sua figlia.

Non era quello che avrebbe voluto Jacob, ma quando Sienna gli aveva detto che non aveva più interesse a giocare e lo aveva dimostrato firmando l'accordo, lui non aveva avuto altra scelta che concederle il beneficio del dubbio. Cos'altro poteva fare? Andare ad Aspen nel bel mezzo dell'inverno e passare da una casa all'altra fino a quando non li avrebbe trovati? Avrebbe potuto farlo, ma avrebbe fatto la figura del pazzo.

Invece, aveva trascorso la domenica facendo un'escursione su Eco Mountain, cercando di affaticarsi i muscoli a sufficienza da spompare anche la mente. Non aveva funzionato. Jacob non aveva chiuso occhio la notte prima e quando era arrivato a Keating Hollow, lunedì mattina, aveva un'emicrania devastante. Dopo aver trangugiato un paio di aspirine accompagnate da una tazza di caffè forte corretto con un bicchierino di whiskey, era andato subito a letto. Quando si era svegliato, in tarda serata, il mal di testa era sparito, ma la sua rabbia era appena cominciata. E sebbene non fosse il modo migliore per affrontare la notizia di sua figlia, Jacob aveva trascorso la notte a finire la bottiglia di whiskey.

Ora era in preda alla sbornia e doveva trovare un modo per affrontare Yvette. Non era stata sua intenzione ignorare le telefonate della donna; aveva semplicemente spento il telefono con l'intenzione di ignorare il mondo.

La porta d'ingresso si aprì e Yvette si avvicinò al finestrino del conducente del suo furgone. Jacob si affrettò ad abbassare il finestrino. "Che succede?" le chiese.

"Stavo per chiederti la stessa cosa. Va tutto bene?" I begli occhi scuri della donna erano pieni di premura.

"Sì," disse Jacob, trattenendo un singulto quando mentì spudoratamente. "Ho appena finito una telefonata. Stavo per entrare."

Yvette passò rapidamente lo sguardo sul furgone; senza dubbio, stava cercando il telefono che era ancora riposto nel cruscotto. Quando non lo trovò, si limitò ad annuire e a dire: "Va bene."

"Arrivo subito," disse lui.

"D'accordo." Nel tono di Yvette c'era una nota di leggero fastidio di fronte al palese congedo. E Jacob sapeva che stava rovinando tutto quando lei si voltò e rientrò in negozio.

Rimase per un attimo a capo chino, trasse un respiro profondo e si disse di darsi una regolata e di smetterla di comportarsi come un cretino egoista. Era palese che Yvette si era preoccupata per lui e non meritava di essere trattata come se la sua preoccupazione non significasse nulla. Ma Jacob non era nemmeno lontanamente pronto a parlare della figlia che non aveva ancora nemmeno conosciuto.

Cercò il telefono, lo accese e si accigliò alla vista della dozzina di messaggi che lo attendevano. Avrebbe dovuto aspettare. Lui doveva parlare con Yvette.

Il negozio fu un sollievo caldo e accogliente dalla gelida mattinata di gennaio e Jacob si sentì subito un po' meglio. C'era un fuoco acceso nel caminetto della zona bar e l'aroma del caffè appena fatto, mescolato al profumo onnipresente dei libri, lo fece sentire più a casa di quanto lo avesse mai fatto la sua moderna casa in collina.

"Buongiorno," disse Brinn dalla sua posizione vicino al

tavolo all'ingresso, dove stava disponendo una nuova spedizione di libri. Era lo stesso tavolo sul quale la settimana prima erano stati posizionati i libri in eccesso di Miranda Moon.

"Buongiorno, Brinn." Jacob si accigliò mentre osservava il tavolo. Era pieno degli ultimi bestseller per il *New York Times*. "Che fine hanno fatto i libri di Miranda Moon?"

La donna sorrise da un orecchio all'altro. "Esauriti. Ci credi? Il fine settimana è stato incredibile. So che Yvette muore dalla voglia di raccontarti tutto."

"Esauriti?" Jacob rimase di stucco. "Com'è possibile?" Aveva immaginato che avrebbero venduto bene, ma sebbene Miranda fosse un'autrice popolare nel suo genere, non godeva certo di fama mondiale.

"La festa ha avuto un successo enorme, quest'anno, ed è venuta gente anche dai paesi vicini," disse Brinn. "Domenica eravamo esauste."

"Lo immagino," disse Jacob mentre si incamminava verso il bar. Dopo essersi versato la tazza di caffè più grande disponibile, andò alla ricerca di Yvette.

La donna era seduta alla sua scrivania, concentrata sullo schermo del computer, con indosso degli occhiali dalla montatura di plastica nera, e i suoi lunghi capelli castani erano intrecciati in uno chignon e tenuti fermi da una matita. Jacob si appoggiò allo stipite della porta e la fissò, immaginandosi nell'atto di sciogliere quello chignon e passare le dita fra i capelli di seta della donna. Yvette era bellissima in maniera modesta. Elegante, concreta e tutto il resto che lui non aveva mai saputo di desiderare.

"Entri o cosa?" chiese la donna, dondolandosi sulla sedia.

"Stavo solo ammirando il panorama," disse spontaneamente Jacob, permettendosi di dimenticare gli eventi del fine settimana, anche se solo per un momento. "Hai un aspetto incredibile, oggi."

"Davvero?" La donna inarcò un sopracciglio, gli occhi che brillavano di fastidio. "Nel frattempo, tu hai l'aspetto di uno che ha fatto festa per tutto il fine settimana e ne hai anche l'odore."

"Cosa?" Jacob si portò la mano alla bocca e alitò nel palmo, per poi annusare. Il leggero odore di whiskey era inconfondibile. Gemette.

"Weekend divertente?" chiese Yvette.

"No. Anzi." Jacob afferrò una delle sedie dell'ufficio e si sedette di fronte a lei. "Ascolta, Yvette, mi dispiace di non essermi presentato ieri. Avrei dovuto chiamarti."

"Credi che io sia arrabbiata perché non sei venuto al lavoro?" chiese freddamente la donna.

"Beh…" Palesemente, con le sue scuse fallimentari, Jacob era incappato in qualcosa; semplicemente, non sapeva come procedere. "Immagino che tu ce l'abbia con me perché non ti ho richiamata. Ma ti avevo detto che sarei venuto, per cui avrei dovuto almeno farti sapere che non sarei riuscito a passare."

"Come mai?" Yvette incrociò le braccia e lo guardò insospettita. "Sei stato trattenuto a L.A.? Ti sei divertito con Sienna?"

Sentirle menzionare Sienna scatenò quell'ormai familiare ondata di rabbia che lo colpì dritto allo stomaco. Lui avrebbe voluto ringhiarle contro, dirle che qualunque cosa lui avesse fatto non erano affari suoi. Erano solo soci in affari. Ma non era vero, giusto? Lui non si sarebbe spinto al punto da definire Yvette la sua ragazza, ma venerdì avevano effettivamente reso ufficiale che si frequentavano. Questo significava, al minimo, che Yvette era un'amica, e forse molto di più. E tuttavia, la donna non aveva alcun diritto di interrogarlo su quello che lui faceva con la sua ex. Le aveva già detto che era andato a sbrigare della burocrazia.

"A dire il vero, no, non mi sono divertito con Sienna," disse a denti stretti, cercando di ignorare il dolore che si diffondeva in lui al pensiero della figlia che non aveva ancora conosciuto. "Ma lei ha firmato i documenti, per cui posso dire che almeno quella faccenda è sistemata."

Il fastidio di Yvette si schiarì e fu sostituito all'improvviso dalla preoccupazione. "È fatta, dunque. Ti senti bene?"

No. Per niente, pensò Jacob. Ma sapeva cosa intendeva Yvette. Stava parlando di quello che avrebbe dovuto essere l'ultimo chiodo nella bara della sua relazione con Sienna. E al riguardo, Jacob si sentiva benissimo. Non gli importava nulla di Enchanted Bliss e aveva persino guadagnato qualcosa dalla vendita della casa sulla spiaggia, anche se aveva dovuto dividere il ricavato con Sienna. "Sì, mi sento bene."

"Sei sicuro?" chiese lei. "Il giorno in cui ho firmato i documenti per il mio divorzio, pensavo di stare bene. Poi sono andata a casa e mi sono mangiata tre chili di gelato prima di bermi una bottiglia di vino."

Jacob si costrinse a sorridere e si sporse in avanti. "Per me è finita da parecchio tempo, Yvette. L'ho accettato mesi fa. Ma ieri non mi sentivo benissimo e, alla fine, ho bevuto un po' di whiskey per aiutarmi a dormire."

"Un po'? Trasudi whiskey, Jacob."

Lui ridacchiò. "Scusa. Non succederà più."

Yvette sembrava scettica, ma parve decidere di prendere alla lettera la sua spiegazione piuttosto che insistere. "Insomma, non hai avuto un ottimo fine settimana, ma è finita e ora puoi voltare pagina."

"Giusto," confermò lui, pur sapendo che non avrebbe potuto voltare un bel niente prima di aver conosciuto sua figlia e averne ottenuto l'affidamento. Non ne aveva parlato con Sienna, ma se lei credeva che Jacob sarebbe rimasto sullo sfondo e avrebbe fatto il padre assente, si sbagliava di grosso.

"Vuoi sapere com'è andato il nostro fine settimana?" chiese sorridendo Yvette.

"Sì," disse lui. Sorridere gli veniva più facile, ora che avevano smesso di parlare della sua vita privata. "Ho sentito dire che hai avuto un grandissimo successo."

"Non ne hai idea." Yvette si raddrizzò e giunse le mani; l'entusiasmo irradiava da lei come la luce da un faro. "La libreria era un manicomio," esordì. Quindi, si lanciò nei dettagli del fine settimana e concluse dicendo: "Questo mese abbiamo già guadagnato più che in ogni altro mese da quando il negozio ha aperto. E ho già bloccato altre tre autrici per dei firmacopie, quest'anno, e altre tre sono seriamente interessate. Credo proprio che la situazione prometta bene."

Jacob la fissò negli occhi colmi di entusiasmo e di scintille e desiderò con tutto ciò che aveva di poterla sollevare fra le braccia, farla piroettare per l'ufficio e stampare un lungo bacio vittorioso sulla sua dolce bocca. Ma ora che sapeva di Skye, non poteva continuare a confondere le acque con Yvette, non poteva dare inizio a una relazione che sapeva sarebbe finita quando lui avrebbe lasciato Keating Hollow per tornare a L.A., o ad Aspen, o dovunque Sienna avesse portato sua figlia. Perché una cosa era certa: ovunque andasse Skye, lui l'avrebbe seguita.

"Assolutamente, Yvette. La tua idea si è rivelata vincente. Congratulazioni." Le sorrise calorosamente, sapendo che, quantomeno, quando lui avrebbe lasciato la città, Yvette non avrebbe dovuto temere di perdere Hollow Books. Jacob aveva già deciso che sarebbe diventato un socio silenzioso e le avrebbe permesso di gestire l'attività come lei riteneva più opportuno. Era palese che la donna era più che capace.

"La nostra idea," disse Yvette. Quindi, gli porse l'agenda e i dati di vendita aggiornati per la prima metà del mese.

Jacob diede un'occhiata e capì di aver preso la decisione giusta. Col tempo, Yvette avrebbe trasformato Hollow Books in una libreria indipendente di tutto rispetto e lui non avrebbe potuto essere più orgoglioso di farne parte, anche se presto si sarebbe messo in panchina.

CAPITOLO 16

*Y*vette era stata furibonda quando aveva sentito il vago odore di whisky che era rimasto addosso a Jacob. Ma mentre ribolliva nel suo ufficio, la rabbia era volata via, sostituita dalla tristezza. Se l'uomo si era dato al whisky, si poteva dare per scontato che il contatto con Sienna lo avesse sconvolto. E se lui era sconvolto, probabilmente ciò significava che ci teneva ancora. E chi poteva biasimarlo? Anche Yvette aveva i suoi momenti, quando vedeva Isaac col suo nuovo partner, e il nuovo partner in questione non era mai stato il suo migliore amico.

Quando aveva visto l'espressione devastata negli occhi dell'uomo quando gli aveva chiesto di Sienna, aveva deciso di avere pietà di lui. Un capitolo si era chiuso nella vita di Jacob e lui aveva il diritto di affrontare con calma le emozioni che provava.

Una volta che ebbero finito di parlare del successo del negozio, la nuvoletta sospesa sopra la testa di Jacob era praticamente sparita. Avevano progettato le strategie di marketing per gli eventi futuri, parlato dei modi per migliorare la gestione del pubblico durante la firma degli autografi e discusso nuove idee per la vetrina.

Quando venne il momento di tornare a casa, Yvette fece un salto nell'ufficio di Jacob. "Woodlines?"

"Uh?" chiese l'uomo, sollevando lo sguardo dal computer.

"Che ne dici di Woodlines? Oppure potremmo andare alla birreria. Ho sentito dire che il cuoco nuovo ha aggiunto una torta senza farina al menu. Noel dice che è buonissima."

"Ah, giusto." Jacob si accigliò. "Mi dispiace, Yvette. Non mi sento ancora al massimo. Credo sia meglio che io eviti di cenare." Jacob chiuse il portatile e lo mise in una borsa mentre si alzava. "Domani ci sarò e potremo vedere i numeri del bar per verificare com'è andata la prima settimana a pieno regime."

"Certo, va bene." Yvette si fece da parte mentre Jacob la oltrepassava e si incamminava verso l'ingresso. Seguendolo, si fermò alla cassa e lo osservò mentre usciva senza guardarsi alle spalle. Una fitta di dolore la trafisse al cuore e lei si afferrò il petto.

Dopo la mattinata difficile, avevano avuto una bella giornata e trascorso parecchio tempo a discutere dei piani per il futuro della libreria. Yvette aveva addirittura pensato che forse la sua presenza avrebbe aiutato Jacob a ricominciare a sentirsi normale dopo il fine settimana stressante, ma quel brusco congedo raccontava una storia diversa. Yvette sospirò e si appoggiò a una delle librerie, chiedendosi quando avrebbe imparato. Jacob aveva mostrato interesse per ben una settimana... e ora? Chi poteva saperlo? Ma Yvette non aveva intenzione di farsi spezzare il cuore un'altra volta. Quello, per lei, era il segno che si era esposta troppo e che era giunto il momento di affrontare l'inevitabile: lei e Jacob erano destinati a essere solo soci in affari.

"Brinn, vai pure. Chiudo io questa sera," disse.

Brinn sollevò lo sguardo, stupita, lisciandosi i lunghi capelli lucidi. "È sicura?"

Yvette lanciò un'occhiata alla giovane donna, invidiando la sua gioventù e le possibilità che l'attendevano. Brinn si era laureata di recente ed era tornata a Keating Hollow, dicendo a Yvette che aveva dato una possibilità alla città e che si era resa conto di voler tornare a casa... per sempre. Yvette non sapeva perché, ma capiva benissimo. Anche lei era tornata a casa dopo il college, ma aveva portato Isaac con sé e avevano cominciato una vita insieme.

Cosa sarebbe successo se Yvette non si fosse sposata? Sarebbe stata ancora lì alla libreria, a struggersi per il suo socio? Ne dubitava. Era stato Isaac a incoraggiarla ad aprire il negozio. Lei doveva ringraziarlo per quello, perché non riusciva a immaginarsi da nessun'altra parte. "Sì, sono sicura. Esci con le tue amiche o convinci Rhys a portarti fuori. Meriti di divertirti un po'."

Brinn rise. "Rhys? Sul serio? Siamo cresciuti insieme. Mia madre gli faceva da baby-sitter e ha delle foto di noi due nella vasca da bagno insieme. Credo che io avessi due anni e lui quattro. Sono sicura che non riusciremo mai a riprenderci da quell'umiliazione."

Yvette rise. "D'accordo, magari non Rhys. Ma ci sono altri ragazzi carini in paese. Vai a cercarne uno e lasciami vivere per procura."

"Yvette?" chiese Brinn, girando attorno al banco. "Va tutto bene?"

"Certo." Yvette si costrinse a sfoderare un sorriso smagliante, anche se aveva voglia di raggomitolarsi e fingere per un po' che il mondo non esistesse. Aveva bisogno di leccarsi le ferite e di venire a patti con il fatto che le sue fantasie riguardo a una relazione con

Jacob erano finite. "Voglio solo che tu ti diverta un po', per una volta. Quando è stata l'ultima volta che sei uscita con Hanna?"

Brinn fece spallucce. "Non prima delle feste. C'è stato molto lavoro."

"Beh, che ne dici di andare a prenderla e andare a ballare insieme? Poi, domani, mi racconterai del bel ragazzo che avrai conosciuto."

Brinn rise. "Sa una cosa? Credo che lo farò." Strinse la mano di Yvette e disse: "E sa cosa dovrebbe fare lei?"

"Guardare *Amori & incantesimi* per la ventesima volta e ingozzarmi con i cioccolatini della signorina Maple?"

"Dovrebbe andare al birrificio e chiedere a Rhys di uscire."

"A Rhys? Scherzi? È troppo giovane per me," disse Yvette, scuotendo la testa.

"No che non lo è." Brinn rivolse gli occhi al cielo. "Ha più di vent'anni. Suvvia, Yvette, non è così vecchia."

"Lo sono abbastanza," borbottò lei. Poi lanciò un'occhiata a Brinn. "Perché Rhys?"

Un sorriso malizioso prese possesso delle labbra della donna. "Perché Rhys è l'uomo più bello del paese e se Jacob dovesse venirne a conoscenza... beh, un po' di gelosia può essere di grande aiuto a un uomo per aprire gli occhi."

Yvette fissò Brinn a bocca aperta. Quindi buttò la testa all'indietro e rise. Dopo aver finalmente ripreso fiato, disse: "Sai, forse non hai torto."

Brinn annuì. "Siamo una bella squadra."

Yvette non aveva preso sul serio il suggerimento, da parte di Brinn, di chiedere a Rhys di uscire, ma mezz'ora più tardi si ritrovò comunque seduta al bancone, a guardare quell'uomo bellissimo. Lui le dava la schiena e lei vedeva i muscoli guizzare sulle sue spalle. *Mi sa che va in palestra,* pensò. Non c'era altra spiegazione per quel corpo. Nessuno degli altri uomini aveva quell'aspetto dopo le lunghe giornate trascorse a spostare casse di birra. Il fatto che avesse i capelli scuri, gli occhi scuri e un posteriore che faceva venire la bava alla bocca della maggior parte delle donne non guastava.

Sfortunatamente, Yvette non era la maggior parte delle donne. Inoltre, conosceva Rhys da quando lui era piccolo e lo aveva sempre visto come un amico. L'idea di chiedergli di uscire solo per dare fastidio a Jacob era fuori questione. Yvette non voleva manipolare nessuno. Voleva solo una birra per annegare i dispiaceri.

Rhys fece scivolare una stout scura verso di lei. "Mangi qualcosa?"

"Sì. Meglio–" Un forte schianto giunse dall'ufficio di suo padre. Yvette si alzò in pochi istanti e seguì Rhys mentre questi spalancava la porta. Trovarono Lincoln Townsend riverso a terra. Una sedia di legno si era rovesciata; una delle gambe era rotta.

"Papà!" Il petto di Yvette doleva per la paura e l'emozione mentre spingeva via Rhys e si inginocchiava al fianco paterno. Lin aveva la pelle grigia, umida e fredda. "Chiama un'ambulanza!"

Rhys prese il telefono dell'ufficio e compose il numero.

Yvette afferrò il polso di suo padre e trovò un battito molto debole. "È vivo," disse. "Ma respira a fatica e la sua pelle... Buona Dea," mormorò Yvette. "Sembra moribondo."

Rhys riferì tutto all'operatore del 911 mentre lei teneva suo padre per mano, senza avere la minima idea di cosa fare per aiutarlo. Le si riempirono gli occhi di lacrime e bisbigliò: "Non osare lasciarci così, vecchio. Devi ancora accompagnare Noel all'altare quando Drew si deciderà di sposarla. E Faith deve ancora incontrare la sua persona speciale. Tu dovrai esserci per fargli il terzo grado."

Suo padre aprì lentamente gli occhi e sbatté le palpebre alcune volte prima di metterla a fuoco. "E tu?" bisbigliò Lin.

Yvette sorrise fra le lacrime quando il sollievo la invase e le fece girare la testa. "E io?"

Suo padre si schiarì la voce. "Non vado da nessuna parte prima che tu abbia incontrato la tua persona speciale."

Yvette rise. "Preferisco così. Già che ci siamo, facciamo che aspetteremo ancora quaranta o cinquant'anni, d'accordo?"

"Sei di poche pretese, eh?" disse Lin, cercando di rotolare su se stesso; ma sussultò e si afferrò il braccio sinistro.

"Sei ferito," disse lei.

"È solo una botta." Lin cercò di mettersi seduto facendo leva sul braccio destro, ma Rhys si chinò e gli posò delicatamente una mano sul petto.

"Stia fermo, Lin," disse con gentilezza Rhys. "Stanno arrivando i paramedici. Si faccia dare un'occhiata prima di peggiorare la situazione."

Il padre di Yvette fece per protestare, ma lei disse: "Per favore, papà."

Non sapeva se fosse la paura nella sua voce o lo sforzo di levarsi Rhys di dosso, ma Lin smise di lottare e tornò ad appoggiare la testa sul pavimento di legno. Rhys si levò la felpa, la appallottolò e la mise sotto la testa dell'uomo più maturo. "Non si preoccupi, Lin. Arrivano subito."

Yvette si sedette sui talloni, tirò fuori il telefono di tasca e chiamò Noel.

"Keating Hollow Inn. Parla Noel. Come posso aiutarla?"

"Sono Yvette," disse lei. "C'è stato un incidente. Papà è caduto–"

"Papà è caduto?" gridò Noel nel telefono. "Dove? Quando? Sta bene?"

"Nel suo ufficio, poco fa. Sta arrivando l'ambulanza. Puoi venire al pronto soccorso e chiamare Faith ed Abby?"

"Non serve che– aaaah." Lin si massaggiò il petto.

La mente di Yvette corse a perdifiato. Suo padre stava avendo un attacco cardiaco? Era il caso di ficcargli un'aspirina in bocca?

"Non serve che vengano al pronto soccorso," concluse Lin.

Rhys ridacchiò. "Come no, Lin. Non può dare spettacolo in questo modo senza aspettarsi che tutte le sorelle Townsend si mettano in fila per dirle come deve prendersi cura di sé."

"Come se non lo sapessi," brontolò Lin.

"Yvette, sei ancora lì?" chiese Noel, gridando praticamente nel telefono.

"Ci sono. Sto solo tenendo d'occhio papà. Cosa c'è?"

"Ho detto che le chiamerò e ti ho chiesto come sta papà. Se dice che non vuole andare con l'ambulanza, è un buon segno."

Le parole di sua sorella le strapparono una risatina triste. "Sì, hai ragione. Si lamenta. Non può essere tanto grave, giusto?"

"Giusto," disse Noel. "Arrivo al pronto soccorso il prima possibile."

"Guida con prudenza. Io vado con papà in ambulanza." Non appena ebbe pronunciato quelle parole, Yvette udì il suono penetrante delle sirene, che coprì tutto il resto. "Sono arrivati. Devo andare."

Yvette si affrettò a farsi da parte quando i paramedici accorsero. Controllarono i segni vitali di Lin, gli somministrarono l'ossigeno e lo misero nella barella in tempo record.

"Se la caverà?" chiese Yvette mentre correva accanto alla barella.

"Lo speriamo," disse Vinn Cantor. Era un uomo molto gentile, in servizio a Keating Hollow da oltre dieci anni. Lavorava al fianco di Ferris Eros da oltre cinque anni. A meno che uno dei due non fosse ammalato o in ferie quando qualcuno chiamava un'ambulanza, erano sempre Vinn e Ferris a presentarsi.

I due uomini trasportarono Lin a bordo del veicolo. Vinn saltò su, mentre Ferris tese la mano a Yvette. "Sali. Siamo quasi pronti a partire."

"Grazie," disse Yvette. Prese posto contro la parete, mentre Vinn bloccava la barella e controllava di nuovo i segni vitali di Lin.

Lin guardò perplesso l'uomo; la maschera a ossigeno gli copriva ancora il viso, rendendogli difficile parlare.

Yvette si allungò a prendere la mano di suo padre. Poi si chinò e disse: "Hai sempre avuto il vizio della teatralità."

Lin ridacchiò e strinse la mano di Yvette.

Quando Vinn ebbe finito, sollevò lo sguardo e incrociò quello di Yvette. "Non permetterò che gli succeda nulla."

Yvette avrebbe voluto dirgli che avrebbe fatto meglio a evitare che capitasse qualcosa a suo padre, un uomo amato e rispettato da tutto il paese, ma tenne a freno la lingua, sapendo che avrebbe parlato solo per paura. Invece, disse: "Grazie, Vinn. Ti siamo tutti grati per il tuo aiuto."

"Faccio solo il mio lavoro," mormorò l'uomo, che tuttavia annuì e si toccò il cappello.

"Smei di prvrci on mia fila," borbottò Lin da sotto la maschera a ossigeno.

Yvette si accigliò nell'abbassare lo sguardo su suo padre. "Come?"

Lin spostò lo sguardo su Vinn, poi su Yvette e poi di nuovo su Vinn.

Vinn rise. "Mi ha detto di smetterla di provarci con sua figlia."

"Papà," disse Yvette, scuotendo la testa esasperata. "È solo gentile con me, perché... beh, questa è evidentemente una situazione spaventosa." Ma lei interpretò il fatto che suo padre stesse cercando di proteggerla dal paramedico single come un segno che sarebbe andato tutto bene. Anzi, guardando suo padre, Yvette notò che il suo colorito stava migliorando.

"Mi comporterò bene, signor Townsend. Non ha nulla di cui preoccuparsi," disse Vinn, che tuttavia non stava guardando Lin mentre parlava. Invece, stava fissando Yvette. Il suo sorriso si allargò, rivelando una sorprendente fossetta nella guancia sinistra.

Qualcosa si smosse dentro Yvette, che cominciò a vedere Vinn sotto una luce diversa. Non si poteva negare che il paramedico fosse attraente. I suoi occhi azzurri, combinati con quella fossetta, sarebbero bastati ad attirare l'attenzione di qualunque donna. Ma se al suo aspetto si aggiungeva il desiderio di prendersi cura della comunità, l'uomo sembrava assolutamente irresistibile.

Perché Yvette non lo aveva mai preso in considerazione? Conobbe la risposta non appena ebbe riflettuto sulla domanda: l'uomo era di sette o otto anni più anziano di lei e lei era stata sposata per l'ultimo decennio. Se Vinn le avesse chiesto di uscire, lei avrebbe accettato? La settimana prima, avrebbe detto di no. Questa settimana? Forse.

Yvette scosse la testa. Come le veniva in mente di pensare a uscire con il paramedico mentre suo padre veniva trasportato in ospedale? Aveva un bisogno tanto disperato di uscire? *Patetica,* pensò.

"Cosa c'è, Yvette?" le chiese Vinn.

"Nulla. Sono solo preoccupata per mio padre." Yvette accentuò la presa sulla mano di Lin e trascorse il resto del viaggio evitando lo sguardo di Vinn.

CAPITOLO 17

*Y*vette afferrò la mano di Noel quando vide l'oncologa di suo padre incamminarsi nella loro direzione. Dato che Lin era ancora suo paziente per quanto riguardava il cancro, la dottoressa era stata chiamata per un consulto. Yvette e Noel si alzarono contemporaneamente. Faith non era ancora arrivata ed Abby era ancora fuori città.

"Dottoressa Sims," disse Yvette quando il medico le raggiunse. "Come sta?"

"Si tratta del cancro?" chiese Noel.

"Sì e no," disse la dottoressa Sims, facendo loro cenno di tornare a sedersi. Una volta che Yvette e Noel si furono accomodate, il medico prese una sedia in modo da essere seduta di fronte a loro. "L'episodio è stato provocato da una grave disidratazione. Sembrerebbe che vostro padre sia semplicemente svenuto. Gli abbiamo messo una flebo e lo terremo sotto osservazione per una notte, ma credo che se la caverà con qualche livido e qualche bernoccolo."

"Niente ossa rotte?" chiese Yvette. Aveva avuto paura che suo padre si fosse fratturato qualcosa quando era caduto.

"Niente ossa rotte," confermò la dottoressa Sims. "Abbiamo fatto alcune radiografie e da quel punto di vista va tutto bene. Ha subito qualche danno ai tessuti, per cui immagino che sarà indolenzito per qualche giorno, ma guarirà."

Yvette trasse un sospiro di sollievo, ma Noel si sporse in avanti, le mani che tremavano. "Questo significa che dovrà ricominciare la terapia?"

La dottoressa Sims si accigliò di fronte alla domanda di Noel. "Ricominciare?"

"Sì." Noel annuì. "Ha detto che questo episodio è dovuto e non è dovuto al cancro. Questo significa che l'ultimo ciclo non ha funzionato come speravamo?"

La dottoressa Sims si schiarì la voce. "Pensavate che vostro padre avesse interrotto il trattamento?"

"Sì," dissero contemporaneamente Yvette e Noel.

Le due sorelle si scambiarono un'occhiata, quindi Noel si rivolse al medico e disse: "Lui ci aveva detto di aver finito la terapia. Non è vero?"

La dottoressa chiuse gli occhi e borbottò fra sé qualcosa di incomprensibile. Poi scosse la testa e disse: "Vostro padre ha cominciato un nuovo ciclo di chemioterapia tre settimane fa. Probabilmente, il motivo per cui ha perso conoscenza è che ieri ha avuto un trattamento. Gli aveva raccomandato di non lavorare per almeno due o tre giorni dopo ogni sessione. Ma a occhio e croce, è tornato al birrificio. È così?"

"Sì," disse Yvette. "È laggiù che è svenuto."

"D'ora in avanti, raccomando solo sei ore di lavoro a settimana ed esclusivamente al birrificio, non al frutteto. E dovrà bere molta acqua. Niente birra. Niente bevande alcoliche in generale. I succhi di frutta vanno bene, ma non le bibite. Volete che ve lo scriva?"

"Sì," disse Yvette, sapendo che, se avesse potuto mostrare la parola scritta del medico al suo cocciuto padre, avrebbe avuto quantomeno qualcosa su cui far leva quando Lin avrebbe rifiutato di obbedire.

Il medico scrisse un appunto sulla cartella clinica. Quando sollevò lo sguardo, disse: "Sentite, sappiamo tutte e tre che Lin farà quello che vuole. Ma cercate di impedirgli di esagerare e tenetelo molto bene idratato. E già che ci siete, dategli tutto il cibo più calorico su cui riuscite a mettere le mani. Mi sentirei molto più tranquilla se recuperasse i dieci chili che ha perso da quando gli è stato diagnosticato il tumore."

"Dottoressa Sims," chiese Noel. "Può dirci a che punto siamo con il trattamento del tumore? È peggiorato? È il caso di preoccuparci?"

Yvette trattenne il fiato mentre aspettava la risposta del medico. Se la condizione di suo padre fosse peggiorata, lei non credeva che sarebbe riuscita a sopportarlo.

"I valori sono migliorati, ma non abbastanza per interrompere la terapia. Probabilmente, avrà bisogno ancora di due o tre cicli prima di raggiungere i valori che vogliamo. La risposta alla sua domanda è che, in questo momento, lui non sta peggiorando. Anzi, se si prendesse cura di sé, potrei dirvi che sta migliorando. Ma se dovesse affaticarsi di nuovo, potrebbe venirgli un'infezione e questo sarebbe catastrofico. Sottolineo ancora una volta che è importante che lui la prenda con calma nei prossimi mesi."

"Se è così importante," disse Yvette, "è saggio permettergli di lavorare al birrificio? Conosco mio padre: gli piace mettere becco in tutti gli aspetti dell'attività. Non sono sicura che riuscirà a limitarsi a sei ore."

La dottoressa Sims sorrise. "In origine, volevo permettergliene dieci, ma dato che ne abbiamo già parlato prima, so bene che lui tende a esagerare. È per questo che adesso siamo a sei. Per quanto riguarda il non lavorare per nulla al birrificio, credo che farlo gli dia un senso di utilità e di comunità. E sono sicura che entrambe le cose siano utili alla sua salute mentale. Dobbiamo solo convincerlo a cominciare a prestare orecchio al suo corpo."

"Subdola," disse Noel, guardando il medico con ammirazione. "Mi piace."

Yvette rise. "La dottoressa Sims non tollera l'indisciplina nei suoi pazienti. Questo è sicuro."

La dottoressa Sims ridacchiò e si alzò in piedi. "Faccio del mio meglio. Se siete pronte, adesso potete vedere vostro padre. Ditegli che lo saluto e che l'ho sbugiardato. Grazie alla liberatoria che ha firmato mesi fa, voi due e le vostre sorelle avete pieno accesso alle sue informazioni mediche. Per cui, se avete bisogno di spiegazioni, non esitate a chiedermele."

Anche Noel e Yvette si alzarono. Entrambe ringraziarono il medico per la sua sincerità, dopodiché si incamminarono verso la stanza del loro padre.

Lo trovarono seduto a letto, che sorseggiava qualcosa di spaventosamente simile a una cioccolata calda.

"Chi hai irretito?" gli chiese Noel.

"La bella infermiera bruna che viene a controllarmi la flebo," disse il loro padre.

Yvette andò a sedersi sull'orlo del letto. Lin aveva ripreso colore e aveva onestamente un aspetto migliore di quello che aveva da giorni. Come aveva fatto lei a non accorgersi di quanto sembrava malato ed esausto? "Come ti senti, papà?"

"Meglio, ora che ho questa." Lin accennò alla cioccolata calda. "Ma avrei fatto volentieri a meno dell'ambulanza."

"A proposito–" esordì Noel.

Lin la interruppe. "A tua sorella piace uno dei paramedici."

Noel rimase di stucco. "A Faith piace Vinn o Ferris?"

Lin ridacchiò mentre Yvette si chiedeva se qualcuno si sarebbe accorto se lei fosse svicolata fuori dalla stanza.

"Non Faith," disse Lin. "Yvette."

"Jacob è un paramedico?" disse di getto Noel.

"Jacob?" chiese Lin. "Jacob Burton?"

"Ehm…" Noel lanciò un'occhiata a sua sorella e arrossì mentre mimava con le labbra la parola "scusa".

"Non avrai qualcosa in ballo con Jacob, vero?" chiese Lin a Yvette, con una nota di ansia nella voce. "Sei sicura che sia una buona idea, Rugginella?"

"No, papà, non ho nulla in ballo con lui," disse Yvette, pensando che non era una menzogna, dato che aveva già deciso che qualunque relazione fosse nata fra loro non poteva andare avanti. "Hai ragione: sarebbe una pessima idea."

"Bene, bene," disse distrattamente suo padre. "Non voglio vederti soffrire di nuovo."

Yvette non sapeva esattamente cosa lui intendesse e decise che non valeva la pena di chiederlo. Non voleva soffrire più di quanto avesse già sofferto.

"Stavo parlando di Vinn," disse suo padre. "Stava flirtando con lei. Lo negano entrambi, ma io non sono mica cieco."

Yvette rivolse a Noel un'espressione eloquente. "Papà aveva le allucinazioni. Colpa della disidratazione."

Noel inarcò entrambe le sopracciglia e lanciò un'occhiata a sua sorella. "Vinn? Seriamente?"

Yvette scosse la testa. "No. È stato solo gentile con me perché ero sconvolta dallo svenimento di papà." Si rivolse a suo padre. "Abbiamo parlato con il tuo medico, papà."

Lin fissò il soffitto e sospirò. "Lo immaginavo."

Noel si spostò sull'altro lato del letto e si sedette dalla parte opposta rispetto a Yvette. "Sappiamo che stai ancora seguendo la terapia. Perché ci hai fatto credere di averla sospesa?"

Lin strinse i denti, palesemente a disagio per il fatto di essere interrogato dalle due figlie maggiori. "Volevo solo un po' di pace. Tutto qui. Mi ha portato Clair agli appuntamenti."

"D'accordo," disse Yvette. "Questo è bene, ma non credi che sarebbe il caso di informarci sulle tue cure?" Sentiva la sofferenza nella sua voce e avrebbe voluto ingoiare le sue parole. Suo padre non aveva bisogno che qualcuno lo facesse sentire in colpa mentre era in ospedale. Lei voleva solo che l'uomo si prendesse cura di sé.

"Sono un uomo adulto, Yvette," disse Lin.

"Lo so, papà. Ma sai quanta paura ho avuto oggi, quando sei caduto al birrificio? Non avevo idea che avessi fatto la terapia, ieri. Se lo avessi saputo, forse avrei capito almeno quello che stava succedendo. Invece, ero sicura che ti fosse venuto un infarto… o peggio. Ti chiedo solo di tenerci informati. Se non vuoi che ti accompagniamo dalla dottoressa o che ci facciamo gli affari tuoi, diccelo. Ma almeno facci sapere quello che sta succedendo."

Lin guardò entrambe le figlie. Yvette capiva, dalla sua espressione leggermente infastidita, che avrebbe voluto dirglielo subito, ma essendo Lin Townsend, l'uomo che amava le proprie figlie più di ogni altra cosa al mondo, annuì. "È giusto."

Noel sorrise. "Grazie. Ancora una cosa."

Suo padre gemette. "Cosa?"

"Il tuo medico ha detto che lavori troppo e ti ha limitato a sei ore di lavoro alla settimana," disse Noel.

Lin strinse gli occhi. "Ero solo disidratato."

"Lo sappiamo," disse Yvette. "La dottoressa Sims dice che, se non ti prendi cura di te, rischi un'infezione. E ti dico subito, papà, che non lasceremo che ciò accada. Sei ore al birrificio. Basta. E chiederemo a Clay e Rhys di rendercene conto."

"Che ne direste se io mollassi tutto e rimanessi a casa in poltrona?" chiese suo padre in tono nervoso, gli occhi che lampeggiavano di rabbia. "Potreste assumere un'infermiera che mi serva e riverisca, e io trascorrerò il resto della mia vita guardando la televisione. Fanno ancora quelle telenovele che vostra madre adorava? Magari, finalmente capirò cosa ci fosse di tanto interessante."

"No, papà, non devi per forza guardare le telenovele," disse Noel. "Hai tutto Netflix a disposizione. Potresti provare *The Walking Dead*. È molto popolare."

"Perché dovrei? Vivo già come uno zombie."

Yvette dovette trattenere una risata. Suo padre adorava fare il drammatico. "Noel ti sta prendendo in giro, papà. Nessuno vuole che tu sprechi le giornate in poltrona."

"No?" Suo padre la fulminò con lo sguardo. "È così che andrà se smetto di lavorare al birrificio. Ora che è inverno e non c'è molto da fare nel frutteto, non ho altro per tenermi impegnato. Secondo voi, perché mi sono offerto di sostituire Clay?"

"Puoi comunque lavorare sei ore," disse con scarsa convinzione Yvette, che si sentiva malissimo per suo padre. Finalmente, riusciva a vedere quanto fosse terribile e frustrante quella malattia per lui. Non era solo la lotta contro il male; era tutto il resto. Il fatto di essere sottoposto alle cure delle sue figlie, di essere stato estromesso dalla sua attività e di sentirsi uno spettatore della sua stessa vita.

Lin sbuffò. "Fantastico."

Yvette incrociò lo sguardo di Noel. Nessuna di loro sapeva cosa dire. Yvette avrebbe voluto disperatamente avere una bacchetta magica da agitare per migliorare tutto per suo padre. E, forse per la prima volta nella sua vita da adulta, si ritrovò a sentirsi davvero impotente.

CAPITOLO 18

*Y*vette aveva dormito a malapena. Dopo aver trascorso la serata con suo padre in ospedale, era esausta, ma ogni volta che si appisolava, lo vedeva giacere privo di conoscenza sul pavimento dell'ufficio, la pelle di quel pallore grigiastro. Solo che, nei sogni, quando lei lo trovava sul pavimento, lui non si svegliava.

Si alzò alle cinque, non volendo continuare a rivivere lo stesso sogno. E sebbene tutto il suo corpo dolesse per la fatica, Yvette uscì di casa alle sei e si diresse subito verso l'Incantation Café.

Venti minuti dopo, armata del miglior caffè del paese e di due brioche, entrò all'ospedale e si incamminò verso la stanza di suo padre. Tecnicamente, non era orario di visite, ma nessuno la fermò né disse una parola quando lei oltrepassò la postazione delle infermiere.

Trovò suo padre appoggiato ai cuscini, che guardava le notizie mattutine. "Buongiorno," disse lei, costringendosi a usare un tono di voce allegro.

Suo padre la guardò e un sorriso genuino gli sollevò le labbra. "Cosa ci fai qui così presto, Rugginella?"

"Porto la colazione al mio padre preferito." Yvette posò il caffè e il sacchetto con i dolci sul tavolino accanto al letto. "Mi sono detta che questi erano meglio di qualunque cosa servano qui."

Suo padre prese il bicchierone di caffè e ne inalò il ricco aroma. "Sei ufficialmente la mia figlia preferita."

Yvette levò gli occhi al cielo. "Ti vendi davvero per poco."

"Probabilmente, è vero." Lin si ficcò una delle brioche in bocca con l'esuberanza di un ragazzino.

Yvette sorseggiò il caffè e aspettò che suo padre finisse di spazzolare il dolce. Una volta che Lin ebbe finito, lei disse: "Sei davvero di ottimo umore, questa mattina."

"Perché non dovrei? Fra poco mi liberano." Suo padre bevve un bel sorso di caffè ed emise un sospiro soddisfatto. "Sai proprio come fare a tornare nelle mie grazie, vero?"

L'affermazione di Lin le strappò una risata. "Pare proprio di sì," concordò Yvette, per poi sedersi sul bordo del letto. "Ascolta, papà, sono abbastanza sicura di doverti delle scuse."

Lin afferrò un'altra brioche, ma prima di darle un morso, le rivolse un'occhiata confusa. "Per cosa?"

"Per averti trattato come un bambino," disse di getto lei. "Per aver parlato al tuo medico senza di te. E soprattutto, per non averti ascoltato per tutti questi mesi, quando ci hai detto che avevi bisogno di qualcosa da fare che non fosse stare in casa. Noi... Io voglio solo che tu non stia più male."

Suo padre si allungò e le afferrò la mano. "Anch'io non voglio più stare male, tesoro, ma questo mi è toccato in sorte e io devo affrontarlo. È la mia battaglia."

"Certo, ma non devi combattere da solo. Ci siamo noi tutte."

"Lo so," si limitò a dire suo padre. "Ma non potete semplicemente impormi delle regole e sperare che la malattia se ne vada. Mi sono informato. So benissimo che questo è un genere di cancro con cui potrei essere costretto a convivere per il resto della mia vita. E se voglio vivere davvero, non intendo farlo seduto davanti alla televisione a guardare altre persone che vivono vite immaginarie."

"Capisco perfettamente," disse annuendo Yvette. Se qualcuno avesse provato ad allontanarla dalla sua attività, ne avrebbe sentite di tutti i colori. "Credo che dovresti trascorrere tutte le ore che vuoi al birrificio."

Lin la guardò insospettito. "Cos'è successo? A giudicare dalla conversazione di ieri sera, ero sicuro che avremmo litigato ancora un sacco di volte. Cos'è cambiato?"

Yvette indicò se stessa. "Io sono cambiata. Prima non riuscivo a smettere di sognare te che giacevi sul pavimento dell'ufficio. Poi mi sono resa conto che, se qualcuno cercasse di tenermi lontana dalla mia libreria durante una terapia, potrebbe essere la sua ultima azione. È importante che tu abbia qualcosa per vivere, a parte noi ragazze. Mi dispiace che abbiamo cercato di portartelo via."

Le sopracciglia ispide di Lin si inarcarono di scatto. "Ah sì? In che modo?"

"Diciamo che abbiamo convinto il tuo medico che tu non prendi il lavoro alla leggera. È per questo che lei ha ridotto il numero delle ore che ti sono permesse."

"È... verissimo," disse ridendo suo padre. Poi i suoi occhi brillarono mentre diceva: "Sai una cosa, Yvette?"

"Cosa, papà?"

"Non avrei ascoltato comunque, per cui non importa. Lavorerò quando vorrò e starò molto più attento alla salute, ma non posso permetterti altro."

"È tutto quello che mi serve," disse Yvette, chinandosi ad abbracciarlo. Le braccia calde di suo padre la circondarono, dandole uno degli abbracci leggendari di Lin.

"Grazie, tesoro mio," le bisbigliò all'orecchio lui.

"Per cosa?" chiese Yvette.

"Perché vuoi bene al tuo vecchio tanto da presentarti qui all'alba con le bontà del caffè dei Pelsh." Lin sorrise da un orecchio all'altro. "Cosa dici? È il caso di fare una seconda sosta laggiù quando mi accompagnerai a casa?"

"Assolutamente. Caffeina e zucchero sono sempre la risposta giusta."

"Lo pensavo anch'io," disse annuendo suo padre.

"Buongiorno, signorina Townsend," disse l'infermiera di notte mentre entrava nella stanza con un portablocco in mano. Si rivolse a Lin. "Pronto a evadere dal carcere?"

"Non ne ha idea," disse Lin.

"Ottimo." L'infermiera gli porse un fascicolo. "Qui troverà le istruzioni della dottoressa Sims per la convalescenza. Non dimentichi di bere molto."

"Sissignora," disse l'uomo. "Lo farò assolutamente. E se non dovessi farlo, sono certo che le mie figlie sono già pronte a decidere chi si prenderà cura di me."

"Non c'è bisogno di chiederselo, papà," disse Yvette. "Ho la sensazione di essere già stata nominata per quel prestigioso onore."

"Che il Cielo ci aiuti," disse Lin. Quando l'infermiera uscì dalla stanza, l'uomo diede un colpetto sul letto per invitare la figlia a raggiungerlo di nuovo. "Siediti."

Yvette lo fece e aspettò.

Suo padre impiegò un attimo a formare le parole, ma quando lo fece, arrivò subito al punto. "So che esci con Jacob Burton."

"Come fai a… Chi te lo ha detto?"

Suo padre le ravviò una ciocca di capelli dietro l'orecchio. "Nessuno, tesoro. Ma lui è venuto qui a cercarti, ieri sera. È stato allora che ho cominciato a capire."

"Un momento, cosa? Jacob è venuto qui?" chiese lei.

"In carne e ossa."

Yvette rimase sbalordita. Dopo il modo in cui l'aveva trattata qualche ora prima, lei aveva avuto la sensazione che non l'avrebbe chiamata.

"Mi hai mentito riguardo a lui. Perché, Yvette?"

Yvette guardò il suo indistruttibile padre e si strinse nelle spalle. "Forse perché non volevo che tu rimanessi deluso da me."

Suo padre prese bruscamente fiato. "Come ti viene in mente? Hai diritto a uscire con un uomo, ogni tanto."

"Sì, ma tutte le volte che ho provato a mescolare lavoro e piacere, è finita sempre male. Dovrei aver imparato, ma…"

"Nessuno impara mai niente, quando si tratta di faccende di cuore," disse suo padre, accarezzandole la testa. "Dimentica qualunque cosa io abbia detto riguardo alla tua scelta di frequentare Jacob Burton. A occhio e croce, lui è un brav'uomo, e sarebbe davvero fortunato se tu decidessi che vale il tuo tempo."

"È un brav'uomo," disse tristemente Yvette. "Ma non credo che sia interessato a diventare il *mio* brav'uomo."

Lin ridacchiò sottovoce. "Non è quello che ho visto ieri sera, quando è corso qui a cercarti. Certo, può darsi che mi sbagli…" Si strinse nelle spalle. "Ma non è così."

L'infermiera rientrò frettolosamente con una sedia a rotelle prima che Yvette potesse dire un'altra parola. "Pronto a prendere il primo treno fuori da qui?"

"Assolutamente sì," disse Lin, prendendo posto sulla sedia a rotelle. "Da qui in poi, ci pensa mia figlia." Si rivolse a Yvette. "Andiamo. Ci sono ancora una brioche o due che mi aspettano."

CAPITOLO 19

Il giovedì mattina iniziò chiaro e soleggiato, una rarità per Keating Hollow a gennaio. Jacob era in veranda, avvolto in una sciarpa e una giacca, e avvertiva un desiderio che non provava da molti anni. Forse da quando aveva iniziato le superiori e si era perdutamente innamorato di Mary Jean Hopkins, la studentessa che si era trasferita da Austin, in Texas, ed era tornata a casa dopo che i suoi genitori si erano separati.

Non riusciva a smettere di desiderare che Yvette fosse accanto a lui, a godersi l'incredibile panorama delle sequoie. Riusciva quasi a sentirla annidata accanto a lui, che sorrideva e chiacchierava di qualcosa che aveva detto un cliente. Lavorare con lei gli ultimi due giorni era stata una tortura. Yvette si era comportata in maniera cortese e allegra come sempre, ma anche distante, come se avesse già accettato che qualunque cosa ci fosse stata fra di loro era finita.

Jacob lo detestava. Avrebbe voluto marciare nell'ufficio di Yvette e raccontarle tutto, spiegarle che aveva appena scoperto di avere una figlia e che, se la sua vita non avesse preso una svolta improvvisa, lui l'avrebbe sollevata da terra e avrebbe pregato che si innamorasse di lui. Ma non lo avrebbe fatto. A cosa sarebbe servito, se non a farlo sentire meglio? Buttarle addosso quella roba non avrebbe fatto altro che peggiorare le cose.

Il suo telefono vibrò, interrompendo i suoi pensieri. Abbassò lo sguardo e vide che era un messaggio di Yvette. Era arrivato l'impresario per discutere dell'apertura di una finestra nell'ufficio di Jacob e lei aveva bisogno del suo parere. Jacob chiuse gli occhi e borbottò un'imprecazione. Si era completamente dimenticato della finestra. Essa era del tutto superflua, ora che lui aveva deciso che doveva lasciare Keating Hollow, ma non aveva ancora avuto il coraggio di dirlo a Yvette. Voleva aspettare di parlare con Sienna, quel fine settimana, e scoprire di più sui suoi piani per il futuro.

Arrivo fra dieci minuti, rispose.

Si illuminò la luce verde, a indicare che Yvette stava scrivendo una risposta, ma poi svanì. Jacob attese, aspettandosi una replica, ma ciò non accadde. Si rimise il telefono in tasca, tirò fuori le chiavi e si incamminò verso il furgone. Era giunto il momento di affrontare la situazione.

"Yvette?" chiamò Jacob mentre bussava alla porta dell'ufficio di lei. Quando non giunse risposta, socchiuse la porta e sbirciò dentro. La stanza era vuota. Aveva già controllato nel suo ufficio, ma non aveva visto tracce di Yvette o dell'impresario.

"Non c'è," disse Brinn da dietro le sue spalle.

Jacob si voltò e adocchiò la giovane donna che era stata occupata a servire un cliente quando lui era entrato. "Mi ha mandato un messaggio quindici minuti fa."

Brinn annuì. "L'hanno chiamata dalla scuola di sua nipote e lei è corsa fuori in preda al panico. A quanto pareva, non sono riusciti a raggiungere Noel, per cui hanno chiamato Yvette."

Jacob sentì freddo mentre ripensava alla ragazzina vivace che aveva conosciuto a casa di Lincoln Townsend quando aveva cenato con la famiglia. "Daisy si è fatta male?"

"Credo di sì, ma non conosco i dettagli."

"Grazie, Brinn."

Jacob tirò fuori il telefono e mandò un messaggio a Yvette, chiedendole se andasse tutto bene. Non si era aspettato una risposta tanto rapida, ma Yvette scrisse immediatamente: *No. Puoi venire a scuola? Daisy e io abbiamo bisogno di un passaggio.*

Sto arrivando.

Senza pensarci due volte, Jacob corse fuori dal negozio e saltò a bordo del furgone. La scuola si trovava a solo due isolati di distanza e quando lui accostò al marciapiedi dove Yvette e Daisy lo aspettavano, capì subito perché Yvette aveva avuto bisogno che lui venisse a prenderle. La bici della donna era appoggiata alla parete dell'edificio e Daisy si teneva uno straccio zuppo di sangue sopra l'occhio sinistro, piagnucolando mentre Yvette cercava di tranquillizzarla.

Jacob corse attorno al furgone e aiutò entrambe a salire. Una volta rimessosi al volante, lanciò un'occhiata a Yvette. "Pronto soccorso o studio del guaritore?"

"Studio del guaritore. Ho già chiamato Gerry; è sicura che riuscirà a ricucirla e a prendersi cura dei suoi lividi," disse Yvette. Aveva un braccio avvolto attorno alla nipote e la stava accarezzando delicatamente.

"Perfetto." Jacob inserì la marcia e si diresse verso il centro del paese.

"Grazie per essere venuto a prenderci," disse Yvette. "Non sono andata al lavoro in macchina, oggi, per cui avevo solo la bici, e Noel è andata a Eureka per sbrigare alcune commissioni."

"Prego," disse Jacob. "Sono felice di essere d'aiuto."

"Zia?" piagnucolò Daisy.

"Sì, tesoro?" disse dolcemente Yvette.

"Mi fa tanto male la testa."

"Ci scommetto," bisbigliò Yvette. "Manca poco, poi Gerry ti sistemerà come nuova. Ce la fai a resistere?"

"Va bene." La voce della bambina era così flebile e patetica che Jacob sentì il bisogno di prenderla fra le braccia e proteggerla da tutto e tutti.

"Cos'è successo?" chiese Jacob.

"Sono caduta," disse Daisy, a cui tremava il labbro inferiore.

Lo sguardo di Yvette si fece cupo e tempestoso quando lei aggiunse: "Non da sola."

La rabbia si raggrumò nel profondo dello stomaco di Jacob, che dovette sforzarsi per mantenere un'espressione neutra. "Spero che il bambino–"

"Bambina," lo corresse Yvette.

"Scusa," disse lui. "Spero che *la bambina* si sia scusata."

"Non ancora," disse sospirando Yvette. "Ma hanno chiamato i suoi genitori e sono certa che la scuola prenderà provvedimenti. In caso contrario, si ritroveranno il clan Townsend alle calcagna."

Non solo loro, pensò Jacob. Pur sapendo che era irrazionale, dopo aver visto la bambina ferita e tanto sconvolta, non riusciva a non sentirsi protettivo. Se Yvette o sua sorella avessero avuto bisogno di lui, Jacob si sarebbe prestato. Ma poi ricordò che aveva intenzione di lasciare presto il paese.

Si accigliò e scosse la testa. Cosa gli era venuto in mente? Non faceva parte della loro famiglia. Nessuno di loro avrebbe mai imparato a far conto su di lui in un momento di crisi.

L'unico motivo per cui le stava portando dal guaritore, in quel momento, era perché aveva scritto a Yvette al momento giusto. La tristezza lo travolse e lui non sapeva esattamente perché. Sapeva solo che, in quel momento, gli piaceva sentirsi necessario.

La guaritrice Gerry li stava aspettando quando arrivarono alla clinica. Accompagnò Daisy e Yvette in ambulatorio senza che loro dovessero compilare nessuna carta. Jacob si sedette e aspettò.

Quarantacinque minuti dopo, Yvette e Daisy riapparvero. La bambina aveva dei punti sopra l'occhio sinistro e una brutta chiazza che sembrava decisa a trasformarsi in un livido notevole.

"Jacob?" disse Yvette. "Non dovevi aspettarci."

Lui si alzò e posò la rivista che stava sfogliando. "Certo che sì. Non vi avrei certo lasciate tornare a casa da sole."

Yvette gli rivolse un sorriso colmo di gratitudine e prese Daisy per mano. "Va bene. Grazie. Siamo pronte. Dobbiamo solo fermarci da Charming Herbals e prendere una pozione che tenga sotto controllo il mal di testa di Daisy. Va bene?"

"Certo."

Dopo che Yvette ebbe pagato la parcella della guaritrice, Jacob le scarrozzò in giro e poi le riportò alla locanda. Noel venne loro incontro all'esterno e abbracciò Daisy, facendo la mamma chioccia e chiedendo scusa per non essere stata presente.

"Zia Vette e zio Jacob si sono presi cura di me," disse Daisy, facendo la bambina coraggiosa.

Jacob incrociò lo sguardo divertito di Yvette. La donna si strinse nelle spalle, come a dire *Che vuoi farci?*

"Ah sì?" Noel ravviò una ciocca di capelli di Daisy dietro l'orecchio. "Meno male. Si vede che ti vogliono molto bene."

Daisy annuì e disse: "Posso entrare? Mi fa ancora male la testa."

"Certo, tesoro," disse Noel, dandole un bacio sul capo. "Mettiti a letto. Io arrivo subito."

Daisy svanì oltre l'ingresso posteriore dell'appartamento annesso alla locanda. Non appena la porta si fu chiusa, Noel circondò Yvette con le braccia. "Grazie mille per esserti presa cura di lei. Se avesse dovuto aspettarmi–"

"Ma non è andata così," disse Yvette. "E se la caverà benissimo. Gerry ha detto di contattarla per farti spiegare come riconoscere una commozione cerebrale e come occuparti dei punti."

"Oddea. Commozione cerebrale?" chiese Noel.

"Gerry ha detto che non crede che Daisy ne abbia una, ma vuole che tu tenga d'occhio i sintomi, tanto per stare sicura." Yvette le porse il sacchetto che aveva ancora in mano. "Questa è la pozione per il mal di testa. Gerry ha detto che Daisy deve prenderla al bisogno, con un po' di cibo."

"D'accordo." Noel annuì e si asciugò una lacrima solitaria dalla guancia. "Scusami. Ero preoccupatissima quando la scuola mi ha chiamato e mi ha detto che aveva battuto la testa. Non esserci è stato terribile."

"Lo so," disse Yvette. "Dopo chiamami e fammi sapere come sta, d'accordo?"

"Lo farò." Noel si rivolse a Jacob. "Grazie per l'aiuto. Sei stato molto gentile."

"Prego," disse lui, cercando di scacciare la sensazione di essersi intromesso in un momento in famiglia.

Noel fece un passo avanti e abbracciò anche lui. Lo strinse forte e disse: "Sei una brava persona, Jacob Burton. Credo che siamo fortunati ad averti a Keating Hollow."

Jacob si ritrasse e le rivolse un sorriso imbarazzato, senza sapere cosa dire.

"Daisy ti aspetta," disse Yvette. "Entra pure. Noi ci leviamo di torno."

"Giusto." Noel salutò e rientrò frettolosamente in casa.

Jacob e Yvette stavano salendo a bordo del furgone quando un SUV con le parole *Dipartimento dello sceriffo di Keating Hollow* sulle portiere parcheggiò accanto a loro. Drew saltò fuori e corse in casa. Jacob lo sentì esclamare "Daisy!" un attimo prima che la porta si chiudesse sbattendo.

"È proprio innamorato di quella bambina, vero?" chiese Jacob a Yvette.

"Senza dubbio. È una bambina facile da amare," disse Yvette. "E anche lei è cotta di lui. Mi scoppia quasi il cuore quando li vedo tutti e tre assieme. Noel ha fatto molta fatica dopo che il suo primo marito l'ha abbandonata. Ci ha messo un po' a permettere a Drew di avvicinarsi, ma per fortuna ce l'ha fatta. Sono perfetti l'una per l'altro."

"Sembra proprio di sì," disse Jacob, ricordando di aver visto la coppia al matrimonio di Clay ed Abby. L'amore palese fra di loro era stato quasi nauseabondo per un uomo che aveva rinunciato alle donne. Ma ora, quando li vedeva insieme, si ritrovava a bramare quel genere di passione. Non aveva mai avuto nulla di simile con Sienna. E ora cominciava a chiedersi perché avesse mai pensato che fossero compatibili.

"Sto morendo di fame. Vuoi pranzare?" gli chiese Yvette.

La domanda lo colse alla sprovvista, ma Jacob si riprese subito e disse: "Certo. Sarebbe fantastico. Dove vuoi andare? Woodlines?"

La donna scosse la testa e indicò la sua maglietta. Era macchiata del sangue di Daisy. "Devo cambiarmi prima di tornare al negozio. Pensavo che potremmo mangiare là. Ho della pasta avanzata che posso scaldare."

"Va bene." Jacob si colmò di energia nervosa quando, cinque minuti dopo, entrò nel viale di Yvette. L'ultima volta in cui era stato solo con lei in casa sua, avevano passato la notte insieme. Allora, lui la conosceva a malapena, e non era riuscito a tenere le mani a posto. Cosa sarebbe successo ora, quando lui era piuttosto sicuro di essere quasi innamorato di lei?

Yvette fece strada in casa sua. Il salotto era decorato con un divano bianco e poltrone abbinate. Mobili dipinti di turchese illuminavano la stanza e le davano un che di marinaresco. Che strano: Jacob non se ne era accorto, l'ultima volta.

Yvette gli fece cenno di sedersi al piano della cucina e andò a scaldare il pranzo.

Ma invece di sedersi, Jacob frugò nel frigorifero e trovò una bottiglia di vino bianco. Senza chiedere, versò un bicchiere per Yvette e glielo porse. "Hai l'aria di una che ha bisogno di bere."

La donna prese il bicchiere e ridacchiò. "Sono così brutta?"

"No," disse lui, con un sorrisetto. "Sei bellissima. È il tuo sguardo che ti tradisce. Cosa c'è, Yvette?"

I begli occhi marroni della donna si riempirono subito di lacrime e lei scosse la testa.

Accidenti, pensò Jacob, per poi abbracciarla d'istinto. "Che succede, Yvette? Di qualunque cosa si tratti, io ci sono."

"No, è... Non lo so." Le lacrime si riversarono lungo le guance della donna, che si staccò da lui, asciugandosi rabbiosamente il viso. "È una cosa stupida."

"Ne dubito," disse Jacob. Avrebbe voluto poter fare qualcosa, qualunque cosa, per cancellare il dolore di Yvette. "Hai avuto paura per Daisy?"

"Certo, ma non è..." Yvette sollevò una spalla. "Forse è per questo che sono sconvolta. Per un po', ho avuto l'adrenalina al massimo, e ora sono tutta scombussolata."

"Lei sta bene, sai," disse Jacob, che avrebbe voluto riprenderla fra le braccia; invece, le diede lo spazio di cui lei aveva palesemente bisogno e si appoggiò al piano della cucina.

"Sì, lo so. È solo che…" La donna chiuse gli occhi. "Voglio un bene dell'anima a quella bambina." Aprì gli occhi e incrociò lo sguardo di Jacob senza batter ciglio quando aggiunse: "Quasi un anno fa, ho detto a Isaac che ero pronta a farmi una famiglia."

"Cosa ha detto lui?" Jacob vedeva benissimo il rimpianto sul volto della donna, ora, e non era difficile capire come prendersi cura della nipote avesse rimesso a fuoco i suoi sogni infranti.

Yvette sbuffò. "Che lui non era pronto. Voleva aspettare ancora un anno o due, per avere più tempo per noi prima di cominciare ad avere dei figli. Immagino che in realtà volesse più tempo con *Jake* prima di vedersi costretto a fare il papà."

"O forse sapeva che viveva una menzogna e non aveva ancora il coraggio di affrontarla," disse Jacob.

Il volto di Yvette si corrugò e le lacrime cominciarono a scorrere più abbondanti. "Non difenderlo, Jacob."

Jacob non poteva farci nulla. Non riusciva a starsene con le mani in mano mentre Yvette soffriva così tanto. "Non lo difendo. Per nulla. Vieni qui," disse, spalancando di nuovo le braccia.

Senza esitare, Yvette entrò nel suo abbraccio e gli appoggiò la testa sulla spalla. "Mi dispiace."

"Per cosa?" Jacob le accarezzò la schiena.

"Perché mi sto sfogando con te." Yvette tirò su col naso. "So che deve essere un incubo sentirti dire quanto mi sarebbe piaciuto essere madre, ora."

"Non è un incubo," disse lui. Era sincero. Si stupì lui stesso nel rendersene conto, ma *voleva* essere lì. Voleva essere l'ancora di Yvette. Pensò a Sienna e alla bambina che ancora non aveva conosciuto. Sarebbe stato così disposto a creare una famiglia, se lei glielo avesse chiesto?

Sì.

La risposta giunse istantanea. Jacob aveva sempre voluto dei figli, aveva sempre voluto una famiglia sua. Non riusciva a immaginare di dirle di no. Ma d'altra parte, non le avrebbe mai detto di no in generale. "Ti capisco, Yvette. Anch'io avevo dei sogni, prima che Sienna mi lasciasse."

"Vuoi dei figli?" chiese Yvette, gli occhi ora asciutti.

"Li ho sempre voluti." La fissò, desideroso con tutto se stesso di baciarla. Non si poteva negare che fra loro vi fosse attrazione. Era accaduto subito. Ma c'era anche dell'altro, un'affinità che faceva sì che loro due si capissero, un'affinità che lui non aveva mai provato e che sapeva essere estremamente rara. Non poteva lasciar perdere, vero? Se erano così perfetti l'uno per l'altra, avrebbero trovato un modo per far funzionare le cose, no? Prima di trattenersi, inclinò la testa e le sfiorò le labbra con le sue.

Yvette esitò, come se non fosse sicura che fosse il caso di baciare Jacob, ma poi le sue dita si avvolsero attorno alla camicia di Jacob e lei si aprì a lui.

Jacob accentuò la presa su Yvette e si lasciò andare all'emozione che lo consumava. Rimasero stretti, baciandosi, assaporandosi, stuzzicandosi a lungo fino a quando, finalmente, Yvette si staccò e gli sorrise.

"Beh, questo sì che era inaspettato," disse.

"Mi piacciono le sorprese," disse Jacob, passandole delicatamente le dita sulla guancia. "Ho fatto bene a farlo?"

Yvette ridacchiò sottovoce. "Credo che mentirei se dicessi di no."

"Ottimo." Jacob chinò nuovamente la testa e rubò un altro bacio, non volendo che il momento finisse.

Yvette si sciolse contro di lui, affondando nel bacio con un sospiro, ma proprio quando lui era pronto a spingersi più in là, gli mise una mano sul petto e premette delicatamente. "Credo che sia pronto da mangiare."

"Non ho fame," disse Jacob, fissandole le labbra.

Yvette rise. "Io sì." Fece un passo indietro e tirò fuori una casseruola dal forno. Il profumo dell'aglio riempì l'aria e lo stomaco di Jacob brontolò. Yvette voltò la testa. "Non avevi detto che non avevi fame?"

"Non quando ti avevo fra le braccia. Ma ora che mi hai abbandonato, credo che riuscirò a mangiare qualcosa."

Yvette levò gli occhi al cielo e appoggiò due piatti di pasta sul piano della cucina. "Ci serve un rabbocco."

Jacob versò dell'altro vino e, quando Yvette si fu seduta, la raggiunse. Mentre attaccavano le fettuccine alla Alfredo, la pace calò su di lui e Jacob decise che, se avesse avuto modo di fare quella cosa con lei per il resto della sua vita, sarebbe morto felice e contento.

CAPITOLO 20

Yvette andò al lavoro fluttuando, venerdì mattina. Il giorno prima, dopo pranzo, nonostante l'aglio, lei e Jacob si erano baciati fino allo sfinimento. E sebbene fossero già stati insieme, lei non si era sentita ancora pronta a invitarlo nel suo letto. Questa volta era diverso. Yvette aveva un sacco di emozioni che le vorticavano dentro e voleva essere sicura che loro due non fossero semplicemente trascinati dal momento.

Quando aveva detto a Jacob che voleva aspettare, si era aspettata che lui protestasse, ma con suo stupore, l'uomo aveva concordato completamente e l'aveva baciata un'ultima volta prima di salutarla con riluttanza. Poi l'aveva stupita recuperando la sua bicicletta dalla scuola e portandola nel suo garage. Yvette lo aveva scoperto solo quando lui le aveva scritto un messaggio per farle sapere dove trovare la bici.

Il suo cuore si era sciolto all'istante.

"Buongiorno, bellezza," disse Jacob.

Yvette si voltò e lo trovò al bar, intento a preparare un cappuccino. "Ne fai uno anche a me?"

191

"Lo sto già facendo." Jacob versò il latte caldo in due bicchieri di carta e gliene diede uno. Dopo aver aggiunto un po' di zucchero alla sua bevanda, l'uomo coprì il bicchierone con il tappo e girò attorno al banco per mettersi accanto a lei. "Hai progetti per pranzo?"

"Non che io sappia. Perché, hai qualche idea?" La mente di Yvette corse immediatamente al giorno prima e il calore le risalì lungo il collo.

"Stai arrossendo?" chiese Jacob, lanciandole un'occhiata. "Sì, credo proprio di sì. Sta facendo pensieri impuri, signorina Townsend?"

"Stavo, ehm, solo pensando al pranzo di ieri e mi chiedevo se tu avessi in mente qualcosa di simile."

Jacob ridacchiò, poi si accigliò. "Sfortunatamente, no. Devo parlarti di una cosa. Speravo che potessimo andare in un posto meno... allettante."

"Capisco. Sono interessata," disse Yvette, che moriva dalla voglia di scoprire cosa volesse dirle Jacob. Voleva portare la loro relazione al livello successivo, ora che aveva avuto il tempo di superare l'incontro con Sienna? Il cuore di Yvette mancò un battito al solo pensiero. Sebbene si fosse detta numerose volte che non doveva lasciarsi coinvolgere da lui, sapeva di essersi presa in giro. Non avrebbe potuto resistergli più di quanto avrebbe potuto resistere a un pezzo di torta al cioccolato senza farina.

Jacob ignorò il suo commento e disse: "Da Woodlines all'una?"

"Certo. Non dovrebbe essere un problema, purché ci sia Brinn in negozio."

"Ci sarò," esclamò Brinn dalla cassa. "Pranzerò prima."

"Siamo d'accordo, allora," disse Jacob, sollevando il

cappuccino in una parodia di brindisi. "Fino a quel momento, mi troverai in ufficio ad aprire gli ultimi scatoloni arrivati."

Yvette lo guardò allontanarsi. Jacob aveva le spalle curve e lei avrebbe potuto giurare di averlo sentito borbottare qualcosa fra sé. C'era qualcosa che non andava. Lo sentiva. E fu allora che si rese conto che, di qualunque cosa Jacob volesse parlare a pranzo, a lei non avrebbe fatto piacere saperlo.

A UN QUARTO ALL'UNA, Yvette si trascinò fuori dall'ufficio e incontrò Jacob di fronte al negozio.

"Pronta?" chiese l'uomo.

Lei annuì e lo seguì sul marciapiedi. Un senso di inquietudine era calato su di lei e a ogni passo, Yvette dovette resistere alla tentazione di voltarsi e correre di nuovo in negozio. Ma poi lui le appoggiò una mano in fondo alla schiena e lei cominciò a rilassarsi. La familiarità la tranquillizzava.

Yvette gli sorrise. "Hai finito di organizzare i nuovi arrivi?"

"Sì. È tutto suddiviso per autore e genere."

"Ottimo. Comincerò a metterli sugli scaffali quando torneremo," disse lei.

"Ah, avrei dovuto dirtelo prima: dopo pranzo esco. Devo incontrarmi con una persona che trascorrerà il fine settimana in paese." Il tono di voce di Jacob era molto rigido e lui aveva un'aria strana.

"Jacob? Va tutto bene?" chiese lei.

Lui la guardò. "Certo. Perché?"

Yvette sollevò una spalla. "Non saprei. Sembravi diverso."

Jacob non rispose e lo stomaco di Yvette si serrò mentre l'ansia l'avvolgeva nuovamente. Si disse che avrebbe aspettato fino a dopo pranzo per fargli altre domande. Era possibile che Jacob fosse semplicemente nervoso per quello che aveva bisogno di dirle.

Il ristorante non era molto pieno e li fecero sedere subito.

"Vino?" chiese Jacob.

"Certo." Yvette non aveva davvero voglia di vino, ma voleva essere pronta nel caso la discussione fosse andata male come temeva.

Il cameriere prese le loro ordinazioni. Yvette optò per l'insalata di salmone e Jacob prese i tortini di granchio. Nessuno dei due disse una parola prima che il cameriere portasse il vino.

"Grazie," disse Jacob a Wyatt, per poi prendere il bicchiere e tranguggiarne quasi metà.

Yvette non ce la faceva più. Si sporse in avanti, appoggiando i gomiti sul tavolo. "Qualunque cosa tu abbia da dire, credo sia meglio che tu me la dica."

"Hai ragione. Io–" All'improvviso, il suo sguardo si fissò su qualcosa dietro le spalle di Yvette, la sua bocca si spalancò e i suoi occhi si allargarono.

"Cosa c'è, Jacob?" chiese lei, lanciandosi un'occhiata alle spalle. Vide solo una donna dai lunghi capelli scuri che indossava un vestito nero che metteva in evidenza fino all'ultima delle sue curve perfette. Fra le braccia della donna c'era una bambina dolcissima, con una massa di riccioli scuri. Indossava una giacca di lana nera, pantaloni neri e delle adorabili scarpe di Mary Jane. "Accipicchia, che bella bambina."

Yvette riportò l'attenzione su Jacob, solo per scoprire che si era alzato dalla sedia e aveva lo sguardo ancora fisso sulla donna. "Jacob, che succede?"

L'uomo abbassò lo sguardo su di lei. Le sue labbra si mossero, ma da esse non uscì alcun suono.

"Eccoti!" disse la donna, avvicinandosi a Jacob. "Pensavo che non ti avremmo più trovato."

Jacob fissò sbalordito la bambina.

"Vuoi tenerla in braccio?" gli chiese la donna, le labbra che si curvavano in un sorriso colmo di adorazione mentre rivolgeva l'attenzione sulla bambina.

"Sì," mormorò Jacob.

La donna accarezzò i capelli della bambina bisbigliò. "Skye, è ora di andare dal papà."

Papà? Quella donna aveva appena insinuato che Jacob fosse il padre della bambina?

Jacob, che sembrava essersi dimenticato che Yvette era ancora al ristorante, tese le mani e prese la bambina fra le braccia. La piccola si accoccolò contro il suo petto e chiuse gli occhi.

"Abbiamo cercato di trovare casa tua, ma non ricordavo la strada," disse nel frattempo la donna. "Per cui, ho dato un'occhiata in quella piccola libreria... Molto *pittoresca*, Jacob. Capisco perché tuo padre crede che tornerai a Bayside Books entro la fine dell'anno. Non è una grande sfida, vero?"

Yvette, furiosa per il modo in quella donna stava parlando del suo negozio, si alzò e tese la mano.

"Salve. Sono Yvette Townsend, il socio di Jacob."

"Salve. Immagino che tu abbia capito chi sono io," disse la donna mentre accennava con il capo alla figlia. "È stato un lungo viaggio da L.A., ma avevo promesso a Jacob che saremmo venute, in modo da trascorrere il fine settimana tutti insieme. Lui e Skye hanno molto da recuperare."

"Sienna," disse Jacob, che aveva finalmente ritrovato la voce. "Ti dispiace darci un minuto?" Aveva ancora la bambina fra le braccia e le stava accarezzando la schiena mentre lei gli teneva la testa poggiata sulla spalla.

"Beh, non–" esordì Sienna.

"No, no," disse faticosamente Yvette, mentre le sue viscere ribollivano di emozioni allo stato grezzo. Erano successe molte cose negli ultimi istanti. Sienna, l'ex-fidanzata di Jacob, e la *loro* figlia avrebbero trascorso il fine settimana con lui. Era quello che Jacob avrebbe voluto dirle durante il pranzo? Perché non le aveva parlato di Skye prima? L'aveva presa in giro per tutto il tempo? Le aveva detto della rottura con Sienna, ma guarda caso si era dimenticato della bambina che in quel momento stringeva fra le braccia. Yvette avrebbe voluto chiedergli perché. Avrebbe voluto esigere di sapere come aveva potuto lui trascorrere il giorno prima a baciarla, sapendo al tempo stesso che la sua ex sarebbe venuta lì per il fine settimana. "Devo andare. Voi due… ehm, godetevi il pranzo. Io ho un impegno."

"Yvette!" la chiamò Jacob.

Lei si fermò sulla porta del ristorante e si voltò a guardarlo. L'uomo non si era mosso, ma aveva gli occhi pieni di colpevolezza e la stava silenziosamente implorando di capire. Lei scosse la testa una singola volta, poi corse fuori dal ristorante. Aveva il petto contratto e faticava a respirare. Le ci volle un momento per rendersi conto che ciò era dovuto al fatto che aveva un singhiozzo bloccato in gola e che lacrime di frustrazione avevano cominciato a scorrerle lungo le guance.

"Porca miseria." Buttò fuori il singhiozzo che aveva trattenuto e cercò di riprendere fiato. Non poteva tornare alla libreria in quelle condizioni. E non sapeva nemmeno se fosse in grado di tornare a casa. Il pensiero di stare in casa sua, dov'era stata con Jacob il giorno prima, era troppo, al momento. Aveva bisogno di andare da qualche parte in cui non avrebbe dovuto vedere Jacob e nemmeno pensare a lui.

Tirò fuori il cellulare e selezionò il numero di Abby.

Sua sorella rispose al primo squillo. "Ciao, tu," disse. "Ti sono mancata?"

"Ti va di fare un giro sull'auto da golf?" chiese Yvette.

Sua sorella esitò per un istante, quindi chiese: "Stai bene?"

"No. Per niente."

"Capito," disse Abby. "Posso essere pronta in dieci minuti."

"Ci sarò." Yvette chiuse la comunicazione e si incamminò verso il Mustang parcheggiato di fronte al negozio.

CAPITOLO 21

*J*acob fissò Yvette che si allontanava e capì di aver combinato un disastro. Avrebbe voluto dirle di Skye durante il pranzo, ma era chiaro che avrebbe fatto meglio a non aspettare. La cosa migliore sarebbe stato dirglielo subito dopo che era tornato da Los Angeles, spiegarle perché era così distaccato e che aveva deciso che non era il caso di frequentarsi. Ma la confusione gli aveva impedito di pensare razionalmente.

"Sembrerebbe che Yvette sia molto più di un socio," disse Sienna, senza curarsi di celare la derisione nel tono di voce. Aveva le labbra contratte nella smorfia sghemba che faceva quando era arrabbiata.

"Ha importanza?" chiese lui, che non sapeva perché a Sienna dovesse importare qualcosa.

"Sì, se trascorrerà del tempo con *mia* figlia."

Se non fosse stato per la preziosa bambina che aveva fra le braccia, Jacob sarebbe uscito in quel momento dal ristorante, senza guardarsi alle spalle. "Sienna, piantala con queste stronzate. Yvette e io siamo amici." Era la verità. Non era necessario che Sienna sapesse che lui si stava innamorando di Yvette, soprattutto perché Jacob era sicuro di aver appena rovinato quello che avevano recuperato il giorno prima. "E anche se fossimo una coppia, dovresti essere felicissima della presenza di Yvette nella vita di Skye. Lei è una zia meravigliosa e amorevole. Non hai nulla di cui preoccuparti da quel punto di vista."

"Sarò io a giudicare." Sienna si sedette al posto lasciato libero dai Yvette e bevve un sorso abbondante del vino ancora intatto. "Cosa c'è per pranzo?"

Jacob sospirò e si sedette di fronte a lei, continuando a cullare Skye fra le braccia. La bambina profumava di talco e di qualcosa di dolce che lui non riusciva a identificare. "Tortini di granchio e insalata di salmone. O puoi ordinare qualcos'altro, se ti va."

"Vada per i tortini di granchio," disse Sienna, sedendosi e mettendosi il tovagliolo in grembo.

"D'accordo," disse Jacob mentre Skye si muoveva fra le sue braccia. Se la allontanò dal petto e fissò la bambina sorridente e agitata. Era bellissima, con enormi occhi color dell'ambra e fossette dolcissime. "Sei proprio bellina, vero, Skye?" mormorò lui.

"Guarda che lo sa già," disse Sienna, portandosi di nuovo il bicchiere di vino alle labbra.

Jacob inarcò un sopracciglio. "Attenta, Si. Sembri un po' gelosa."

"Ma per favore." Sienna levò gli occhi al cielo. "Sono solo stanca di parlare solo della bambina."

Jacob si accigliò. Si era sbagliato. Sienna non sembrava gelosa. Sembrava risentita e lui cominciò a chiedersi come fosse la vita quotidiana di Skye. Fece saltellare la bambina sul ginocchio e disse: "Perché non mi racconti cosa hai fatto nell'ultimo anno? Lavori ancora fra le dieci e le dodici ore a Enchanted Bliss?"

"Almeno dodici," disse la sua ex, sporgendosi in avanti. "Vogliamo trasformare la sede di Aspen in quella principale, per cui c'è bisogno della mia costante attenzione. Voglio che ogni dettaglio sia a posto."

"Sono certo che sarà perfetto," disse Jacob. Quando avevano aperto l'attività di L.A., ogni cosa che Sienna avesse fatto per l'attività era sempre stata ben ponderata e aveva avuto successo. Fino a quando lei non avesse perso interesse e lasciato la gestione quotidiana di nuovo a un adolescente, l'attività avrebbe probabilmente prosperato.

"Grazie." Le spalle di Sienna si rilassarono e lei si sedette comodamente sulla sedia, svuotando il bicchiere di Yvette. Sollevò il bicchiere in aria e fece segno al cameriere di riempirglielo. "E grazie per non avermi chiesto subito 'e Skye?' Giuro sugli dèi che, se qualcuno me lo chiede un'altra volta, mi metto a urlare. È come se nessuno riuscisse a immaginare che una donna possa tirar fuori un bambino dalla vagina *e* avere una carriera."

Jacob la fissò, chiedendosi se fosse sempre stata così volgare. No, non credeva. Anzi, parlava in maniera molto simile a Brian. Il suo amico diceva sempre cose inappropriate, ma lo faceva per scherzare. Sienna non stava cercando di intrattenere nessuno; si stava solo sfogando. "Ehm, non voglio rovinare l'atmosfera, ma giusto per sapere come sta crescendo mia figlia, dove sta lei mentre tu lavori?"

Gli occhi della donna lampeggiavano di rabbia. "C'è sempre qualcuno che si prende cura di mia figlia, Jacob."

"Ovviamente," disse lui, senza lasciarsi provocare. Sollevò la bambina come per metterla in mostra. "Guardala. È perfetta. Mi sto solo chiedendo con chi trascorre le giornate."

Sienna sospirò pesantemente. "Se proprio devi saperlo, è mia madre che si prende cura di lei. È accettabile?"

"Certo che sì," disse lui, piuttosto infastidito dall'ostilità della sua ex. "Non devi prendertela. Ti sto solo facendo delle domande per capire come viene cresciuta mia figlia. Non ti sembra ragionevole?"

La donna fece spallucce. "Immagino di sì."

Il cibo arrivò e Sienna si mise a divorare con trasporto i tortini di granchio. Jacob ignorò l'insalata che aveva di fronte e trascorse il pranzo facendo smorfiette a Skye e sentendo il cuore che quasi si spaccava in due per tutto l'amore che lo riempiva. Aveva capito nel momento in cui aveva posato lo sguardo sulla bambina di essere disposto a cambiare la sua intera vita solo per starle vicino, per guardarla crescere e averla nella sua vita.

"Immagino che crescerai Skye ad Aspen, dunque?" chiese Jacob a Sienna.

Lei si ficcò in bocca l'ultimo boccone di tortino e si strinse nelle spalle.

"Non starai pensando di affidare un'altra volta l'attività principale alla gestione di qualcun altro, vero?" chiese Jacob, che conosceva già la risposta.

"Certo che no." La donna allontanò il piatto e cominciò a piluccare il salmone che lui non aveva toccato.

"Allora perché Skye non dovrebbe crescere laggiù?" chiese Jacob, improvvisamente preoccupato che Sienna avesse intenzione di sbolognare la loro figlia alla madre, che aveva un piccolo bilocale a Long Beach.

"Jacob, possiamo parlarne a casa? Sto cercando di godermi il vino."

Jacob fissò la creatura egoista seduta di fronte a lui e si sentì triste. Sienna sembrava molto infelice della sua vita. Era stata molto più allegra all'epoca in cui stavano insieme, pensò.

"Smettila di fissarmi in quel modo," disse Siena. "Mi stai innervosendo."

"Sto solo cercando di capire che ti succede," disse Jacob.

"Quello che mi succede è che mi hanno appena dato il permesso di bere e dato che siamo in un ristorante dove c'è un bar, ho intenzione di bere qualcosa. Dovresti imparare a lasciarti un po' andare." La donna sfoderò un sorriso fasullo. "Anche tu dovresti bere qualcosa. Così, ti faranno meno male le orecchie quando lei si metterà a strillare a pieni polmoni."

"Ma tu non lo farai, vero, signorina?" chiese Jacob a sua figlia.

"Dalle cinque minuti," disse Sienna. "Poi ti darai alla fuga a gambe levate."

L'UMORE di Sienna non migliorò con il passare del pomeriggio. Con tutto il vino che la donna aveva bevuto a pranzo, Jacob aveva insistito per guidare mentre le portava a casa sua. La sua ex non era stata molto felice dell'idea, ma quando lui aveva detto che non le avrebbe certo permesso di mettersi al volante con sua figlia, il senso di colpa era lampeggiato sul volto di Sienna, che aveva accettato.

"Non riesco a credere che tu viva qui," disse lei mentre risalivano la montagna.

"Perché no?" Jacob aveva sempre preferito i paesaggi drammatici. Nella sua mente, la casa che si era scelto non era molto diversa da quella sulla spiaggia che loro due avevano condiviso. Lo stile era simile, ma invece dell'oceano, il paesaggio era uno splendido bosco di sequoie.

"È solo molto… isolata. E il paese–" Sienna scosse la testa. "So che hai detto che da bambino ti piaceva moltissimo, ma onestamente, Jacob, è davvero… non saprei. Basilare."

Nel linguaggio di Sienna, ciò significava che non c'era una strada piena di boutique di lusso e ristoranti stellati. Jacob avrebbe voluto rimproverarla per il suo snobismo, ma tenne a freno la lingua, non volendo litigare. "Mi piacciono le cose basilari."

"Immagino sia per questo che non eravamo poi così compatibili," disse la donna, stringendosi nelle spalle. Jacob le rivolse un'occhiata di sbieco colma di disgusto. Non erano compatibili perché lei era innamorata già da tempo del suo migliore amico. "Sai che ero disposto a vivere ovunque tu volessi."

"Questo è vero," disse Sienna, annuendo. "Ma è difficile godersi qualcosa quando il tuo partner è sempre apatico."

Ma Jacob non era stato apatico, vero? Non l'aveva forse portata a fare tutte le vacanze che lei aveva chiesto? Prenotato in tutti i suoi ristoranti preferiti? Aiutata ad aprire la spa che Sienna aveva sempre voluto? Certo, non era sempre stato entusiasta dei viaggi voluti da Sienna, che sembravano incentrati più sul frequentare i ricchi e belli della California del sud che sull'esplorare e godersi posti nuovi, ma era venuto comunque.

"Smettila di guardarmi così," scattò lei. "Sappiamo entrambi che detestavi i miei amici e le feste a cui ti costringevo ad andare. Eri presente fisicamente, ma non c'eri quasi mai con la testa. Non volevi far altro che camminare, fare surf o altre cose all'aperto." Sienna rabbrividì visibilmente. "Io ho sempre preferito le attività al chiuso."

Jacob non poteva contraddirla. Lei non aveva mai finto di essere qualcosa che non era. Ma lo stesso valeva per lui. "Lo stesso si può dire di te, Sienna. Hai provato a fare surf una volta sola e non sono mai riuscito a convincerti a fare un'escursione."

"Come ti ho sempre detto, non prendo mai il sole, se non a bordo piscina."

"Giusto." Jacob lanciò un'occhiata alla bambina che dormiva sul seggiolino. Il suo dolce viso gli fece scoppiare di nuovo il cuore. E sebbene lui non volesse proprio avere nulla a che fare con Sienna, avrebbe sopportato la sua teatralità fino alla fine del mondo se ciò avesse significato avere un ruolo nella vita di sua figlia.

"Ora sì che ragioniamo," disse Sienna quando la casa comparve alla vista. "Hai sempre avuto ottimi gusti in fatto di immobili."

"Grazie." Jacob parcheggiò la Lexus di Sienna in garage, quindi trafficò fino a liberare Skye dal seggiolino. Alla fine, uscì dal garage con Skye e i suoi pannolini e trovò Sienna al telefono, impegnata a discutere con qualcuno.

"Sì, sono con Jacob. È per questo che sono venuta fin qui," disse la donna al telefono.

Jacob cominciò a salire le scale, desideroso di allontanare la bambina dal freddo, ma si immobilizzò quando udì le parole successive della donna.

"Eddai, Bri, piantala. Sto facendo quello che mi hai chiesto. Che altro vuoi da me?"

Quello che lui aveva chiesto? Era Brian il motivo per cui Sienna aveva detto a Jacob della bambina? Sienna era uscita allo scoperto solo perché Brian l'aveva costretta? Jacob non parlava con il suo ex-amico da quando Sienna era scappata con lui. Ma doveva ammettere che, conoscendo Brian, se lui sapeva che Skye era figlia di Jacob, era perfettamente normale che avesse insistito perché Sienna glielo dicesse. Brian odiava le menzogne. Era anche per quello che il tradimento era stato così brutale: lui non si sarebbe mai aspettato che il suo amico si comportasse in quel modo con lui.

"No. Sono appena arrivata. Va bene. Ti chiamo stasera." Sienna mise giù. Quando si voltò, sobbalzò come se non si fosse aspettata di trovare Jacob. "Stavi ascoltando?"

"Non di proposito." Non all'inizio, almeno.

"Beh, immagino tu abbia capito che era Brian," disse la donna mentre saliva le scale, oltrepassandolo.

"Sì. L'avevo intuito." Jacob le diede la chiave della porta mentre continuava a cullare Skye.

Sienna aprì la porta ed entrò, emettendo un piccolo gemito quando vide il panorama. Jacob la seguì e posò il sacchetto con i pannolini sul tavolino da caffè.

"È splendido, Jacob," mormorò Sienna, la cui voce suonava per la prima volta come quella della donna che un tempo lui aveva conosciuto e amato. "Capisco perché ti piace tanto. Continua a essere un po' remota per i miei gusti, ma è molto meglio di quanto immaginavo."

Jacob si trattenne dal levare gli occhi al cielo. Lo snobismo di Siena non conosceva limiti. "Mi accontento." Si tolse con riluttanza la bambina dalle spalle e fece per darla a Sienna, che tuttavia fece un passo indietro e scosse la testa.

"Questo è il tuo fine settimana, Jacob. Vuol dire che sei tu il genitore responsabile."

Jacob si accigliò. "Per cui, non hai intenzione di tenerla in braccio mentre io scarico la tua macchina?"

"No. Penso io alla macchina. Tu fai il papà." Sienna uscì e scese i gradini, lasciando Jacob a bocca aperta. Lui non capiva esattamente cosa stesse succedendo. Per quanto ne sapeva, Sienna non aveva mai trasportato volontariamente una valigia in vita sua. Adorava essere viziata ed era disposta a pagare per esserlo.

L'essere viziati era alla base di Enchanted Bliss e il motivo per cui quell'attività aveva tanto successo. Sienna aveva preso tutte le sue aspettative di essere servita e riverita e le aveva proiettate nell'azienda, per creare l'esperienza di lusso definitiva. Era davvero bizzarro che prendesse da sola le valigie quando qualcun altro era disposto a farlo per lei.

Mentre Jacob sedeva in poltrona facendo smorfie a Skye e facendola saltellare sul ginocchio, Siena portò in casa una valigia dopo l'altra e una montagna di cose per la bambina, senza lamentarsi. Una volta finito, si diresse dritto verso la cucina di Jacob e si versò un altro bicchiere di vino. Finalmente, si sedette sul suo divano, sollevò il bicchiere e disse: "Benvenuto alla genitorialità."

CAPITOLO 22

"*T*i va di passare da casa di papà?" chiese Abby a Yvette mentre costeggiavano il fiume che attraversava il paese.

"Certo. Tanto, dobbiamo comunque vedere come sta e assicurarci che non faccia troppi sforzi. Sapevi che aveva ricominciato la terapia?" chiese Yvette mentre l'auto da golf correva alla folle velocità di venticinque chilometri all'ora.

"No." Abby si accigliò. "Sai perché è svenuto? Era colpa della chemioterapia o di qualcos'altro?"

"Ha solo esagerato e si è disidratato, tutto lì."

"Già." Abby imboccò la strada che portava alla loro dimora d'infanzia. "Sono sicura che sia successo perché ha esaurito le scorte della pozione energetica che gli avevo preparato e non voleva chiedermi di farne dell'altra prima del matrimonio. E poi, ha continuato a mettersi alla prova lo stesso. Riesci a crederci?"

Sfortunatamente, Yvette riusciva a crederci benissimo. Il loro padre era sempre stato la roccia di tutte. Ora che erano loro a dover svolgere quel ruolo, Lin faticava ad accettare la situazione. "Sì. È un vecchio testardo."

"D'accordo, dimmi cos'è successo," disse Abby.

"Quando papà è svenuto? Era nel suo ufficio e—"

"No. Quello lo so già. Voglio dire cosa è successo per provocare questo giretto di emergenza."

Yvette si strinse nelle spalle. All'improvviso, non aveva voglia di parlare di Jacob. L'immagine di lui con Sienna e la loro figlia le dava la nausea.

"Dai, Vette. È successo qualcosa. Devi vuotare il sacco; altrimenti, mi metto a tirare a indovinare. Sei entrata al bar e hai visto Isaac che palpeggiava Jake? Oppure hai perso l'incasso mentre andavi a depositarlo in banca e ora il negozio rischia di fallire? Oppure ancora, ci hai provato con uno studente di ventidue anni al negozio e sua madre gli stava comprando le mutande nuove poco più in là?"

Yvette scoppiò a ridere. No, no e oddea, sarebbe stato divertente, ma no. Assolutamente no."

"Insomma, Isaac non c'entra?" chiese Abby, l'espressione ora seria.

"No, per niente." Yvette trasse un respiro profondo. "D'accordo. Sei stata via per le ultime due settimane, per cui ti sei persa parecchie cose."

"Noel mi ha raccontato qualcosa, ad esempio che ti sei portata a casa l'amico di Clay la sera del matrimonio." Abby agitò le sopracciglia, quindi lanciò un'occhiata all'addome di Yvette. "Diamine. Non sarai mica incinta? Dimmi che avete preso precauzioni."

Yvette levò gli occhi al cielo. "No, non sono incinta, e sì, abbiamo preso precauzioni."

"D'accordo, va bene. Questa l'abbiamo scampata." Abby sorrise a sua sorella. "Ho saputo anche che Jacob è il tuo nuovo socio in affari. È quello il problema? Ha deciso che non riesce a togliervi le mani di dosso e ora ti tocca tener lontano uno splendido uomo su base giornaliera? Insomma, capisco che possa diventare fastidioso, dopo un po'."

"Ehm, ecco, non la metterei così, ma diciamo che fra noi è nato qualcosa."

"Oh? Ci date dentro in mezzo alle pile di libri?" la prese in giro Abby.

"Buona Dea, Abby. È questo che avete fatto tu e Clay in luna di miele? Ci davate dentro in luoghi pubblici?"

Abby ridacchiò. "No, ma una sera-"

"Come non detto. Credo di non volerlo sapere," disse Yvette. "Se proprio devi saperlo, Jacob e io abbiamo trascorso una notte insieme, dopodiché abbiamo cercato di mantenere un rapporto professionale."

"Immagino non sia durata," disse Abby mentre imboccava il lungo viale che portava alla casa del loro padre.

"No. Per niente. Alla fine della prima settimana, abbiamo deciso di cominciare a frequentarci ufficialmente. Ma poi lui è andato a L.A. a firmare dei documenti con la sua ex ed è tornato di pessimo umore. Qualche giorno dopo, eravamo di nuovo sulla strada giusta, e poi oggi-" La voce di Yvette si incrinò sulla parola "oggi" e lei impiegò un momento per ritrovare la calma. "Oggi, la sua ex si è presentata con una bambina. La figlia di Jacob."

Abby spalancò gli occhi. "Lui ha una figlia?"

"A quanto pare, sì. Solo che non me l'aveva mai detto, nemmeno dopo che abbiamo parlato di come i nostri ex ci avessero rovinato la vita. Non so perché me l'abbia nascosta. Non ha nemmeno delle sue foto in casa. Onestamente, Abby, sono rimasta sconvolta."

Abby le lanciò un'occhiata. "Forse Jacob ha solo paura a far entrare persone nuove nella vita di sua figlia. Sai, forse vuole solo proteggerla e non vuole affrettare le cose quando c'è di mezzo lei."

Yvette capì che Abby non aveva torto. Se lei avesse avuto un figlio, avrebbe esitato fortemente prima di presentarlo a una persona che frequentava. Avrebbe dovuto essere una storia davvero seria. Però... "Abs, non mi ha nemmeno parlato di lei. Ed è ancora piccolissima. Non corre il rischio di affezionarsi a me e di confondersi riguardo al mio ruolo nella vita di suo padre. È solo che... mi ha fatto male sapere che lui non si fidava abbastanza di me per dirmelo."

Abby le afferrò una mano, stringendola delicatamente. "Probabilmente, dovresti parlarne con lui. Sono sicura che abbia avuto le sue ragioni."

"Giusto." Yvette si accigliò. "Peccato che, adesso, la sua ex sia a casa sua per trascorrere il fine settimana e io non riesca a pensare ad altro che andare laggiù e... Beh, non so cosa farei, ma detesto l'idea che quei due siano insieme. Chissà cosa stanno combinando?"

Abby scosse la testa. "Già, sono certa che cambiare pannolini e frullare cibo per bambini sia molto romantico."

"Beh, se la metti così," disse Yvette, "questa gita in auto da golf sembra molto più gradevole."

"Merito mio, dolcezza! Io sì che so come ci si diverte."

Abby svoltò nella curva e la casa apparve alla vista.

Yvette borbottò un'imprecazione e si chiese se la giornata potesse andare peggio.

"Accidenti. Quello è il nuovo BMW di Isaac?" chiese Abby, osservando l'auto nera nel viale di lino.

"Già. Pare che lui l'abbia comprato perché era l'auto dei sogni di Jake," disse sospirando Yvette.

"Possiamo tornare più tardi," disse Abby, che aveva già cominciato a fare manovra.

"No. Va bene così. Entriamo. Anch'io voglio vedere papà."

"Sei sicura?" chiese Abby. "Nessuno si aspetta che tu interagisca con il tuo ex-marito."

"Sono sicura," disse Yvette. "Lui lavora ancora per papà. Dovrò abituarmici."

Abby le rivolse un'occhiata scettica, ma fermò comunque l'auto da golf. "D'accordo, ma se Isaac ti fa venire voglia di uccidere qualcuno, fammi un segno e ce ne andremo subito. D'accordo?"

"Sei una brava sorella." Yvette saltò giù dall'auto, guardò male la Roadster ed entrò in casa, decisa a non permettere a Isaac di tenerla lontana dalla dimora della sua famiglia. La casa in stile capanno di tronchi era grande e di forma irregolare, a un solo piano, eppure era calda e accogliente, con il fuoco che crepitava nel caminetto. Un grande pentacolo di metallo era sospeso sopra il caminetto, a simboleggiare il loro legame con la comunità delle streghe, e c'erano candele dappertutto, anche se non erano accese. Yvette schioccò le dita e tutte le candele presero vita.

Lin Townsend, che era seduto a tavola, sollevò lo sguardo e sorrise alle sue due figlie. "Ma che sorpresa."

"Ciao, papà," disse Yvette. Quindi rivolse a Isaac, che era seduto di fronte a Lin, un secco cenno del capo.

"Ciao, papà," le fece eco Abby, correndo ad abbracciare Lin. "Mi sei mancato."

"Sei stata via solo due settimane. Mi sembra un po' poco per sentire la mancanza del tuo vecchio," disse Lin, che tuttavia le tenne la mano con entrambe le sue mentre liquidava la sua affermazione.

"Certo che no, sciocchino," disse lei, dandogli un bacio sulla guancia. "Ti ho portato le pozioni energetiche. Vuoi aiutarmi a scaricarle?"

"Certo." I due uscirono, lasciando Yvette e Isaac da soli.

"Sembra che tu ti stia godendo l'auto nuova," disse Yvette mentre andava in cucina a prendere una tazza di caffè.

Isaac non rispose al suo commento, ma si alzò e la seguì in cucina. "Yvette?"

"Che c'è?" chiese lei, senza voltarsi.

"Ti devo delle scuse."

Yvette si immobilizzò. Conosceva abbastanza Isaac da sapere che quelle scuse, di qualunque cosa si trattasse, non gli erano facili. Fu il tono di voce basso con cui l'uomo parlò a tradirlo. Lei si guardò alle spalle. "Per cosa?"

"Per aver cercato di interferire con il modo in cui gestisci la libreria. Jake ha detto–"

"Non mi interessa quello che ha da dire Jake," disse Yvette, mentre la rabbia la colmava e le faceva venire voglia di colpire qualcosa, preferibilmente Isaac.

"Yvette, per favore, ascoltami. Poi, non dovrai mai più rivolgermi la parola, se non vorrai."

Yvette sbuffò incredula. "Sul serio, Isaac? Tu lavori per mio padre e viviamo entrambi in un paese molto piccolo. Non credo che sia possibile non parlarci più."

"In tal caso, dovremmo fare del nostro meglio per stabilire una tregua. Che ne dici?"

Yvette strinse i denti e si voltò. "Non sono in guerra con te, Isaac. Ma non sopporto che tu ti comporti come se fossimo ancora sposati. Non hai alcun diritto di dirmi come devo vivere la mia vita o gestire la mia attività. Sono una bambina grande. Ci penso da sola."

"Lo so." Isaac la prese molto delicatamente per mano e la riaccompagnò al tavolo. "Siediti, per favore."

Lei era tentata di dirgli di no e andarsene, ma doveva ammettere di essere piuttosto curiosa riguardo a ciò che lui aveva da dirle. Senza fare commenti, si sedette e aspettò.

Isaac prese una sedia in modo da sedersi proprio di fronte a lei. Quindi, le prese entrambe le mani e disse: "Mi dispiace molto per il modo in cui ti ho trattata, Yvette."

"Me lo hai già detto al matrimonio, due settimane fa," disse lei, poco colpita da quel suo scusarsi costante. Isaac le aveva rivoltato la vita e l'aveva trattata come se lei fosse troppo incapace per gestire la sua stessa libreria. "A meno che non ci sia dell'altro, credo che abbiamo finito."

Isaac accentuò la presa sulle sue mani e i suoi occhi luccicarono di lacrime non versate. "Sono stato davvero egoista. Meritavi di meglio. So che non vuoi sentir parlare di Jake, ma è stato lui ad aiutarmi a capire che sono stato un asino." Isaac sbatté le palpebre e le lacrime svanirono. "So che la libreria ti appartiene e non spetta a me ficcare il naso dove non devo."

"Hai ragione," disse lei, incerta su come interpretare quelle scuse. Le aveva già sentite, in passato, ma questa volta Isaac sembrava molto più sincero, come se capisse davvero quanto le aveva fatto del male e volesse sistemare le cose, invece di alleggerirsi la coscienza per aver rovinato il loro matrimonio.

"Congratulazioni, a proposito. Ho sentito dire che il firmacopie è stato un grande successo." Isaac sfoderò il suo splendido sorriso, ricordandole uno dei motivi per cui si era innamorata di lui.

"Grazie. È stato uno sforzo di gruppo."

"Sono sicuro che sei solo modesta," disse l'uomo. "Hai sempre capito come portare i clienti in negozio e far girare i libri."

"Beh, grazie."

"È solo che ho faticato a voltare pagina. E poi ti ho vista con Jacob e mi sa che mi sono ingelosito."

Yvette inarcò le sopracciglia. "Perché? Che ti importa se frequento un'altra persona?"

"Dai, Yvette," disse Jacob, rivolgendole un'occhiata sofferente. "Ti ho sposata perché ti amavo. Non era una bugia."

Un dolore sordo pulsò nel petto di Yvette, ma era molto meno intenso della fitta penetrante che aveva provato quando lui le aveva detto di volersene andare. "Lo so."

"Davvero?" chiese con trasporto i Isaac. "Capisci davvero quanto è stato difficile per me?"

Yvette lo fissò. Aveva cercato molte volte di mettersi nei suoi panni, cercando di vedere le cose dal suo punto di vista. Ciò non aveva alleviato il dolore, ma lei capiva il tumulto di fronte a cui il suo ex doveva essersi trovato quando si era reso conto di vivere una menzogna. "Sì, ma questo non cambia i sentimenti che provo... o meglio, che provavo. Ascolta, Isaac, non dobbiamo per forza andare avanti così. Cerchiamo semplicemente di rispettarci a vicenda e magari, un giorno, torneremo a essere gli amici che eravamo prima di metterci insieme. Ti sembra giusto?"

Isaac annuì. "Giustissimo. Spero solo che quel giorno arrivi più prima che poi. So che non è giusto che io lo dica, ma mi manchi."

Gli occhi di Yvette si velarono e lei strinse le mani dell'uomo proprio come lui aveva fatto un momento prima. "Anche tu mi manchi. Non credo che tu capisca quanto è stato difficile per me perdere mio marito e il mio migliore amico."

"Credo di sì. Anche io ti ho persa, sai."

Yvette si accigliò. "Ma tu avevi Jake a riempire il vuoto. Chi avevo io? E non provare a dire mia sorella e mio padre, perché non è la stessa cosa."

"Jake non potrebbe mai sostituirti," disse Isaac, e qualcosa nel suo tono di voce la spinse a credergli.

"Grazie," disse Yvette, mentre una lacrima le rotolava lungo la guancia.

Isaac si alzò e fece alzare anche lei. Poi la circondò con le braccia e disse: "Ti amerò per sempre, Yvette. Spero che tu lo sappia."

Un singhiozzo le si bloccò in gola e lei annuì, avvertendo per la prima volta la sensazione che, forse, non aveva perso Isaac; che forse, solo forse, sarebbero potuti tornare amici.

"Ehi, che sta succedendo qui? Isaac, stai facendo piangere di nuovo mia figlia?" chiese Lin mentre entrava nella stanza, tallonato da Abby. "Ti avevo detto che, se le avessi fatto di nuovo del male, avresti dovuto risponderne a me."

Isaac baciò Yvette sulla guancia e disse: "Sfortunatamente, Lin, credo proprio di averla fatta piangere. Chiedo scusa."

"Porca miseria, ora mi toccherà licenziarti," disse Lin, fulminando Isaac con lo sguardo. "Avrei dovuto farlo quando l'hai lasciata. Si può sapere cosa ti passa per la testa?"

"Papà," disse Yvette, asciugandosi gli occhi. "Non puoi licenziare Isaac. Chi si occuperà dei tuoi conti?"

"Troveremo qualcun altro. Magari potrà pensarci Jacob," disse cocciutamente Lin.

Yvette ridacchiò. "Jacob sa leggere benissimo un bilancio, ma non è un contabile. Credo che per l'attività sia meglio continuare ad affidarci a Isaac. E poi, io sto bene. Isaac e io stavamo solo facendo pace."

"Davvero?" Lin li osservò con attenzione, quindi si accigliò. "Questo significa che Jake è acqua passata?"

Isaac si schiarì la voce. "Ehm, no."

"Allora non capisco. Non vorrete dirmi che voi tre–"

"Papà!" gridò Yvette. "Mia Dea, no. Voglio dire che cercheremo di tornare a essere amici. Tutto qui."

"Oh. Beh, grazie agli dèi." Lin si rivolse a Isaac. "La mia Yvette merita di essere l'unica e sola nella vita di qualcuno."

"Non potrei essere più d'accordo." Isaac fece per prendere un fascicolo che aveva lasciato sul tavolo. "È meglio che vada."

"Non ancora," disse Yvette. "Io ed Abby vogliamo andare a fare una corsa con l'auto da golf. Perché non ti unisci?"

"Davvero?" chiese Isaac, la sorpresa negli occhi speranzosi.

"Davvero." Yvette si rivolse a Lin. "Anche tu, papà. È ora che tu ti diverta un po'."

"Assolutamente no," disse Lin. "Hai visto come Abby guida quell'arnese? Rischierei la vita."

"Eddai, papà," intervenne Abby dal suo posto vicino al caminetto. "Mi hai appena detto che non vuoi restare chiuso in casa tutto il tempo. Viene a fare un giro con noi. Sarò prudente."

"No che non lo sarà," disse Yvette. "Ma dovresti venire comunque. Non può essere così brutto. L'auto arriva solo fino a venticinque chilometri all'ora."

"Forza, Lin," disse Isaac. "Le sue ragazze la aspettano."

"D'accordo," borbottò Lin. "Ma se qualcosa andrà storto, non ve lo perdonerò mai."

Abby sbuffò. "Non ne dubito."

"Ottimo," disse Yvette. "Se solo avessimo un'altra auto, potremmo fare una gara."

Lin si schiarì la voce. "Beh, visto che siamo in argomento, forse siamo fortunati."

Abby e Yvette si voltarono a fissarlo.

"Che significa?" chiese Yvette.

Lin fece un cenno del capo. "Seguitemi."

Tutti e tre fecero come era stato loro detto e presto si

ritrovarono nel garage di Lin, a fissare un'auto da golf nera nuova di zecca.

"Papà?" chiese ridendo Abby. "Da dove arriva?"

"L'ho comprata," disse orgoglioso Lin, infilando la chiave nell'accensione. "Guardate qui." Premette un interruttore e l'auto da golf si illuminò di lucine rosse lampeggianti, mentre un sistema audio cominciò a riprodurre *On the Road Again* di Willie Nelson.

Abby gettò la testa all'indietro e rise. "Papà, è fantastico."

"È colpa tua," disse Yvette a sua sorella, riferendosi al fatto che l'auto da golf di Abby aveva gli stessi accessori.

"Lo spero proprio." Abby si rivolse a suo padre. "Dimmi, papà, come mai questa decisione? Non che io non approvi, anzi."

Lin si strinse nelle spalle. "Mi sono detto che una mano a muovermi nel frutteto non mi avrebbe fatto male. E questa è molto più divertente di una carriola."

"Hai ragione." Abby indicò l'auto. "Sei pronto a gareggiare, vecchio?"

"Mi hai letto nel pensiero," disse Lin, prendendo posto al volante.

Yvette sorrise radiosa a suo padre, mentre l'orgoglio la colmava di amore per lui. C'era un solo motivo per cui Lin aveva comprato quell'auto: per non doversi stancare mentre camminava sulla sua terra. Stava davvero cercando di evitare gli sforzi e lo stava facendo con stile.

"Io sto con papà!" Yvette balzò sull'auto accanto a Lin. "Pronto a prendere a calci Abby?"

Lin lanciò un'occhiata a Abby. "Credi che riusciremo a batterla?"

"Certo. Tu guidi molto meglio."

"Oh oh! La pensi così, eh?" Abby rivolse un cenno a Isaac.

"Forza, Isaac. Dobbiamo discutere della strategia per far mangiare la polvere a questi due."

"Esistono delle strategie nelle gare di auto da golf?" le chiese Isaac mentre uscivano dal garage e si recavano all'auto di Abby.

"Di solito no, ma ho qualche asso nella manica." Abby si lanciò un'occhiata alle spalle. "Attenti, voi due. Non voglio che rimaniate intrappolati nella mia nube di polvere."

"Come no." Lin portò l'auto in fondo al viale. Poi si rivolse a Yvette. "Cosa facciamo? La aspettiamo o partiamo?"

"Parti," lo incitò Yvette mentre Abby saliva a bordo della sua auto. "Ora!"

Lin premette sull'acceleratore e l'auto partì in quarta.

"Ehi! Qui si bara," esclamò Abby dalle loro spalle.

Yvette si allungò verso il pulsante del volume mentre guardava suo padre. Lui annuì e, con la sua approvazione, Yvette alzò la musica country di suo padre, soffocando le grida di protesta di Abby.

Lin tamburellò con il piede sinistro e fece saltellare le dita sul volante. Il suo corpo era rilassato e il suo colorito era normale. Era chiaro che si stava prendendo miglior cura di sé. Yvette avrebbe voluto dirgli che era orgogliosa di lui, ma invece si allungò e gli strinse delicatamente una spalla.

Lin le lanciò un'occhiata.

Grazie, mimò con le labbra lei.

"Qualunque cosa per le mie ragazze!" gridò suo padre, sovrastando la musica. Quindi svoltò bruscamente a destra verso il fiume incantato. Qualche istante dopo, l'auto da golf di Abby apparve accanto a loro e la gara ebbe inizio.

Yvette si sporse in avanti e gridò incoraggiamenti a suo padre di battere Abby, urlando e strillando per tutto il tragitto e divertendosi come una pazza.

Alla fine, Lin perse la gara, ma Yvette sapeva che ciò era dovuto al fatto che l'auto di Abby era truccata con il turbo e altri accessori che ne miglioravano la performance. Vincere sarebbe stato quasi impossibile, ma non era quella la cosa importante per Yvette.

Mentre lei guardava sua sorella e Isaac fare una danza della vittoria complessa e completamente ridicola, le importava soltanto di quanto si stava divertendo con loro e con suo padre. La pura gioia che provava riempì tutti i vuoti nel suo cuore. Quello era il senso della famiglia e il motivo per cui amava Keating Hollow con tutto il cuore e l'anima.

CAPITOLO 23

*A*rrivò mercoledì e Jacob si ritrovò con Skye assicurata al petto mentre entrava nell'Incantation Café. Dato che Skye aveva trascorso metà della notte a piangere, lui aveva dormito meno di quattro ore e aveva le lacrime agli occhi per la fatica, ma non gliene importava. Si era perdutamente innamorato di sua figlia. E sapeva che sarebbe stato felice di perdere il sonno per altri diciott'anni, se ciò avesse significato trascorrere tutto quel tempo con lei.

"Santo cielo," disse Hanna quando Jacob si avvicinò al bancone. "Chi è questa bellissima bambina?"

"Mia figlia Skye," disse Jacob, la voce risuonante di orgoglio.

"È bellissima, Jacob. Non sapevo che tu avessi una figlia." Hanna tese il dito alla bambina e sorrise quando Skye vi avvolse la mano attorno e lo afferrò. "È anche forte."

Per poco Jacob non disse che fino a poco prima, nemmeno lui sapeva di avere una figlia, ma tenne per sé quell'informazione e si limitò a sorridere a Hanna mentre lei faceva dei versetti a sua figlia.

Alla fine, Hanna sollevò lo sguardo. "Un caffè? Grande?"

"Il più grande che hai, per favore."

"Arriva subito."

Jacob mise delle banconote sul bancone e fece un passo indietro proprio mentre la porta del bar si apriva ed entrava un altro cliente. Udii un minuscolo gemito di sorpresa e capì subito che Yvette era alle sue spalle. Si voltò e la vide che lo fissava a bocca aperta. Le sorrise. "Ciao."

La donna si schiarì la voce. "Ciao."

Jacob non la vedeva da venerdì, quando Sienna aveva interrotto il loro pranzo. L'aveva chiamata per farle sapere che non sarebbe venuto in libreria. Avrebbe voluto spiegarsi, ma lei lo aveva interrotto, aveva detto che capiva e aveva chiuso la telefonata. Jacob aveva pensato di richiamarla, ma aveva deciso che sarebbe stato meglio conversare di persona.

Hanna chiamò il suo nome e gli porse il caffè. Quindi si rivolse a Yvette. "Cappuccino?"

Yvette annuì. La sua espressione mentre fissava Jacob e Skye era un misto di interesse e qualcosa di vagamente simile alla paura, come se fosse pronta a darsi alla fuga.

Jacob aggiunse panna e zucchero al suo caffè, quindi si mise accanto a Yvette. "Dobbiamo parlare."

"No, non dobbiamo. Va bene così. C'è tua figlia. Dovresti trascorrere quanto più tempo possibile con lei. Alla libreria penso io." La donna gli rivolse un sorriso troppo smagliante e distolse lo sguardo.

"Yvette–"

La porta si spalancò ed entrò Sienna. Indossava jeans aderenti, stivali col tacco alti al ginocchio e un maglione scollato che metteva in evidenza il suo notevolissimo seno. Jacob si era chiesto dove pensava di andare quando era uscita dalla sua camera da letto, quella mattina. Era il genere di abbigliamento che Sienna avrebbe probabilmente indossato in uno dei talk show mattutini che il suo addetto alle relazioni pubbliche organizzava per promuovere Enchanted Bliss. "Eccoti. Ho appena finito di telefonare alla mia assistente. Ci ha preso i biglietti per il volo di venerdì mattina alle sette."

Yvette guardò a bocca aperta la donna, quindi spostò lo sguardo su Jacob. "Te ne vai?"

A Jacob venne un groppo alla gola quando vide l'espressione devastata sul volto di Yvette. Non era così che avrebbe voluto dirglielo. "Come ho già detto, dobbiamo parlare."

"Oh, non lo sapevi?" chiese Sienna con sincerità fasulla. "Che peccato. Immagino ti dispiaccia che Jacob non trasformerà la tua piccola libreria in un franchising di successo. È *molto* bravo in quel genere di cose."

Yvette la fulminò con lo sguardo. "Credo che sopravvivrò."

Siena si strinse nelle spalle e si recò al bancone.

"Voi due ci riprovate?" chiese Yvette a Jacob mentre continuava a guardare storto Sienna.

"Cosa?" Jacob rimase di stucco, quindi si accigliò. "No. *Assolutamente* no." Abbassò lo sguardo sulla bimba che si agitava nelle sue fasce. "Vado per lei."

La consapevolezza apparve negli occhi di Yvette e tutto, in lei, si intenerì. Guardò Skye e mormorò a voce bassissima: "Capisco."

"Hai tempo per parlare, oggi?" chiese lui, implorandola con gli occhi. "Ci sono delle cose che devo dirti."

Gli occhi di Yvette luccicavano di lacrime, ma lei le trattenne mentre scuoteva la testa. "Ascolta, Jacob, va tutto bene, davvero. Capisco. Non c'è motivo di–"

"Ho delle cose da dirti," insistette lui. "Concedimi solo

mezz'ora, se non altro per organizzarci per quanto riguarda la libreria."

Yvette esitò e aprì la bocca, ma poi la chiuse e annuì. "Sarò in negozio tutto il giorno. Passa prima della chiusura."

"Sarò lì fra un'ora."

"Yvette?" chiamò Hanna. "Il tuo cappuccino è pronto."

Jacob la fissò intensamente, mentre le sue viscere si mescolavano per il rammarico. Aveva sentito la mancanza di Yvette negli ultimi cinque giorni. Vivere con Sienna non era stata una passeggiata e aveva fatto sì che lui apprezzasse ancora di più la creatura gentile che aveva di fronte. Yvette era davvero reale, aperta e amorevole. Prima di trasferirsi a Keating Hollow, lui non sapeva cosa volesse. Ora lo sapeva e Yvette era l'unica per lui.

"Vieni, Jacob," disse Sienna, prendendolo sottobraccio. "Dobbiamo sbrigarci, se vogliamo arrivare puntuali all'appuntamento con l'agente immobiliare."

"Agente immobiliare?" chiese Yvette, l'allarme che lampeggiava negli gli occhi azzurri. "Vuoi vendere la casa?"

Jacob cercò di inghiottire il groppo alla gola mentre annuiva. "Avrò bisogno del denaro, se voglio trasferirmi ad Aspen."

Yvette era seduta alla scrivania, che fissava ciecamente lo schermo del computer. Non appena aveva scoperto che Jacob stava per andarsene, il cuore le si era spezzato in due. Era trascorso meno di un mese da quando lo aveva conosciuto, ma si era innamorata di lui tanto completamente da non essere sicura che sarebbe più stata la stessa, una volta che lui se ne fosse andato. Con l'aggiunta del fatto che l'uomo aveva intenzione di vendere la casa, Yvette era certa che non l'avrebbe più rivisto. Certo, erano comproprietari della libreria, ma la verità era che Yvette non aveva bisogno della presenza di Jacob per gestire l'attività quotidiana e qualunque cosa di cui lei avesse bisogno da lui poteva essere sbrigata via e-mail.

La porta si socchiuse e un rumore di passi pesanti risuonò sul pavimento di legno. Yvette sapeva che era lui, ma temeva che, se avesse sollevato lo sguardo e lo avesse visto, si sarebbe messa a piangere. Poi udì il dolce suono della risata di un bambino.

Era condannata. Yvette lanciò un'occhiata al bel viso di Jacob e vide il rimpianto brillare nei suoi occhi. "No," disse, scuotendo la testa. "Non farlo. Non ci riesco."

"Cos'è che non devo fare? Lasciare il paese? Non ho molta scelta," disse Jacob, fermandosi dall'altra parte della scrivania di Yvette.

"No, guardarmi così." Yvette spostò lo sguardo sulla dolce bambina che Jacob aveva in braccio. Stava agitando le braccia, cercando di raggiungerla. Il suo cuore si sciolse completamente. Yvette tese le braccia verso la piccola. "Posso?"

L'espressione di Jacob si intenerì mentre passava sua figlia a Yvette. "Certo."

La bambina aveva un profumo fresco che le strappò un sospiro di piacere. "È perfetta, Jacob."

Lui si ficcò le mani in tasca e annuì. "Non posso contraddirti."

Yvette si sedette composta e fece delle smorfie a Skye. La bimba ridacchiò felicemente. Alla fine, Yvette lanciò un'occhiata a Jacob. "Perché non mi hai detto di lei?"

Jacob si sedette e si sporse in avanti. "Perché non sapevo nemmeno che esistesse fino a quando non sono andato a Los

Angeles all'incontro con Sienna. Lei mi ha detto che pensava che Skye fosse figlia di Brian, ma che un esame del sangue ha dimostrato che è mia." Lanciò un'occhiata a sua figlia, l'amore palpabile nei suoi occhi. Quando sollevò di nuovo lo sguardo e incrociò quello di Yvette, aggiunse: "La notizia mi ha sconvolto. Ci ho messo qualche giorno a capire come reagire; è per questo che ero distante, quando sono tornato."

Yvette trasse un respiro profondo. "Deve essere stato sconvolgente."

"È un eufemismo." Jacob spiegò che Sienna avrebbe dovuto portare Skye per il fine settimana, in modo che lui potesse conoscerla, e poi aveva deciso che Jacob doveva trascorrere più tempo con sua figlia e aveva prolungato il viaggio. "È per questo che è ancora qui. Avevo già deciso che probabilmente avrei dovuto trasferirmi per stare vicino a Skye, ma non avevo ancora preso una decisione definitiva. Dopo questi ultimi giorni, non c'è più dubbio. Devo farlo, Yvette."

Lei guardò la dolce bambina. Poteva solo immaginare come si sentiva Jacob. Il suo amore per lei era già un faro scintillante tutte le volte che la guardava. Il fatto che si fosse innamorato così tanto e così in fretta faceva sì che Yvette lo amasse ancora di più. "Per quanto non voglia che tu vada, capisco perfettamente."

Jacob si dondolò sulla sedia e la guardò. "Sai che, se non fosse per Skye, nulla potrebbe trascinarmi via da Keating Hollow, vero?"

"Lo avevi detto che hai sempre amato il paese," disse Yvette con una minuscola scrollata di spalle.

"Non è questo il motivo." Jacob si alzò e girò attorno alla scrivania. Si appoggiò al bordo e si allungò per accarezzarle una guancia. "Prima di andare a L.A., non desideravo altro che trascorrere più tempo con te. E forse è crudele dirtelo quando non ho altra scelta che andarmene, ma avevo intenzione di fare tutto il possibile per far sì che anche tu ti innamorassi di me."

"*Anch'io?* Mi stai dicendo che non volevi solo limonare?"

Jacob rise. "Decisamente no, Yvette. Credo che rimpiangerò sempre di non aver scoperto che direzione stesse prendendo questa cosa fra di noi. Sarai quella che è riuscita a fuggire... a meno che tu non venga con me."

Yvette si irrigidì completamente. "Mi stai chiedendo di trasferirmi ad Aspen con te?"

Questa volta, la risata di Jacob era colma di energia nervosa. "Mi sa di sì. È troppo presto, vero?"

"È... sì, decisamente troppo presto," disse tristemente lei. "Anche ignorando il fatto che ho una libreria da gestire, ho *appena* divorziato, la mia famiglia è qui e Keating Hollow è casa mia. E tu..." Passò delicatamente una mano sui riccioli di Skye. "Tu devi trovare il tuo posto nella vita di questa piccina senza avere me fra i piedi. Magari, un giorno, ci ritroveremo, ma in questo momento credo che sia meglio per entrambi fare un passo indietro."

Jacob tacque mentre una serie di emozioni attraversava la sua espressione, ma quando il suo sguardo si posò di nuovo sua figlia, lui annuì. "Hai ragione. È lei quella più importante, ora."

"È davvero fortunata, sai? Tu sarai il padre migliore che potrebbe desiderare."

"Lo spero." Jacob fece alzare Yvette dalla sedia e si avvicinò, tenendola con una mano, sua figlia ancora fra di loro. "Dimmi che non sono solo io. Dimmi che lo senti anche tu."

Le lacrime luccicarono negli occhi di Yvette mentre bisbigliava: "Lo sento anch'io."

"Questa non è la fine per noi, Yvette Townsend. Non se io ho voce in capitolo." Jacob si chinò e le sfiorò le labbra con le sue.

Yvette si aggrappò a lui, sapendo che i sentimenti di Jacob sarebbero probabilmente cambiati con il tempo e la distanza. Ciononostante, si aggrappò alla speranza che l'uomo avesse ragione e che un giorno avrebbero avuto una possibilità. La gola cominciò a dolerle per le lacrime che tratteneva e lei si ritrasse, porgendogli Skye. "È meglio che tu vada, prima che diventi ancora più difficile."

L'uomo prese la figlia e disse: "Riguardo alla libreria... dato che non sarò presente, diventerò socio silenzioso. Ti farò spedire i documenti da Norm."

"Cosa?" Un terrore freddo la travolse. Yvette aveva accettato che Jacob se ne sarebbe andato, ma nel profondo di sé aveva contato sul fatto che sarebbe rimasta in contatto con lui su base regolare per via del negozio. "Non è necessario. Possiamo parlare per telefono o e-mail."

"Lo so, ma non voglio che tu la veda come un'interferenza da parte mia. Naturalmente, sarò disponibile se tu vorrai chiedere il mio parere. Voglio solo cercare di essere giusto con te."

Yvette scosse la testa. "Assolutamente no. Mi piace avere il tuo input e lavoriamo bene insieme. Lascia tutto com'è."

"Va bene, allora." Jacob le sorrise e fece per chinarsi nuovamente, ma la porta si spalancò ed entrò Sienna.

"Jacob, dobbiamo andarcene. Subito!"

CAPITOLO 24

*J*acob si ritrasse di scatto da Yvette, continuando a stringere Skye a sé. "Cosa c'è?"

"È Brian. È qui a Keating Hollow," disse singhiozzando Sienna. "Ti sta cercando. Devi andartene."

Jacob si accigliò. "Perché mi sta cercando? Non abbiamo nulla da dirci."

Sienna gli afferrò una mano e cominciò a trascinarlo verso la porta. "È furioso perché viviamo insieme. Forza. Sbrigati, prima che ci trovi e ti riempia di botte."

"In primo luogo, io non ho paura di Brian. In secondo luogo, io e te non viviamo insieme e lui non ha nulla di cui preoccuparsi al riguardo," disse Jacob, piantando i piedi. "Cosa gli hai detto?"

"La verità." Le lacrime cominciarono a scorrere lungo il volto di Sienna, che continuava a guardare la porta come se si aspettasse che Brian facesse irruzione in qualunque momento.

"Forse voi due dovreste parlare da soli," disse Yvette, oltrepassando Jacob e incamminandosi verso la porta.

"Eh no, brutta strega." Sienna afferrò Yvette per un braccio

231

e la strattonò. "So che hai sedotto il mio fidanzato. Pensavi che te l'avrei fatta passare liscia?"

Sconvolto dall'esplosione di Sienna, Jacob rimase per un attimo ammutolito. Ma ritrovò subito la voce quando Yvette gli lanciò un'occhiata d'accusa. Jacob disse: "Non so cosa stia dicendo. Sienna *non* è assolutamente la mia fidanzata."

"Tecnicamente, forse no," disse Sienna, sollevando lo sguardo su di lui e sbattendo le ciglia. "Ma ora che sai che abbiamo una figlia, sono certa che presto ci fidanzeremo di nuovo."

Jacob si accigliò. "Hai perso la testa?"

Yvette fissò la mano con cui Sienna le stringeva il braccio e, con voce bassa e controllata a stento, disse: "È meglio che tu molli la presa prima che io ti costringa a farlo."

Sienna accentuò la presa sul braccio di Yvette.

"Sienna!" la rimproverò Jacob. "Cosa stai facendo?"

Sienna sobbalzò, come se il fatto che Jacob era ancora lì l'avesse sconvolta. Poi corse da lui. "Ti prego, andiamocene."

"Forse dovresti portarla a casa," disse Yvette. "Sembra… agitata."

"Diciamo così." Jacob aggiustò la presa su Skye, per stringerla meglio, quindi rivolse la sua attenzione su Sienna. "D'accordo, lasciamo in pace Yvette."

Sienna si incamminò verso la porta, ma poi si voltò e fulminò Yvette con lo sguardo. "Lui è mio. Non pensare di provare a sedurlo di nuovo."

La rabbia bruciava dentro Jacob, che non avrebbe desiderato altro che strozzare Sienna. Come faceva lei a sapere che era stato con Yvette, poi? Lui non gliel'aveva detto di sicuro. "Basta così, Sienna," la ammonì. "Non so a che gioco stai giocando, ma finisce qui, hai capito?"

"Io non sto giocando, tesoro," mormorò sensualmente

Sienna, accarezzandogli il braccio. "Cerco solo di tenere unita la mia famiglia."

"Io non sono la tua famiglia." Jacob rivolse a Yvette uno sguardo colmo di sofferenza. Gli bruciava il viso per lo spettacolo che aveva dato Sienna. Non aveva idea di dove fosse uscita quella pazza furiosa. Negli ultimi cinque giorni, la sua ex si era comportata in maniera abbastanza normale. E sebbene fosse stata relativamente egocentrica, non si trattava di nulla di nuovo. Qualunque cosa stesse accadendo era completamente diversa.

"Ma noi siamo una famiglia, Jake," disse dolcemente Sienna, usando il soprannome che Jacob aveva sempre odiato. "Lo vedrai. Quando verrai ad Aspen e vedrai la casa che ho scelto per noi, vedrai le cose dal mio punto di vista."

"Ne dubito fortemente," mormorò Jacob. Si guardò alle spalle e mimò con le labbra a Yvette *Ti chiamo dopo.*

Lei annuì una singola volta e si lasciò ricadere sulla sedia, con aria sconvolta dall'uragano Sienna. Jacob non poteva biasimarla. Le crisi di Sienna bastavano a far sì che lui ne mettesse in discussione la salute mentale.

"Sienna!" chiamò un uomo dall'ingresso della libreria, con una voce che Jacob avrebbe riconosciuto ovunque.

Brian.

Jacob si fermò, chiedendosi se Sienna avesse davvero esagerato quando gli aveva detto che Brian ce l'aveva con lui. Raddrizzò le spalle, accentuò la presa su Skye e uscì nella libreria, mentre Sienna li implorava di fuggire dal retro.

"Sienna!" disse bruscamente Jacob. "Non intendo scappare da Brian."

Non appena Jacob vide Brian, la rabbia si diffuse in tutto il suo corpo. Il suo migliore amico, l'unico uomo che avesse mai considerato suo fratello, era scappato con la sua fidanzata senza più guardarsi alle spalle. Si sentì irrigidire e lanciò un'occhiata a Sienna. "Tieni, prendi Skye."

"No!" Sienna mosse le mani di fronte al viso e scartò di lato. "È tua figlia!"

"Cosa? Tu sei sua madre. Smettila, Sienna. Prendila, così posso parlare con Brian."

"Io non lo farei, se fossi in te," disse Brian, fissando Sienna. "Lei non è... stabile."

"La prendo io," mormorò Yvette da dietro le spalle di Jacob.

Sollevato dalla presenza della donna, lui si voltò e le diede Skye. "Grazie."

"Figurati." Yvette prese con attenzione la bambina fra le braccia e si allontanò verso il bar, probabilmente nel tentativo di frapporre quanta più distanza possibile nel caso vi fosse stato davvero un alterco.

"Cosa intendi per 'non è stabile'?" chiese Jacob a Brian.

Il suo vecchio amico sospirò. "Davvero non ti sei accorto che c'è qualcosa di diverso in lei?"

Jacob osservò Sienna, prendendo nota degli occhi strabuzzati e delle mani che si muovevano nervosamente. Gli tornò in mente che l'aveva vista leggermente fuori fase negli ultimi cinque giorni, che borbottava fra sé e si nascondeva nella stanza degli ospiti mentre lui si prendeva cura di Skye, ma aveva pensato che fosse semplicemente stressata per la situazione e che gli stesse dando del tempo per conoscere meglio sua figlia. Ma dopo le invettive che la sua ex aveva lanciato nell'ufficio di Yvette, Jacob non poteva contraddire l'affermazione di Brian. Sienna, palesemente, *non* era stabile. "Sembra credere che tu sia venuto qui per picchiarmi o qualcosa del genere. Ma non è così, vero?"

"Tu che ne pensi?" Brian andò da Sienna, che era ora raggomitolata in una poltrona, singhiozzando e lamentando il fatto che si era rovinata la vita e che nessuno l'avrebbe mai più amata.

"No, non credo proprio," disse Jacob, osservando sbalordito Brian che sollevava delicatamente Sienna dalla poltrona. Brian cullò la donna fra le braccia e bisbigliò: "Va tutto bene, Sienna. Sono qui. Non lascerò che ti succeda nulla. Andrà tutto bene."

Jacob raggelò. Quando Brian gli aveva detto che Sienna non era stabile, non si riferiva a un momento di crisi. Sienna era malata e aveva palesemente bisogno d'aiuto. Si sentì immediatamente un cretino di proporzioni gigantesche. "Quando è cominciato tutto?"

Brian sollevò lo sguardo. "Poco dopo che ti ha lasciato. Probabilmente era iniziato già prima, ma non se ne era accorto nessuno. Non io e nemmeno sua madre."

Il senso di colpa divorava Jacob dall'interno. "Non lo sapevo." Avrebbe voluto andare da Sienna e aiutare a tranquillizzarla, ma lei era accoccolata fra le braccia di Brian, con la testa appoggiata sulla sua spalla. Palesemente, nessuno dei due aveva bisogno del suo aiuto.

"La porto dal guaritore," disse Brian. "Poi verrò da te e ti spiegherò tutto."

Jacob non sapeva cosa fare o cosa dire, per cui si limitò ad annuire. Ma quando Brian si incamminò verso la porta, Jacob disse di getto: "Skye è davvero mia figlia o anche quella era una menzogna?"

Brian lanciò un'occhiata nella direzione di Yvette e Skye. Il dolore lampeggiò per un attimo nel suo sguardo tormentato prima che la sua espressione si schiarisse. Poi, Brian guardò Jacob negli occhi e disse: "È proprio tua, fratello."

Mentre un'ondata di sollievo invadeva il corpo di Jacob, lui guardò Brian che trasportava stoicamente Sienna fuori dal negozio.

"Jacob?" disse sottovoce Yvette dalle sue spalle.

"Sì?" Jacob stava ancora fissando la porta, completamente devastato e del tutto incerto su cosa avrebbe dovuto provare per ciò che era appena accaduto.

"Ti senti bene?" chiese la donna.

Lui scosse la testa. "No, per niente."

"È normale. Forza. Andiamocene da qui." Yvette lo prese per mano e cominciò a condurlo fuori dal negozio.

"Dove andiamo?" chiese lui, ancora istupidito dagli eventi della giornata.

"A casa."

CAPITOLO 25

*J*acob era seduto sul sedile del passeggero del Mustang di Yvette, sbalordito dalla donna che aveva accanto. In qualche modo, lei era riuscita a estrarre il seggiolino dall'auto a noleggio di Sienna, a trasferirlo nella sua auto e a metterci Skye. Quindi, lo aveva convinto a prendere posto sul sedile del passeggero e lui non ricordava nulla. Quando tornò nella terra dei vivi, stavano risalendo il fianco della montagna diretti verso casa sua.

"Grazie," disse Jacob.

"Non c'è bisogno di ringraziarmi." Yvette gli sorrise teneramente. "Sto solo facendo quello che avrebbe fatto qualunque amico, dopo la giornata che hai avuto."

"Mi sa che hai degli ottimi amici." Jacob lanciò un'occhiata al sedile posteriore, a sua figlia, e trasse conforto nel vedere che dormiva pacifica.

"Sai, è così. Lo stesso vale per te."

Jacob scoppiò in una risata sarcastica. "Hai appena visto i miei amici. È possibile che me ne servano di nuovi."

"Beh, hai me." Yvette imboccò il viale di Jacob con il

Mustang e parcheggiò. "E sebbene la situazione fra te e Brian possa essere un po' spinosa, credo che probabilmente lui sia un amico migliore di quello che credi."

"Può darsi," disse controvoglia Jacob. In fondo, Sienna gli aveva detto che era stato Brian a insistere affinché lei rivelasse a Jacob della paternità di Skye. A giudicare dal modo in cui Brian aveva guardato la bambina, non doveva essere stato facile per lui, se aveva inizialmente creduto che fosse figlia sua.

"Immagino che lo scoprirai quando lui arriverà qui." Yvette scese dall'auto e, nel tempo che impiegò a venirgli incontro sul lato del passeggero, Jacob aveva già liberato Skye dal seggiolino.

Yvette fece strada in casa di Jacob. Mentre lui era impegnato a mettere la bambina nella culla portatile, lei svanì in cucina. Dopo aver finito di cambiare e di tranquillizzare sua figlia, Jacob la raggiunse in cucina e avvertì un'ondata travolgente di gratitudine mentre la guardava preparare la cena.

"Non sapevo se avessi fame, ma mi sono detta che avevi comunque bisogno di carburante." La donna gli mise di fronte un piatto con un sandwich e una montagna di patatine e un altro accanto a esso.

Jacob si sedette sullo sgabello e se la mise in grembo. "Grazie ancora."

Lei gli premette una mano sulla guancia. "Faccio solo quello che fanno gli amici."

"No, Yvette. I miei amici non fanno così. Non lo hanno mai fatto. Sono grato e commosso e vorrei baciarti così tanto che mi fa male."

Le labbra della donna si curvarono in un piccolo sorriso. "Allora baciami."

Lui le passò la mano attorno alla guancia, accarezzandole lo zigomo con il pollice. Poi si chinò e premette dolcemente le labbra contro quelle di lei. L'emozione lo invase e lui riversò tutto se stesso nel bacio mentre le passava le braccia attorno e la stringeva a sé.

Le mani di Yvette strinsero la presa sulle sue spalle mentre lei ricambiava la sua intensità, concedendosi a lui. Si accarezzarono, si baciarono e si abbracciarono. Jacob sarebbe rimasto volentieri bloccato in quell'abbraccio finché lei lo avesse voluto, ma fin troppo presto qualcuno bussò alla porta.

"Accidenti. Non avevo finito," bisbigliò mentre si staccava. Erano entrambi un po' spompati e decisamente eccitati.

"Deve essere Brian," disse Yvette. Nel giro di un istante, l'incantesimo che era calato su di loro fu rotto.

"Giusto." Jacob se la tolse delicatamente dal grembo e andò ad aprire la porta.

Brian era in veranda, con le spalle curve e la schiena rivolta a Jacob mentre fissava la foresta. Jacob uscì e lo raggiunse.

"Dov'è Sienna?" chiese Jacob.

"È in paese, con la guaritrice. Più tardi andrò prenderla e la riporterò a L.A. da sua madre," disse Brian, continuando a fissare il paesaggio.

"Non ad Aspen?"

"No. Dovrà aspettare fino a quando non ci sarà posto alla clinica."

Jacob si acciglió. "Quale clinica? Voi due non vivete laggiù?"

Brian si voltò verso Jacob, la fronte aggrottata per la confusione. "Come ti è venuto in mente?"

"Sienna mi ha detto che volevate aprire una sede principale di Enchanted Bliss e che vi sareste trasferiti permanentemente laggiù."

"Accidenti." Brian si passò una mano fra i capelli neri e sospirò. "Questa volta è proprio uscita di testa."

"Per cui non c'è nessuna sede di Aspen e voi due non vivete laggiù?" chiese Jacob.

"Nessuna sede. E non viviamo laggiù, o almeno, io no."

"D'accordo, forse è meglio se cominci dall'inizio, perché è palese che io non ho idea di quello che sta succedendo," disse Jacob. "Tu e Sienna siete stati insieme?"

Brian gli lanciò un'occhiata, il viso contratto. "Sì. Una sera, da ubriachi, quando tu eri fuori città."

Lo stomaco di Jacob si rivoltò. Era la prima volta che udiva la verità dalla bocca del suo migliore amico. "Una volta sola?"

Brian deglutì. "Una volta sola finché voi eravate ancora insieme."

"Capisco. Forse è meglio entrare," disse Jacob. "Metterò su il caffè e potremo ripartire da qui."

Brian annuì e Jacob fece strada in casa. Preparò il caffè e, quando Yvette apparve, la presentò al suo amico e mise in chiaro che qualunque cosa Brian avesse da dire poteva dirla di fronte a lei.

"D'accordo," disse Brian.

Dopo qualche momento di imbarazzo, il caffè fu pronto e tutti e tre si sedettero al tavolo di Jacob.

Brian si schiarì la voce e trafisse Jacob con uno sguardo fermo. "C'è una cosa che devo sapere: tu sapevi che lei è malata?"

"Chi? Sienna?" Jacob si accigliò. "Cosa intendi esattamente?"

"Il suo stato mentale, Jacob. Tu lo sapevi?" chiese Brian.

"Sapevo che è instabile? No. Non l'avrei mai immaginato prima di oggi, quando è venuta alla libreria delirando su di te e insistendo che dovevo scappare dal retro. Non l'aveva mai vista comportarsi così mentre eravamo insieme. Da quanto va avanti?"

Brian si strinse nelle spalle. "Non lo so esattamente. Lei è brava a nasconderlo, finché nessuno mette in discussione le sue menzogne."

Jacob sentì il senso di colpa risalirgli in gola. Non aveva mai chiesto spiegazioni a Sienna. Non era quello che voleva da una partner. Lei era sempre stata libera di andare dove voleva, vedere chiunque voleva e comprare qualunque cosa voleva senza che lui ci mettesse becco. Non gliene era mai importato. Ma forse era quello il problema. Non gliene era mai importato a sufficienza da rendersi conto che c'era un problema.

Brian avvolse le mani attorno alla tazza di caffè e, mentre fissava il liquido scuro, disse: "Ti devo delle scuse, Jacob." Sollevò lo sguardo, l'angoscia che segnava i suoi lineamenti. "Quella notte con Sienna è stata un grandissimo errore. L'ho capito subito dopo e, onestamente, avrei voluto fingere che non fosse mai successo."

"Ma?" lo incoraggiò Jacob.

"Sienna continuava a contattarmi, dicendomi che la vostra relazione stava crollando, che aveva bisogno che io la aiutassi a fuggire prima che voi due vi sposaste. Io continuavo a dirle di parlarne con te. Lei diceva di averlo fatto, ma che la situazione stava peggiorando. Mi aveva fatto credere che voi due dormiste in camere separate." Brian bevve un sorso di caffè e posò la tazza sul tavolo. "Poi è venuta da me e mi ha detto che era incinta e che dovevo per forza essere io il padre."

Yvette, che aveva mantenuto un silenzio perfetto da quando si era seduta a tavola, emise un piccolo gemito.

Brian le lanciò un'occhiata. "Esatto. Fino a sei settimane fa, ero convinto che Skye fosse mia figlia."

"Porca di quella…" Jacob chiuse gli occhi e avvertì il dolore dell'altro uomo come se fosse suo. "Sienna mi ha detto che sei stato tu a convincerla a entrare in contatto con me. È vero?"

Brian annuì, tenendo lo sguardo rivolto altrove. "È tua figlia. Dovevi saperlo."

Jacob sentì gli occhi che bruciavano per l'emozione, ma non lasciò cadere le lacrime. Aveva la voce roca e a malapena udibile quando disse a forza: "Ti ringrazio per questo."

Brian tacque a lungo. Poi si schiarì la voce e continuò a spiegare ciò che era successo. Dopo che Siena gli aveva detto di essere incinta di lui, Brian aveva promesso di restarle accanto; che le avrebbe dato tutto ciò di cui aveva bisogno; e che sarebbe rimasto al suo fianco durante tutto il processo. All'inizio, la donna gli era sembrata completamente normale. Ma poi, col procedere della gravidanza, il suo comportamento si era fatto sempre più bizzarro.

"Le ho detto di andare da uno specialista," disse Brian. "Per cui, lei ha cominciato a farsi seguire da un professionista di Los Angeles. Per un po' è stata benino, ma dopo la nascita di Skye, era in pessima forma. La depressione post-parto, unita agli altri suoi problemi, l'ha fatta finire in una clinica di Aspen. Probabilmente, è per quello che ha detto che avremmo aperto una sede laggiù."

"Poverina," disse Yvette. "Suona davvero male."

Brian annuì. "È tornata a L.A. circa un mese fa. Stava meglio, ma non era 'guarita.' È ancora in terapia e dovrebbe prendere dei farmaci per stabilizzare l'umore."

"Suppongo che non li abbia presi, allora," disse Jacob.

"A quanto pare, no. O almeno, questo è quello che ha detto alla guaritrice. Comunque, quando Sienna è tornata a casa, io mi ero già reso conto che Skye non era mia. E giuro che avevo pensato di contattarti, ma prima dovevo parlarne con Sienna. Lei ha ammesso di avermi mentito su di te e su parecchie altre cose. Quando tutto è diventato chiaro, ha detto di voler essere lei a dirti di Skye. E dato che stava facendo progressi, il terapista ha pensato che fosse una buona idea. Lei sa di non stare bene, Jacob. È importante che tu sappia che vuole solo il meglio per Skye."

"È per questo che stava cercando di convincermi a vendere la mia casa e a trasferirmi in una città dove voi due non vivete?" chiese Jacob, incapace di tenere a freno la frustrazione.

"Immagino che lo abbia fatto perché ama sua figlia e non vuole perderla," disse Brian, che suonava infastidito e protettivo al tempo stesso.

"Perché ha paura che io le faccia causa per l'affidamento," disse Jacob, riempiendo gli spazi vuoti.

"No, fratello. Non è per questo. Sienna ha i suoi difetti, ma l'amore per sua figlia è puro al cento per cento. Lei *vuole* che tu faccia parte della vita di Skye."

"D'accordo, magari tu ci credi, ma lei non mi aveva nemmeno detto che Skye poteva essere mia. Hai dovuto essere tu a scoprirlo. È–"

"Jacob," disse Brian, interrompendolo. "Sienna era venuta a offrirti l'affidamento unico di tua figlia."

"Cosa?" Jacob si alzò, improvvisamente incapace di stare seduto a tavola. Si mise a camminare avanti e indietro per la cucina. "Non mi dirai davvero che lei voleva rinunciare a sua figlia."

Brian rimase seduto mentre guardava Jacob camminare avanti e indietro nella sala da pranzo. "Non sta bene, Jacob. Vuole quello che è meglio per Skye."

Jacob non sapeva come assimilare quell'informazione. Sapeva già di aver bisogno di sua figlia più che dell'aria. Ma non riusciva a immaginare che Sienna fosse disposta a rinunciare a qualunque diritto sulla sua bambina. Era assurdo. Si fermò e lanciò un'occhiata a Brian. E sebbene quelle parole fossero per lui mortali, si costrinse a pronunciarle. "E tu? C'è un motivo per cui tu non sei il meglio per lei? Non sei in grado di prenderti cura di Skye mentre Sienna riceve le cure di cui ha bisogno?"

"Stai dicendo che non vuoi l'affidamento unico?" chiese Brian, gli occhi stretti.

"No, non è quello che sto dicendo. Voglio che mia figlia rimanga sempre con me. Vorrei solo capire in base a quale ragionamento tu e Sienna siete disposti a prendere una decisione tanto drastica."

"Vuoi sapere la verità?" chiese Brian.

"Sì," disse Jacob. "Tutta quanta."

"D'accordo." Brian si alzò e cominciò a camminare avanti e indietro, proprio come aveva fatto Jacob fino a pochi istanti prima. "Eccola: Sienna e io non siamo una coppia e non lo siamo mai stati. Vivevamo insieme per via di Skye, la bambina che io *credevo* essere mia figlia. Mi sono fatto in quattro per procurare a Sienna l'aiuto di cui aveva bisogno, ma nonostante i miei sforzi, lei continua a fare passi indietro. E lo sa anche lei; per cui, qualche settimana fa, è andata a far preparare i documenti che ti conferiscono l'affidamento unico." Brian tirò fuori un contratto piegato dalla tasca della giacca. "Lo ha fatto compilare di fronte al suo terapista, che ha certificato la sua capacità di intendere e di volere. Devi solo firmarlo e avrai il pieno affidamento. Lei chiede solo che, qualora dovesse riprendersi, le sia consentito fare parte della vita di Skye."

Le mani di Jacob tremavano mentre prendeva i documenti da Brian e li leggeva. Il linguaggio era piuttosto ordinario. I documenti erano autenticati e c'era allegata una lettera del terapista, il quale dichiarava che, nel momento in cui erano stati compilati documenti, Sienna aveva espresso la volontà che Jacob avesse il pieno affidamento. Lui non vedeva l'ora di firmare.

Ma mentre estraeva la penna, colse ancora una volta la sofferenza sul volto di Brian e la posò. "Ascolta, amico. So quanto deve essere difficile per te."

"Va bene così," disse Brian, anche se la sua espressione lo tradiva.

"No, fratello, non va bene."

"*Fratello*," ripeté Brian, quasi fra sé. Poi sollevò lo sguardo e incrociò quello di Jacob. "Per sempre, amico."

Jacob si alzò e gli fece cenno di seguirlo. Entrarono nella stanza di Skye, dove la bambina dormiva pacifica nella culla.

Brian la guardò per un istante. Poi si chinò, la baciò sulla testa e bisbigliò: "Ti voglio bene, bambina. Fai la brava col tuo papà. Sei fortunata ad averlo."

"È stata fortunata ad avere te, Brian," disse Jacob. Quando il suo amico si voltò a guardarlo, aggiunse: "Grazie per esserti preso cura di lei e di Sienna. Non so che fine avrebbero fatto senza di te."

Brian trascinò i piedi a disagio, quindi fece spallucce. "Avresti fatto lo stesso per me."

Jacob abbracciò il suo amico e sentì il risentimento evaporare. Qualunque cosa fosse accaduta in passato, ora non aveva importanza. Sebbene lui non se ne fosse accorto, il suo amico non lo aveva mai abbandonato nello spirito e Jacob non lo avrebbe abbandonato mai più.

Quando interruppero l'abbraccio, Jacob disse: "Firmerò quei documenti oggi."

"Lo immaginavo. Rimarrai qui?"

"Sì." Jacob lanciò un'occhiata a sua figlia. "È un buon posto dove crescere."

Brian annuì. "So che hai sempre amato questo posto. La bella bruna nell'altra stanza c'entra qualcosa con la tua decisione?"

"Sì... e no," disse sorridendo Jacob. Appena quella mattina aveva creduto che avrebbe dovuto lasciare lei e il paese che aveva imparato ad amare. Ma ora... era sul punto di avere tutto ciò che aveva sempre voluto. "Ascolta, Brian, che ne diresti di essere il padrino di Skye?"

Brian, che stava guardando Skye che dormiva, voltò di scatto la testa nella direzione di Jacob. "Dici sul serio?"

"È palese che le vuoi bene. Non riesco a immaginare come deve essere stato pensare che fosse tua e scoprire che non lo era."

"Credo di averlo sempre saputo, ma di non averci voluto credere." Brian scostò delicatamente i riccioli dal viso della bambina. "Ma poi, quando ho saputo... Non potevo farti una cosa del genere."

Jacob sorrise. "Allora, che ne pensi?"

"Assolutamente sì."

CAPITOLO 26

*Y*vette era seduta con Skye di fronte a sé in una delle salette per i clienti durante l'apertura di prova della spa di Faith, A Touch of Magic Day Spa. Era estate, a Keating Hollow, e la bambina faceva parte della vita di Jacob da poco più di sei mesi. Per tutto quel tempo, non era stata altro che un piccolo fagotto di gioia. Anche in quel momento, mentre giocavano, stava agitando nell'aria una tartaruga imbottita e ridacchiando come se Yvette fosse la persona più divertente del mondo.

"Ecco," disse Jacob dalla soglia. "Mi stavo chiedendo che fine avessero fatto le due mie ragazze preferite."

"Le uniche, spero," disse Yvette, sorridendogli.

"Beh, c'è anche la signorina Betty."

"Ovviamente. Non dimentichiamo la signorina Betty. È ancora di sotto che cerca di convincere Hunter a farle un massaggio pelvico?"

Jacob rabbrividì. "Credo di sì. Meglio lui che me. Se non altro, non lo ha ancora palpeggiato."

"Sottolineiamo *ancora*," disse Yvette.

Jacob si sedette sul pavimento e si mise Skye in grembo. La bambina lanciò un grido di entusiasmo. Si voltò fra le braccia del padre per passargli le braccine attorno al collo e dargli un bacio bavoso sulla bocca.

Il cuore di Yvette si sciolse come faceva un milione di volte al giorno quando li vedeva insieme. Jacob era un ottimo padre e l'amore fra quei due era innegabile.

"Non riesco a credere che voi tre mi abbiate lasciato quaggiù," disse Brian mentre entrava nella stanza. "Ma devo ammettere che nascondersi quando la signorina Betty è scatenata è geniale." Circa un mese dopo che Jacob aveva assunto l'affidamento di Skye, Brian aveva preso una casa in affitto e si era trasferito a Keating Hollow. Ora trascorreva almeno la metà del suo tempo a casa di Jacob e i due erano più amici che mai. Sienna stava ancora lavorando su se stessa, ma era venuta a trovarli per due fine settimana lunghi e lei e Jacob stavano riuscendo a far funzionare il loro rapporto.

Skye udì la voce di Brian e si contorse cercando di raggiungerlo. L'uomo si chinò e la prese dalle braccia di Jacob. "Credo che la mia ragazza sia pronta a uscire." Abbassò lo sguardo sulla bambina. "Cosa ne dice, signorina Skye? È pronta a farsi coprire di complimenti da tutte le donne?"

"Smettila di usare mia figlia per rimorchiare," lo rimproverò Jacob, anche se le rughe di ilarità attorno ai suoi occhi lo tradivano.

"Non la uso mica. Non è colpa mia se le donne del paese ci trovano irresistibili." Brian ammiccò e uscì dalla stanza con Skye al fianco, mentre i due si facevano a vicenda gli occhi di triglia.

"È completamente perso," disse Yvette, sorridendo a Jacob. "Proprio come te. Skye vi ha entrambi in pugno."

Jacob sbuffò. "E tu?" Lanciò un'occhiata al notevole

mucchio di giocattoli sparsi tutto attorno a loro. "So benissimo che almeno mezza dozzina di questi è nuova di zecca. Cos'è, hai fatto scorta di pelouche per divertirla?"

"Sì, direi proprio di sì," disse ridendo Yvette. "Skye adora gli animali di pelouche."

"E io adoro te." Jacob si alzò e tese la mano; quando lei la afferrò, la aiutò ad alzarsi. "Volevo chiederti una cosa."

"D'accordo, spara. Si tratta del negozio?" Poco dopo l'arrivo di Skye, Jacob si era fatto da parte in negozio, preferendo concentrarsi sul fare il casalingo. Era ancora socio e lui e Yvette si incontravano regolarmente per discutere dei loro progetti. Ma la gestione quotidiana era affidata a lei e le stava benissimo.

"No, il negozio non c'entra." Jacob sollevò una mano e le ravviò una ciocca di capelli dietro le orecchie. "Pensavo che mi piacerebbe molto averti nel mio letto tutte le notti e tutte le mattine."

Yvette rise. "Per cui, il settantacinque per cento del tempo non ti basta?"

Jacob scosse la testa. "No, amore. E lo stesso vale per Skye."

Yvette strinse gli occhi. "Ma dai. Ha un anno. E poi, dubito che le importi se sono nel tuo letto."

"A lei importa se tu non ci sei la mattina. Avresti dovuto sentirla gridare, oggi." Jacob scosse la testa come se stesse ancora cercando di tapparsi le orecchie. "Ha dato di matto perché la sua Vette non era lì per darle le banane."

"*Tu* le hai dato le banane?" chiese Yvette.

"No." Jacob le passò le braccia attorno alla vita e la attirò a sé. "Sono finite."

"Ti pareva. Skye adora le banane e probabilmente è meglio che tu ti assicuri di tenerne una scorta."

Jacob levò gli occhi al cielo. "Tu sì che sai come rovinare i giochi a un uomo."

"Giochi?" Yvette rise. "L'unico gioco a cui giochi di questi tempi, *papà*, è quello in cui butti i pannolini sporchi nel contenitore corretto."

Jacob buttò la testa all'indietro e rise. "Sai, me la prenderei, se non fosse vero."

Yvette sollevò una spalla. "Tranquillo. Mi piaci lo stesso."

Gli occhi di Jacob bruciavano mentre abbassava lo sguardo su di lei. "Davvero?"

Yvette annuì. "Assolutamente."

Jacob accentuò la presa sulla sua vita e chiese: "Abbastanza da sposarmi?"

Yvette si irrigidì leggermente alle sue parole, quindi tentennò. "Cos'hai detto?"

Le labbra di Jacob si curvarono in un sorriso nervoso quando si staccò da lei e posò un ginocchio a terra.

Yvette prese bruscamente fiato. "Non è come penso, vero? Non stai davvero–"

Jacob tirò fuori una scatolina di velluto blu e la aprì, rivelando un grosso e brillante solitario di diamante.

"Oddea," mormorò Yvette, con il cuore che correva alla velocità della luce. Si premette la mano destra sul petto mentre lui prendeva la sinistra e le infilava l'anello al dito. "Lo stai facendo davvero."

"Sì," mormorò Jacob, fissandola con speranza e possibilità che brillavano nei suoi splendidi occhi. "Yvette Townsend, mi vuoi sposare?"

Le doleva la gola e le bruciavano gli occhi, ma per una volta Yvette non cercò di trattenere le lacrime. Fissò prima l'anello e poi Jacob. Quando il suo sguardo si posò su quello di lui, vide il solo e unico uomo che faceva sì che il suo cuore e la sua anima spiccassero il volo.

"Ehm, Yvette? Sarebbe bello avere una risposta," disse lui, accentuando la presa sulle sue dita.

Lei rise fra le lacrime e disse: "Sì, Jacob Burton. Voglio sposarti tantissimo. Ovunque, quando vuoi. Tu e Skye siete tutto quello di cui ho bisogno."

Jacob si alzò, continuando a tenerle le mani, e disse: "Non credere di essere sfuggita a un matrimonio grandioso. Faremo la festa definitiva."

Yvette gemette. "Sul serio?"

Jacob si strinse nelle spalle. "O anche no. L'importante è che ci siano i tuoi amici e la tua famiglia."

Questa volta, Yvette ridacchiò. "Cioè tutto il paese."

"Esatto." Jacob le circondò entrambe le guance con le mani e la fissò negli occhi. "Ti amo, Yvette."

"Lo so," disse lei, sorridendogli mentre le sue viscere si trasformavano in pappetta. Cosa aveva fatto per meritare quell'uomo? Non lo sapeva, ma ora che lo aveva trovato, non intendeva lasciarlo andare. "Anch'io ti amo."

"Grazie agli dèi," disse Jacob, quasi fra sé. Poi la prese fra le braccia. "Ti ricordi quando ho detto che Skye ti vuole nel mio letto tutte le sere e tutte le mattine?"

Yvette annuì. "Sì."

"So anche per certo che lei vorrebbe un fratellino o una sorellina. Che ne pensi?"

Le farfalle svolazzavano nello stomaco di Yvette quando lo guardò e disse: "Credo che dovremmo cominciare a lavorarci su questa sera. Che ne pensi?"

"Si può fare," disse Jacob, come se non l'avesse appena guardata come un lupo che guardava la preda. "Ma prima, dobbiamo dare una notizia." Si recò alla porta e la aprì. "Dopo di te, amore mio."

Yvette abbassò lo sguardo sullo splendido anello che le scintillava al dito e sorrise. Il suo primo matrimonio era finito orrendamente male, ma questa volta? Questa volta, lei sapeva che era per sempre. Se lo sentiva fino alle dita dei piedi. In Jacob Burton aveva trovato pane per i suoi denti e lo stesso valeva per lui. Lo prese per mano e disse: "La signorina Betty si arrabbierà molto."

Jacob annuì solennemente. "Sai, probabilmente hai ragione. Dici che dovrei riprendermi l'anello e chiederlo a lei invece?"

"Nah, tu non vuoi sposarla. Il suo talento a letto non è nemmeno lontanamente pari al mio."

Entrambe le sopracciglia di Jacob scattarono verso l'alto. "E tu come fai a saperlo?"

Yvette gli rivolse un sorriso innocente. "Ho letto la sua autobiografia."

"Ha scritto un'autobiografia?" chiese Jacob. "Stai scherzando, vero?"

"Assolutamente no. E l'ha dedicata a te. Te l'ho lasciata sul comodino. La signorina Betty dice che più tardi ci sarà un quiz," aggiunse Yvette mentre lo trascinava giù dalle scale, dove i loro amici e la loro famiglia stavano festeggiando l'apertura della spa di Faith.

"Ora so che mi stai prendendo per il culo," disse ridendo l'uomo.

"Tu credi?" Yvette salutò la donna in questione, che si stava dirigendo verso di loro, e cercò di non ridere. "Immagino che ci sia un solo modo per scoprirlo."

"Perché mi sono trasferito a Keating Hollow?" mormorò sottovoce Jacob.

"Facile," disse Yvette mentre sollevava lo sguardo su di lui. "Perché questo è un luogo magico."

Jacob incrociò il suo sguardo e Yvette ebbe la sensazione che loro due fossero soli nella stanza. Finalmente, Jacob disse: "Hai ragione. È *davvero* magico e lo sei anche tu. Ora baciami prima che la signorina Betty ci raggiunga."

"Pensavo che non me lo avresti mai chiesto."

L'AUTRICE

Autrice di bestseller per il *New York Times* e *USA Today*, Deanna Chase è una californiana di nascita, trapiantata nel più tranquillo stile di vita della Louisiana del sudest. Quando non scrive, se la spassa con suo marito a New Orleans o gioca con i suoi due shih tzu. Per ulteriori informazioni e aggiornamenti sulle ultime uscite, visitate il suo sito: deannachase.com

NOTE

CAPITOLO 10

1. Letteralmente "Billy Palle Blu" (ndt).
2. Gioco di parole basato su "jack in the box," la famosa testa di pagliaccio a molla in una scatola (ndt).
3. In inglese, "pie" (crostata) è anche un eufemismo per indicare i genitali femminili (ndt).

www.ingramcontent.com/pod-product-compliance
Lightning Source LLC
Chambersburg PA
CBHW020056180626
46812CB00006B/2346